勇者たち（上）

戦国・上州の
激闘を越えて

吉田弘堂

上野国と周辺の各城

越後
三国峠
猿ヶ京
上野
沼田城
岩櫃城
岩下城
利刈牧
白井城
渋川
大胡城
桐生城
下野
箕輪城
厩橋城
上泉城
鷹留城
足利城
笛吹峠
（碓氷）
安中城
和田城
赤石城
金山城
足利学校
志賀城
松井田城
玉村城
反町館
倉賀野城
信濃
国峰城
平井城
藤木戸
庚甲山
下総
御嶽城
忍城
古河城
余地峠
鉢形城
松山城
十石峠
武蔵
河越城
滝山城
江戸城
甲斐
津久井城
小机城
相模
一の宮
玉縄城
茅ヶ崎
鵠沼
大磯
鎌倉
江の島
小田原城
烏帽子岩
桑ヶ谷
衣笠
駿河
長窪城

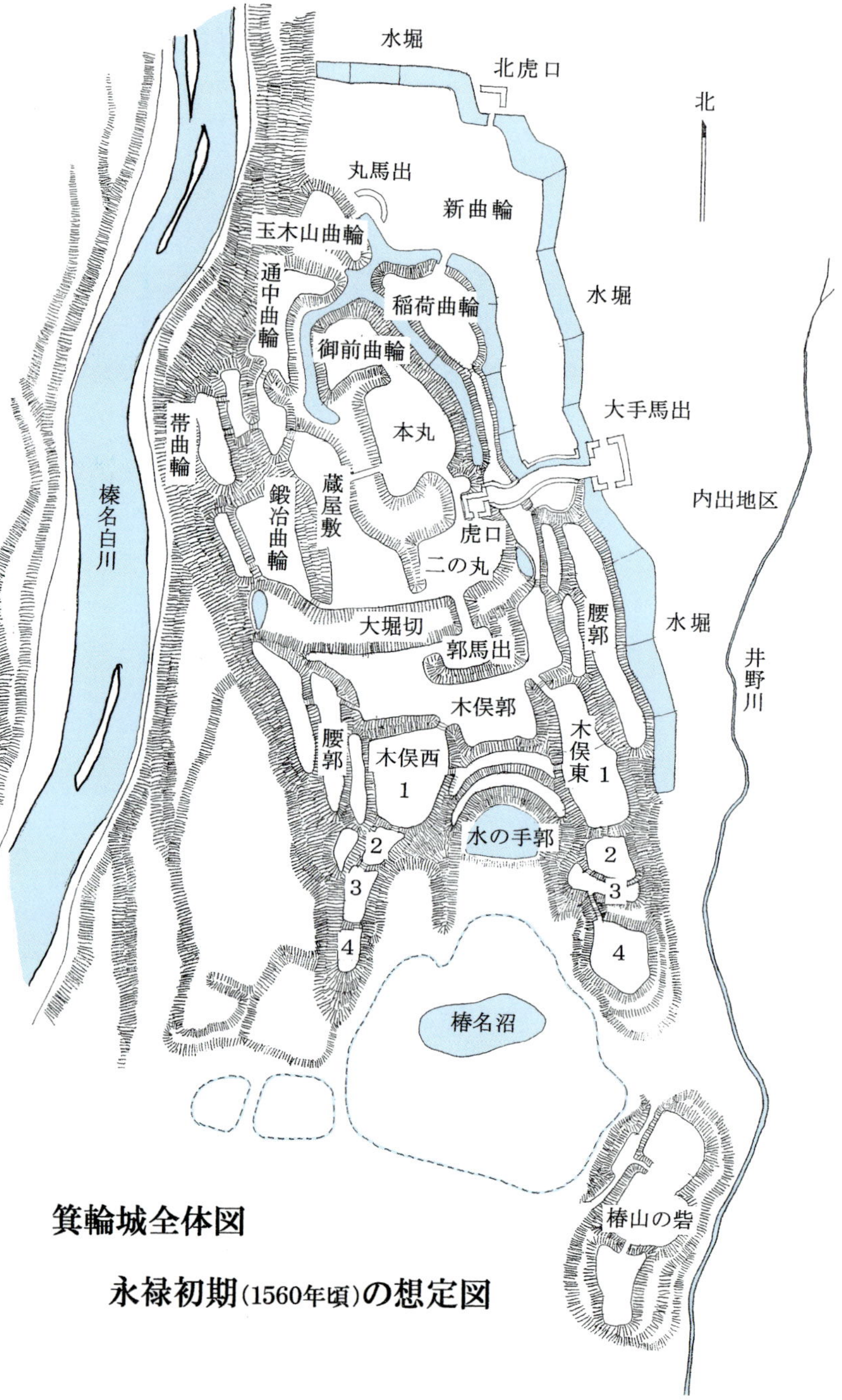

箕輪城全体図

永禄初期(1560年頃)の想定図

【上巻】目　次

第二章・転　成

【下巻】　目　次

本書は史実に基づいた物語です。

第一章　新進

利根変流

「ジャン　ジャン　ジャン　ジャン　〳〵」

大川の決壊を知らせる上野《こうずけ》玉村城の矢倉の早鐘は、鳴り続いている。

天文十二（一五四三）年六月二日の夕刻。

昨年に続き東国は天候不順だった。春先から繰り返していた長雨に加え、西上野山間部に三日間降り続いた豪雨で、増水した利根川が大渡で再び決壊した。幹流はその勢いを増しながら石倉から南へ流れ下る久留馬川筋へと流れ込んだ。

濁流は盛り上がって三角波を作り、急流が川底を削り土砂を巻き上げ、どす黒い水の塊となって荒れ狂いながら押し流れていく。

すごい速さで大木が浮き沈みを繰り返し流れていき、藁《わら》屋根が流れてくる。

牛が鼻を上に向け口を開けたまま流されていく。

遠巻きに増水の様子を見ていた村人が、悲鳴に近い声を上げた。

「あれは……おいっ、あれは人か」

「なにっ……そうだ、人間だ」

三角波に見え隠れしながら流れで体が回転したのか、手を上げて助けを求めるような格好になったがそのまま回転して硬直した手を倒し、うつ伏せで浮き沈みしながらどんどん流されていく。激流にただ見過ごすだけである。

「今のは男か」

「もう死んじまってたぞ」

増え続ける濁流は両岸を削り落とし、目に見える速さで川幅を広げていく。

「こりゃあ、持ちこたえらんねぇや」

「危ねえぞ、みんな早く家《うち》へ戻れ。早く川から離れろ」

川は増水すると蛇行が大きくなるという流れの本性を持つ。増水した急流が蛇行を生じ、蛇行が岸を崩して泥流を増し、泥流が重い急流となり蛇行を促す。そしてついに限度を超え、福島村と南玉村の大川の南岸がほぼ同時に破砕、瞬光を発したかのようにぱっと一瞬明るくなって決壊した。

家の片付けをしていた南玉村の小笠原家の男達は、決壊直前の危険状態を知らせる〝三つ鐘〟を聞いた後、城へ避難しようと家を出たが、屋敷の前の道に出て城の矢倉を見上げた時、鐘が連打の早鐘に変わった。

「間に合わねぇや、家へ戻るぞっ」

父親と長男、手代の三人は急いで家に戻る。

「水が来るまで物を上げるだけ上げべぇ」

家に戻った三人がもう一度納屋と母屋を見回り流されないよう戸板を外していた時に、地鳴りのような「ドドドーッ」という低い音と水の臭いと共に、いっきに庭中に濁水が流れ込んできた。

大川は前橋台地の縁辺となる玉村の辺りで西から東に向かって流れ、南側が烏川まで平坦に開けている。昔から水が出ても流れが広がって四尺以上の水深にはならないといわれてきた。

村のほとんどの家の北側と西側には、冬の空っ風を和らげるために樫《かし》ぐねが巡らされているが、大川の氾濫の時は樫ぐねに流木や漂流物が引っかかり家屋敷を守ることになる。

家が押し流されることはないので、大川の決壊を知らせる連打の早鐘を聞いたら家の中か城に入って水が引けるのを待つことになっていた。

たいていの家では年寄りや女・子供と家畜を先に、城の三の丸に避難させていた。

家に残った男たちは水が出る直前まで、小屋の農具を縛り井戸に蓋《ふた》をして家の中の片付けに追われていた。

小笠原家の次男は、大川沿いの村の馬牧から三の丸に馬を移動させるために、村の若衆と昼過ぎから牧に出ていた。父と長男秋政と手代の弥助が残って家の片付けをしていた。水が出た後、早鐘は止んでいるが濁流の音が衰えることなく続いている。夜になって、米俵の一尺下まで上がってきた水の流れる音を聞きながら、床に上げた箱の上で仮眠を取るために灯かりを消して真っ暗闇になったその時、長男がかすかな人の声を聞いた。

「親父《おやじ》、外で子供の泣き声が！」

水の流れる音に混じって、やっと聞き取れるしゃくりあげる子供の泣き声が、家の北側から聞こえてくる。

「北の樫ぐねのあたりだっ。弥助、灯かりをつけろ」

「へっ、へい」

手代が灯受けの下に置いてある火桶の種火を熾《おこ》し、燭台に灯かりをつける。

「助けに行くぞ、秋政と二人で行く。身支度をせい。腹巻を着け、脚絆《きゃはん》に草鞋《わらじ》だ。流されんように腰縄をつなぐ。弥助は湯でも沸かしといてくれ」

秋政が急いで肌を覆う身支度をし土間へ下りると、水嵩《かさ》が意外に深く秋政の胸の下あたりまで潜った。

「冷てぇ」

「東の勝手口から外へ出て東のくね伝いに北のくねに回るぞ。秋政が先に行け。もしも流れに足が取られて倒れたら、慌てずに腰縄を手繰《たぐ》り寄せるのじゃ。息を止め決して水を飲んではいかん。そうすれば上体が浮き足が着けるようになる。良いなっ、では行くぞ。ゆっくりと進め」

外に出ると流れに押されて足が思うように進まない。泥を含んで濁った重く冷たい流れに、体を横にして進む。くねの枝に手をかけて体を引き寄せるが、流れてくる木っ端などが体に当たる。つま先で足場を確認しながら北のくねに出た所で耳を澄ましてみる。

が、泣き声が聞こえない。

「おおいっ。聞こえるか。……今助けに行くぞ。おおいっ」

秋政が大声で叫び、耳を澄ましてみる。

「・・・・・」

水音以外に何も聞こえない。再び、

「おおいっ。誰か居るのか……。おおいっ」

すると、かすかに弱々しい泣き声が聞こえた。

「親父、北のくねの真ん中だ」

「うむ、慌てるな。流されでもしたら余計遅くなる」

秋政の一間後ろに、腰縄をつなげた父がついてくる。闇の中でも互いの気配が分かる距離である。北のくねには低い土居が巡っていて、その外側は屋敷濠《ほり》があり深くなっている。土居の上に上がると水深は浅くなる。足元を滑らせないように腰を落としながら、くねの中ほどに来ると十歳ぐらいの子供が、くねにかかった太い流木にしがみついている。土居を足がかりに何とか流れに持ちこたえている。

「おい、大丈夫か」

「・・・・」

秋政が声をかけても応えがない。

「怪我はないか」

「・・・・」

秋政が「助けに来たぞ」と、二の腕をつかんで驚いた。震えが尋常ではなかった。震えというよりは全身が大きく痙攣《けいれん》していた。顔を近づけると半眼はうつろで何かを話そうとしているらしいが口がわななないて声にならない。

「痙攣が、全身が痙攣してる。体が冷てえ。これじゃあ体を動かせねえ」

「体の芯まで冷えたら命が危ねえ。秋政、俺が子供を抱きかかえる。良いか、腹と腹をつけて少しでも体を温める。子供が落ちないように縄でくくりつけろ。一刻も早く俺の体温でまず腹の臓腑を温めるのじゃ」

父が抱え込むが痙攣が激しく、水流の中で父が両手で抱えるのがやっとである。子供の腹は水温と同じ冷たさになっている。

「わしの袢纏《はんてん》を脱がせろ、子供に巻きつける」

秋政が肩に掛けてきた縄で、親父と子供を縛りつける。胸と腹が密着する。今度は秋政が後になり戻り始める。親父が足を取られたら腰縄を引き流されないようにする。一歩一歩足場を探りながら戻る。

夏が真近とはいえ山間部の豪雨で水温が低い。家の中にたどり着いた時には秋政の体も冷え始めていた。

「弥助、湯を沸かしているか。湯が沸くまでわしはこのまま抱いている。秋政、乾いた服に着替えるから三人分服を取ってこい」

荷物の上で蚕用の平たい火鉢に鍋をかけ、手代が湯を沸かしている。

「湯はぬるくて良い。熱くてはいかん。手ぬぐいを湯で絞って両腋《わき》と首を温めろ」

腋の下と首を温め始めると痙攣が少し弱くなったが、顔面は蒼白のままである。

「乾いた着物に替える。秋政が先に着替えて子供を抱け。弥助、腋の下の手ぬぐいはどんどん替えてくれ」

乾いた服を着て秋政の腹に移った子供は、痙攣が小刻みになり顔色も少し戻ったが、目はうつろでぐったりとしている。十歳ぐらいの男の子だ。手ぬぐいを替え続けて半刻（一時間）後、痙攣も治まり、秋政の腹で眠り始めたため、布団に寝かせた。

「弥助、目を覚ましたらぬるい生姜湯《しょうがゆ》を少し飲ませてみろ。恐怖で跳び騒ぐかもしれねえから、秋政、目を覚ましたらしばらくそばに居ろ」

荷物の下は止まることなく濁水が流れている。


家で一夜を過ごした男どもと比べ、子供達の声が飛び交う三の丸の道場も共同作業場も妙な賑やかさがあった。

玉村城は平城で、今は御門《みかど》（後の小字・三角）とも呼ばれ、往古には郡衙《ぐんが》があったといわれている。当時郡衙では、朝貢の物資を盗賊から守るために濠を巡らせて不動倉を維持した。その濠で囲まれた郡衙は東西四町、南北二町の広さがあり、矢川から水を入れた幅三丈（約十メートル）ほどの濠と、濠から上げた土で内側に高さ六尺の土居が巡っている。

平安期の末には玉村氏が居城としていた。その玉村氏が滅びた後、城主のいない時期が長かった。鎌倉極楽寺の御厨《みくりや》となった時も、さらにその後の白井長尾氏の領地であった時も、領主代が在城しなかったが村城として維持をしてきた。戦《いくさ》の時と水害の時には避難場所になるために、村人たちは濠と高土居を維持してきた。昔は高土居の上に塀や柵が作られて城としての構えがあったが、今は残った高土居が巡っている。城の地盤はさほど高くはないが、築堤のために洪水の時は御門全体が浮島のようになる。内堀で囲まれている二の丸には、館《やかた》と呼んでいる旧殿があり、三の丸には馬場と長屋・蔵・剣術道場がそのまま残されている。

夜明けとともに炊き出しが行われ、水と握り飯が小船で各家に配られた。併せて安否確認が行われ、一人の不明者もいないことが分かった。一帯に流れ続けた濁流は二日目の午後になって少しずつ引き始めた。

御門の三の丸の矢倉からの眺めに愕然とする。川の近くの五明堂と城に近い社宮島《しゃくじま》の一部陸地が見えるだけで、田も畑も何もかも没して、まるで流れる濁水の大海である。

「土佐介殿、これでよく一人の行方知らずもなく済んだものじゃ。村民への沙汰や城入れの手配、ご苦労であった」

矢倉から城の周囲をぐるりと見渡しながら、城主金原三郎光政が、あらためて被害の大きさを実感していた。

「御屋形様、これでは田も畑も土砂を被って稲が助かるものかどうか。秋の収穫は果たしていかほどか。水が引けねば分かりませぬが、濁りの濃さからすると全滅となるかもしれませぬ」

村の年寄衆小笠原土佐介は、濁水の色からかなりの土砂の堆積を予想していた。四年前の洪水の時は城の北側の矢川筋の田畑に土砂が入ったが、今回は上流の福島でも決壊したため、城の周囲全面に濁水が流れ、二日にわたり続いた。

流れに運ばれた土砂の堆積も、広範囲に及んでいると思われた。

「土佐介殿のところでは、流されて来た子供を救い上げたとか。水が引けたらまずそれぞれの屋敷の片付けがあろう。片付けが一段落したら村役に集まってもらって評定をしたい。村役への沙汰を頼む」

「かしこまりました」

「それにしても四郎左が……四郎左がここにいたらなぁ」

城主の言葉に土佐介は戸惑った。

――なぜか、なぜ四郎左か。城主の次男四郎左は足利学校から視察の旅に出て、今頃は京か難波あたりまで行っていることを知っている上で、なぜか――

城主の顔を見上げると、城主が続けて、

「四郎左が足利から戻り、これから大川の治水の川除《よ》け堤作事を現場で中心となって進めるに当たって、この惨憺《さんたん》たる光景を見せておきたかったものだが……」

城主の次男四郎左（金原四郎左衛門政高）は、足利学校で利水土木を修めてこの秋に南玉村に戻り、大川沿いに治水堤を造る作事（工事）の作事頭を務める予定であるが、堤作事が始まる前に南玉村が大洪水に見舞われたのだ。この大洪水を防ぐ堤の重要性を認識するためにも、全面が濁流の海となった光景を、城主は四郎左に見せておきたかったのである。

赤城から榛名にかけた北西方面の黒い雨雲が薄れ始めて、南の武蔵の山々には明るい日が差し始めてきた。

小笠原の家で救われた男の子は恐怖のあまり記憶を失い、自分の名前も親や家族のことも分からなかった。小笠原の新宅に子がいなかったので、新宅で預かることとなった。のちに養子となり成人して小笠原右京太夫頼親と名乗るが、南玉村の灌漑用水の維持、延伸作事と治水堤の維持管理に携わっていくこととなる。

のちに箕輪城士となる農業土木技師四郎左は、西上野の雄・箕輪城主長野信濃守業政のもとで、武田の大軍の攻めから守る箕輪城の改造に関わるが、広域に及ぶ長野堰《ぜき》用水の延伸作事にも携わり西上野で活躍を続けていくことになる。その四郎左の配下に小笠原右京太夫が抜擢され、長野堰の開削に四郎左とともに生涯関わっていくこととなるが、かなり先のことである。

近年たびたび洪水に見舞われる南玉村のこの地域は昔〝にしき野〟とも呼ばれ、恵まれた農地が広がっていた百六十戸ほどの大戸数の村である。

玉村氏が治めていたが二百五十年前の弘安八年霜月、鎌倉の北条得宗家の重鎮足立泰盛が平頼盛の謀反により討たれた時、足立家の執事であった玉村氏も鎌倉塔の辻の将軍御所を守る攻防戦で玉村馬《むま》太郎泰清、玉村三郎盛清が討たれ、村出身の家臣の多くも討たれた。鎌倉玉縄の館を追われた玉村一族がこの地に戻り玉村城を治めていたが、その後得宗家領を経て鎌倉極楽寺の御厨となった時代には、在地支配者が居なかったために元玉村氏の家臣である百姓衆の合議で村を治めていた。極楽寺の後、上野白井城長尾氏の支配時期があったが、その時も領主代が在地しなかったために約二百年以上もの間、百姓衆が村を治める自治地域であった。

四年前の天文八年の水害後に、金原三郎光政が下総から入城して二百年ぶりの城主となった。新城主誕生のいきさつは、百姓衆からの洪水対策への要望が始まりであった。

「大水のたんびに田んぼの泥出しで、昔から村中が大事《おおごと》してきた。荒れ地になりゃ二、三年はろくなもんも作れねぇし、飲まず食わずの泥出しの苦しさを何とかできねえものか」

「やっと泥出しが終わったかと思うと、そのうちまた水が出るんじゃあ、何のための苦労か分からなくなる。田畑を捨てて逃げ出したくもなる」

のちに戦国時代といわれたこの約百五十年の間、長期的な寒冷期にあたり長雨や豪雨・水害・冷夏が相次ぎ、全国各地で平均三年に一度の飢饉が続き、慢性的な食糧不足による不穏な情勢が地域間の抗争、覇権争いに拍車をかけていた。

農村部では狼藉者集団による押し込み、強奪が頻発していた。南玉村は百姓自らが自警団を作り、一家《いっけ》（一族）ごとに濠で囲んだマケ（寄り合い住区）をつくり、日常の治安に備えていた。人災には備えようがあるが天災には無力である。百二十年前に利根川の変流が始まって以来、優良であった農業地域が何度も洪水に見舞われるようになった。

四年前、長雨の後の豪雨により利根川の一部が久留馬川に分流して、下流の大川が広がった。田の泥出しが終わった後も水勢が一向に衰えることはなかった。それは村人にとって過酷な復旧作業を強いられる大きな不安材料であった。

「大川が広がったんでこれから何回も大水が出るぞ。水が出るのは止めらんなくも、なんとか被害を少なくできねぇものか」

村中が不安を抱える中、村年寄の合議の末、

――村自体では水害になすすべがない。箕輪の殿は勧農でも聞こえたお方。農地を守る治水と田の復旧に力を貸してもらえないか、あるいは水害を防ぐ方策や普請を取り仕切る人がいたら、世話してもらえないか。箕輪衆のどなたかの伝《つて》を得て箕輪の殿にお伺いを立ててみてはどうか――ということになった。

この時期、闕所《けっしょ》（支配者のない土地）となっていた南玉村は上杉派の所領時代が新しく、西上野の上杉方の重鎮箕輪長野殿に頼ることに、誰も違和を感じることはなかった。

――どんな形で話を進めるのがいいのか。訴状を出すにしろ何にしろ、普門寺の快元和尚さんの知恵を借りることにしよう。快元さんは箕輪の殿の菩提寺の長年寺の坊さんをよく知っていなさる。快元さんにはいろいろと動いてもらえるんじゃぁねえか――

と、快元和尚に相談することになった。

南玉村と箕輪とは昔から深い関係があった。浜川や箕輪周辺で戦となる時に城下の住人が村空け（避難）先として、烏川や利根川を渡らずに半日程度で移動できる上杉方の西上野南端の地の玉村城が受け入れ先となっていた。その南玉村の水害復興に助力を願い出てみようというわけである。

話を聞いた快元和尚は、

「書面で願文を出すのがよろしかろう。聞くところによると甲斐の国では、暴れ川の治水を進めているという。何か方策があるかもしれぬ。拙僧が文面をしたためましょう」
ということになった。
文面の骨子は、
一、当村は、赤城山麓の緩やかな台地の縁辺にあり、昔から幾度も水害を被る地形的なところに位置している。今般の長雨による大出水で、上流にて利根川と久留馬川がつながったために、この後も水害を受けることが避けられぬ状況にあります。
一、にしき野といわれたこの地は良田良畑ではあったが、近年の度重なる水害復旧は村民の耐え難き苦難であります。水害を抑える何らかの治水作事の策案が可能であれば、長期にわたる普請となっても村民自ら労役を負担し成し遂げることが惣村の総意であります。
一、作事案の策定および作事の取り仕切りについて、しかるべき旗頭が居られればその差配に従い進めたい。その後も永きにわたり水害に備えていくことができれば、全村民が安心して暮らす古き良きにしき野に戻ることがかないます。
一、一村では見通しを付け難きことでありますので、箕輪の御殿の御助力を請い願う次第であります。
との旨が記された。そして快元和尚から進め方として、

「大川のすぐ北に居住する箕輪の大小姓仙石久内殿に託し、箕輪の譜代衆である郡代奉行岩

田肥後守殿宛ての願状を届けて頂くことがよろしかろう」

となり、村年寄二人と和尚とで仙石屋敷を訪れてよくよくお願いを致したところ、十日ほど後に郡代奉行より仙石殿を経て書状がもたらされた。

「今般の南玉村の水害の儀、箕輪としても他事にあらず。下総の原一統で市河（市川）の元大野城主の庶子原三郎殿が、太日川の度重なる洪水の復旧作事と治水作事に長け、人物と聞き及ぶ。故あって小金大谷口城に寄寓《きぐう》せり。仔細判断致しかね、平井管領家の老中その方面に詳しきところなれば、この件老中の差配を受けることに相成り、成り行きを待つところなり。仍《よっ》て件《くだん》の如《ごと》し」

箕輪の郡代奉行の手立てを施こそうとする返答に、年寄衆は安堵《あんど》し期待した。

そして上野内にふさわしい人物が見当たらなかったのか、文面からは下総の武将の名があがっているが、肥後守がその判断と対応を、平井の管領家に委ねた様子がうかがえる。

その平井の管領家（関東管領山内上杉氏の居城である上野平井城）の本丸広間にて。

管領臨席の四家老（長尾、大石、小幡、白倉家老）の定例評定の席で、古河公方の近況に話題が移ると、次の間に控えた老中萱野大善太夫憲頼から、

「申し上げまする。今朝方、箕輪からの知らせによりますると、古河公方の正室に北条氏綱

の娘芳春院が決まったとのこと。婚礼が九月に執り行われるとのことでございます」

箕輪城の情報網からの報告に、四家老が互いに顔を見合わせ硬い表情となった。白倉家老が反芻《はんすう》するように話し始める。

「昨年の公方家の内訌《ないこう》（同族内紛争）に乗じ北条氏綱が公方の弟君を討つ戦功を上げた時、下総原一族の悲願であった小弓城奪還に際して、原宗家の孫次郎胤清が北条の力を借りて城を奪い返した。そのために上杉派の原一族のほとんどが宗家から離れることとなったが、これから先、原一族に北条からの謀略が強まるものと思われる。さらにここにきて、公方家と姻戚となり北条の勢いは増すのみ。今後われらと原一族とのつながりを一層確かなものと致し、北条の力が下総に広がるのを何としても防がねばならない」

その時長尾家老から、

「今名のあがった下総の原殿に関連して、箕輪から要望が来ておる。その件につき先にお諮り致したい。原一統の中で小金大谷口城に寄寓している元市河大野城主の一族で原三郎光政がいる。北条方となった原総領家に反抗して小金の一字を取り、金原と名を改めた金原三郎殿は、市河太日川の氾濫では城主の名代として何度も治水・田畑の復興を行ってきたという。復興の手腕は高く領民からの評判も良く、人物と聞く。こたびの上野の豪雨で久留馬川が氾濫し、南玉村の領民が復興と治水作事の旗頭を求めているとのこと、箕輪より当方に相談がござった。

この先も大雨の都度南玉村が決壊の不安に晒され、地形的にも何等の治水措置が望まれるところ。南玉村には玉村氏以来の館が空いているゆえ、いかがでござろう、金原三郎殿に異存がなければ、寄寓先の小金大谷口城から移っていただいてはと考えますが」

大石家老も発言をする。

「金原三郎殿は水害復興に長けていると聞く。北条方に市河を追われ、今は大谷口城に寄寓の身。父親の原三郎佐秀殿は厩橋城の長尾孫四郎（景春）殿に請われて、下総から厩橋に移って久しい。三郎光政殿が南玉村に移られれば親子そろっての上野入りとなる。原総領家が北条方となったこれより、代々管領方である小西原殿、弥富原殿、多古原殿、小金原殿、臼井原殿に北条の調略が及ぶことは必致。わが方としても油断あるまじきこと肝要。よって金原三郎殿を処遇することは、管領方原一統の結束を固める上で良い影響を与えよう。早速打診致すべきと考えますが」

長尾筆頭家老から、

「上様いかがでござりましょう」

長尾家老が上段に向き上様の御発意を促した。ややあって管領憲政が口を開く。

「甲斐の武田も暴れ川の治水作事に取り組んでいると聞く。治水は領国経営の大事。金原殿を迎えるにあたっての領地の宛行《あてがい》は」

「北玉村と公田に管領預かりの闕所がありますれば、それにては如何かと」

管領は少し目線を上げ三家老をゆっくりと見回し異論のないことを確認し、正面を向いて頭《こうべ》をたてに動かされた。――左様に致す――の意である。

次の間に控えていた菅野憲頼は、長尾家老の目線を受けて軽く会釈をし、予定の案件の評定が済んだことを確認した。

家老の席は再び氏綱の娘の婚儀と、河越城のその後の状況分析の話題に戻った。


そして四年前の天文八年十月に入って間もない頃。箕輪の郡代奉行岩田肥後守が介添え役として、金原三郎光政一族を先導し玉村城に入った。村役以下全村民が城の大堀の外で一行を迎える。鏡田の中央を横切る表道を行列が進み、一行が騎乗のまま大堀の引き橋を渡り城域に入った後に、村役が徒歩で橋を渡るという形を取った。二の丸の館では、管領家の菅野老中が立会人として一行を出迎えた。一族が館に入り、奥の間の上段に着座している菅野老中に向かい、金原三郎光政が着城の口上を述べてのち、老中が上段を降りて退室し新たな城主誕生となった。

続いて三日後に、下総から神主を伴った一基の御輿《みこし》が到着した。御輿は住吉神社の御分霊である。下総の原氏全盛の頃、主家千葉氏を上回る勢力を持ち武力のみならず、市河（市川）津を中心に江戸湾の海上輸送や交易を一手に押さえていた。その時以来海運の守り神である住吉神社は、原家累代の氏神となっていた。金原氏が氏神を新たに祭祀するにあたり下総から分祀して、玉村城の北西に住吉神社を構え、摂津の住吉大社と同じ方角にあたる本丸内に、若宮八幡宮を摂社として祀った。こうして村人に迎えられた金原氏の執政が始まった。

その年の十一月から金原三郎の差配で、矢川筋の合計十七町歩の田の泥出しが村人総出で始まった。しかし水の少ない秋から冬にかけても、幅が広がった大川の水位が下がることはなかった。

三郎光政は上流の大渡地区を視察したり、大川と同時期に洪水のあった利根川筋の小屋原や天川大橋を見て、久留馬川が他の水系よりも流れが速いこと、落差が大きいことを見取り、将来的に利根からの水がさらに入り、久留馬川の拡大が大事態を招くことを見通した。

平時の川の勾配を見て洪水時の流勢を思い描く。光政が想起する洪水時の激流は想像を絶するもので、どす黒く重たい流れが荒れ狂って盛り上がり、蛇行し始めて岸を削り川幅をどんどん広げていく。想定される大川の拡大は治水作事の規模が拡大することになる。

——この大川は、かつての市河の太日川の洪水とは異なり、落差による洪水時の水勢が強大で、南玉村の辺りで河川敷が急に広がる。ということは緩やかではあるが台地の縁辺にあたり、台地の出口で川筋が暴れ洪水を繰り返す地形である。しかも川の南側の南玉村側のみが氾濫する。目先にとらわれず自分の知識のみでなく、根本的な方策を講じなければ対処しきれない——

三郎光政は地形状況を読み解き、取り組み方の根本的な見直しをせねばならぬと考えた。

天文九（一五四〇）年正月二十日、三郎光政の次男禅寺丸（十六歳）が元服をして、四郎左衛門政高と名乗った。烏帽子《えぼし》親は村年寄の官尾兵庫介である。

元服の儀の宴席で三郎光政が、家郎や村年寄を前にして、

「実は昨年の暮れに平井の老中より、治水・勧農利水を進める大谷新左衛門という人が、足利学校で講座を開いて教えているという話を聞いた。早速足利にその大谷師を訪ねて、大川の治水作事について意見を伺ったのだが、大谷師の造詣の深さに感服いたし、老中と相談して治水作事の策案作りをお願いすることとなった。よってこれから先、大谷師に大川の治水と農地の二毛作化の策案作りをお願いすることになる。その折、師の意向を受け手先となり現地で働く助手役が必要となる。元服を機に政高が足利学校にて大谷師に学び、後に南玉村に戻り、師の指示を実施していく役割を果たしてもらうこととしたい。既に大谷師には老中より政高のことは話をしていただいておる。政高には早速来月から足利へ行ってもらうこととする」

嫡男の左近佐宗（十九歳）が、

「どのくらい行くのですか。足利で一人で暮らすのですか」

「兄者、心配には及びません。父より話を頂いた時から、水勢を御して田畑の役に立つ技術があるならば学び、それを用いて作事を興し役立てたいとの思いが強くなっています。父より三年と聞いております。決して苦にはなりません」

三郎光政が杯を置きながら、

「通例では元服は年末に行うものであるが、矢川筋の泥出しの見通しが付くまで元服を見合わせた。南玉村の泥上げ作事は予定通り捗《はかど》っており、来月末には終わる見通しができた。まだ箱石と川井方面の作事が続くが本日元服する運びとなった。名を得て男子《おのこ》の自覚をもって、政高には足利で皆に代わって励んでもらいたい」

「本日、四郎左衛門政高の烏帽子名を頂きました。政高は里見の祖父の諱《いみな》、名に恥じぬよう努めます」

男勝りの妹茜（十四歳）が、兄たちの話を身じろぎもせず聞き入っている。

足利学校

三年後の天文十二年五月。

「叔父御《おじご》、施療院五明堂の先生も来られましたぞ」

城の大濠の南の前打出（打出・城外の家臣の住区）に金原一門衆の屋敷が並ぶ。

叔父の屋敷の前で馬を降りた茜が庭に入り、弾んだ声を上げた。茜が四郎左の身の回りの差し替え荷物を鞍に付けて、これから叔父と騎乗で足利に向かう。

いつもであれば年に二、三回、茜と爺で行く楽しい一泊の旅であるが、今回は大谷師から〝大川の治水策と田畑の用水の策〟ができたとの知らせを受けて、その内容を事前に聞くために叔父の金原弾正明善が、三郎光政の名代として出向くことになったのに合わせて、施療院五明堂の医療士も騎乗で足利学校まで同道する。

叔父の弾正明善は武術に長けて、下総では一軍の侍大将として武勇を誇っていた。光政が為政者であるのと違い、長身屈強の武闘派で上泉道場の門下に列している。十七歳になった茜も、一年前から叔父について上泉道場に通い、薙刀、杖術を習っている。

施療院五明堂は、この地が鎌倉極楽寺の御厨であった頃、管領上杉憲実の要請で極楽寺桑ケ《くわ》谷《やつ》療病所（関東で初めての入院治療施設）の別院として、舟運に恵まれた南玉村に建てられた。石倉・総社からは大川で、箕輪・浜川からは井野川で、松井田・安中・小幡・平井・和田・倉賀野は烏川へ出る船で病人を運ぶことができることから、西上州の下流のこの地に建てられて以来、平井管領家や箕輪の庇護を受けて今日まで続いている。

治療は極楽寺桑ヶ谷療病所の医士と、足利学校出の医療士によって行われている。病気の治療と、最近では金創（戦での刀創・槍傷など）の手当ても増えている。

今日は医療士が、所用で足利学校へ行く旅路を共にする。


足利学校で学ぶ者は学僧が中心であるが、領主層や武家の子弟も剃髪し僧形となって、学校や周辺の学舎で学んでいる。千二百人を超える学生《がくしょう》が、日本唯一の総合大学（宣教師フロイスの本国への報告の表現）である関東の足利学校に全国から集まって、鎌倉五山、京都五山を凌いでいる。街も日本最大の学僧の都となっている。

足利学校中興の祖、関東管領上杉憲実公の世に、壮大な学舎が何棟も建てられた。国学・漢学・易学・占筮（軍配・軍法）・兵学・医学・薬学に鍛冶冶金・勧農などが加えられ、学門と実践教育の場となった。その後足利代官長尾氏によって今の所に移されたが、周辺には学舎が建てられ周囲の寺でも講座が開かれている。勧農・利水を習う四郎左は、同年の大胡城家老五代又佐衛門の次男次郎秋継と、巴町の寄宿先が同じであった。次郎は医学と薬学を学んでいるが、四郎左と共に近くの剣術道場に通っていて、茜は足利に行く度に道場で次郎の稽古姿を見るのを楽しみにしている。

足利に着いた翌日、弾正明善が大谷師の居宅を訪れた。

学校の北側の庠主《しょうしゅ》（学長）の家宅に近い場所である。居宅というよりは学舎そのもので、大きな講議室が三間ある学舎の建物の裏の、中庭越しの回廊につながった住まいに通された。

大谷新左衛門（後の大谷休泊）は若干二十三歳を過ぎたばかりで、学究派の容姿ではあるが十分に日に焼けた顔色は、実践学問の師であることをうかがわせた。

弾正がかしこまって大谷師に向かい、

「こたびは作事案を策定いただき、誠にありがたく御礼申し上げまする。これは平井の老中から預かって参りました書状にございます。こちらは箕輪の殿からの品にございます。そして、金原三郎と村年寄からでございます」

「これはこれはご丁重なるお心遣い、痛み入ります。されどそれがしは俸禄を頂く身なればご辞退致しますが、折角のお心遣いなれば、学校や学舎に寄進させていただくことと致します」

学生の姿が障子越しに蠢《うごめ》く学舎と、中庭を挟んで、薫風の渡る静かな板敷きの部屋の机の上に絵図面が広げられてあった。

大谷師が、老中からの礼状にゆっくりと目を通し、

「治水・用水は後の管理が肝要。近頃出来上がった尾島の用水堀では、惣村で管理の約定を決めたところ。南玉村でも惣村にて取り組むとのこと、中でも金原殿の采配に期待をしており

ます。四郎左は優れた学生《がくしょう》で、ゆくゆくはこの学舎に留まってもらいたいとも思うほどで、今日も境村の作事場に出向いている。これから始まる南玉村の作事場を任せられるだけの技量を持つに至りましたゆえ、安心しております」

管領家老中の書状には、一年前に完成した赤堀の幹水路が完成して配水が始まり、水田灌水範囲を着々と広げていること、境村の川除け堤の作事（工事）が始まり今後の無事の完成を願う文面があり、重ねて南玉村の治水と用水案の策定を慰労する内容であった。

大谷新左衛門は幼少の頃から算術に優れ、父に就いて水路の開削や水盛《みずもり》（測量）を学んだ。地頭職にあった祖父権左衛門の時代に、地域のために川場村から沼田城下まで初めて用水を引いた。父の代には沼田地域の水利権を持ち、城主の命により水田拡大のために、新たな水路の延伸を行っていた。

十三歳で元服した新左衛門は若くして勧農で身を立てる志を固め、父の勧めもあって関東各地を視察し、駿河・尾張さらには尼崎まで足を運び、各地の農業土木技術を学んだ。知識を蓄えて経験を重ね、父に代わって沼田から近郷や白井城下まで、求めに応じて指導に出向くようになった。十七歳の時管領家老中の目にとまり、広く北関東の勧農、新田開拓を図るために若くして異例の管領家直臣となった。

四年前、東毛の邑楽・新田・山田三郡にて川除け堤、新田開拓（休泊堀として各地に残っている）を進める中、足利学校で勧農利水を教える勧めが管領家からあり、科目が新設され学舎が割り与えられた。今では六十余人の学生を受け入れるに至っていた。

四郎左は三年間の学習も終盤を迎えていて、大谷師の勧めで近々畿内の二毛作灌漑の先進地、尼崎を中心に、同期の学僧英舜《えいしゅん》と共に視察に出かけることになっていた。

弾正明善は大谷師より治水・利水の策案の説明を受けた。堤の規模・延べ長さ、用水路・落とし捌《ば》け（排水路）の範囲、掘削土の運搬について。村の男衆の一割五分に相当する人足が、交代で出て約十七カ月かかるというもの。土砂運搬用の牛車が、延べ千五十台となる規模で、聞きながら要点を書き記す。堤敷きと用水・落とし捌け分の田畑が減歩される。堤の盛土で不足する分は、林地を開き盛土分を出す。土出しの跡を田にして、新田を減歩の充当田とする案の指示を受け、作事全体の絵図の説明を受けた後、学生が模写した全体絵図を受け取る。

絵図について大谷師から、

「絵図の仔細は四郎左が存じておるゆえ、何なりと尋ねるがよろしかろう」

「それがしは兄三郎光政より、村年寄らと共に減歩調整を進めよとの沙汰を受けております。南玉村に戻り次第この絵図を基に早速村役とともに始めることとなります」

ゆっくりとした口調で大谷師が、

「どこでも、減歩調整は大事《おおごと》で惣村の結束が得られるや否やの分かれ道。村民一人ひとりの言い分を十分に聞いた後に、一任を受けた村役が決めるのがよろしかろう。その際、減歩率の高き者に、山林開きの田を振り当てることもよろしかろう。逐一お尋ねを受けるゆえ、四郎左を通して申し越し下され」

ひと通りの説明を受け今後の鞭撻《べんたつ》をお願いして、弾正は学舎を辞した。

後に関東式と言われるようになる利根式堤防の絵図と、米麦二毛作の用水策排水策の絵図を受け取り、南玉村に戻った。

そして大川の大洪水のあった同じ年の六月。

「四郎左、四郎左っ」

――ふむっ、聞いたような声だが――

四郎左が、水路を覗き込んでいた顔を上げて振り向くと、三日前まで世話になっていた京の粟田口家の手代が汗を拭きながら、

――やっと会えて良かった――

という顔をして畦道を近づいてくる。

六月二十三日の昼下がり。摂津尼崎の横手新田の水路際である。

その日は、難破船の漂着民の引き取りの交渉を京で終えた隣国李氏朝鮮の通信使の一行も二毛作の視察に訪れていた。日本で二毛作が始まってはいるが、地区全体の田畑を同時に転換する方法は全国的に広まっているというほどではない。麦刈りを終えて田植えに移る時期に各地から見学者が多い。

既に田植えは済んでいるが、この日は代官屋敷の若者が水勢の強弱を利用する関板の開閉の仕組みを見せていた。この幹線水路の操作で広範囲な畑に水入れをすると一転、田に変わる。本来違う場所の畑と田で育つ麦と稲。二毛作の先進地畿内の、特に尼崎が典型的な利水の農業を進めている。

近頃では、二毛作を取り入れた在地の武士・代官階級が力を蓄えるようになって、主家を上回る勢力を持つに至り、財政面では主従逆転現象が見られるところもあり、下剋上が起きる要因ともなっている。その意味で、尼崎を視察に訪れる有力者が後を絶たなかった。大谷新左衛門も八年前に視察に訪れている。

四郎左と英舜も、通信使一行と一緒に説明を聞いていたところだった。

「京から直接こちらへ参られたか。して何か急ぎの用向きでも」

一行から少し離れるように、手代を促しながら四郎左が聞くと、

「昨日、関東管領家の老中より書状が届きました。封書であったので急ぎ届けた方が良かろうと。尼崎の宿に寄ったところこちらに出向いているとのこと、書状を持参致しました」

「それは暑い中、ご苦労でございました」

四郎左が一行に背を向けて書状を受け取り、赤い封印を切り広げて読み始める。

書状の内容は、

「打ち続く豪雨で利根幹流が完全に久留馬川筋に移り、六月二日大川が決壊し大洪水で南玉村と下流の川井村の全田畑が埋没した。田畑の復旧と、治水・利水の作事を同時に進めることが必要となった。四郎左衛門が戻り次第、大谷師の指示により作事を開始することとなる。ただし、箕輪の家老より、帰路に近江国友村の鍛冶村を視察することの要請がある。箕輪に代わり当方より粟田口家に手配を頼むゆえ、在京中の箕輪作事奉行配下の大類憲吾と合流して視察をすること」

というものであった。

「大川が利根幹流に変わった……ということは」

四郎左には想像がつかないような、大きな変化と水害が起こったことが知らされた。

「とうとう起きたか。今までもたびたび利根の流れが大川に入って来ていたが、この度は今までとは異なり大利根の幹流が大川に。……大川が利根川になったということか」

四郎左と英舜はあと二日尼崎にいて、下流の堤と水田の利水を視察した後、三日後に京粟田口家に戻る予定を決めて、手代は京に戻った。


京の東山にある粟田口家は。

藤原北家の嫡系で京の東口・風光明媚な東山の粟田口一帯を治め、鎌倉中期に藤原から粟田口と姓を改めた。天台宗の門跡寺院（皇子在住の寺）である青連院《しょうれんいん》の大僧正を代々務め、後醍醐天皇の皇子宗良親王の関東上野下向に粟田口資房が従い、後に玉村本木郷（大字・上茂木）に居を構えた。玉村粟田口家はそれ以後代々上杉方に仕え、管領家や箕輪方に属したために、西上州上杉方の京での取次役として、京粟田口家との関係が続いていた。今回も四郎左と英舜が京に入り、二泊した後に尼崎に向かっている。


尼崎で書状を受け取ってから三日後の夕方。

広大な寝殿造り風な粟田口家の一角・西の蔵側の透渡《すきわた》（回廊）で結ばれた部屋で、大類憲吾と初対面の四郎左と英舜が、膳を前に話が弾んでいる。

「憲吾殿は作事奉行配下と伺いましたが、京ではいかがでしたか」

と三つ四つ年上の憲吾に、上役の指示で来た京での行動を、どの程度聞いていいものかどうか測りかねているが、しかし四郎左には興味津々である。

「二十日前に一色家の京屋敷に着いて、翌日こちらの屋敷に世話になった。上野からの道中は上泉の殿の本家の一色家を訪れる上泉の者と一緒に来たが、その後は一人で丹波や若狭、大和へ出向いていた。そろそろ帰り支度をして国友に向かおうかというところに、打って付けの同行者ができたのでほっとしておる。これからよろしく頼む。ところで、四郎左殿と英舜殿は、足利学校で治水と利水を学んでいるとか。しかも京、尼崎まで視察に及ぶとは……、いったい何を見てきたのかい」

――やはり、大類殿は用向きの具体的な内容には触れずに、逆に我々の話題へと話を移してきたか――

「尼崎では水田の灌漑用水を見てきました。稲作のほかに同じ田で冬麦を育てる二毛作は、上野ではまだ始まっていませんが、広く部落ごと村ごとにやる場合は用水と落とし捌け（排水）を区別した作りが必要で、畿内、特に尼崎が進んでいるために遥々と見にきました。今上野の新田郷で足利学校の大谷師の指導により二毛作の作事中で、これから上野でも広まっていくでしょう。米と麦で収量は二倍になり領内の百姓が今までよりは豊かになり、上納米も安定して出せるようになりましょう」

「なるほど、今後の上野にとっては大きな変化だ。わざわざ尼崎まで足を運ぶ意味がよく分かった」

農作物の収穫を増やすための新しい方策を会得し、実践しようとしている二人の若者。これから領民に大きな変化をもたらすことが、憲吾には目に見えるようで心弾む思いを感じた。

「して国友の鍛冶場とはどんな所でござろうか。手前も道連れゆえ、同行させてもらいたいと思いますが、構いませぬか」

憲吾に何らかの知識があるものと思って、英舜が尋ねた。

「湖北三郡の領主、浅井久政殿が三年前に新しくつくった村で、村全体が鍛冶場になっていて、そこでつくる武具の商いでは、堺の商都には到底及ばぬものの、領国の財政を潤そうとの狙いがあるそうだ。しかも目的に合わせた新しい村をつくった。これは日本では初めての村づくりの試みではないかと。どんな村なのか、何が違うのか見てみる、これが国友に行く目的だ。

箕輪を発つ前にいろいろと聞いてきた。しかも浜川来迎寺の廻国遊行僧からの話では、鉄砲とやらをつくるのが村づくりの本当の目的で、既につくり始めているとか」

英舜が体を乗り出すようにして、

「鉄砲とはいかなるものですか」

「渡来のもので、鉄筒に火薬を詰めて火を挿すととてつもない音がして、周囲百町に響き渡るとか。戦に用いる時は鉄玉が瞬時に飛び出し、一町先で人体を打ち抜くとか。弓矢を遥かに凌ぐ威力とか」

「一町先で人を打ち抜くとは弓矢では到底及ばぬこと。まるで戦のありさまが変わるような」

「ご禁制の密貿易で、倭寇《わこう》がシャムの国あたりから持ち込んだものらしい。浅井家は早くに手に入れてその威力を知り、オイロッパ人やポルトガル人が、外国を次々に鉄砲で制圧している様を聞き、我が国内の戦乱を収めるにも外国から国を守るにも、大量に使う時が必ず来ると見通して職人を集め、表向きは鍛冶村として密かに鉄砲をつくり始めているらしい。もともと近江の湖北は古来から鍛冶が栄えて、すぐ近くに草野鍛冶や難波鍛冶があるのに、わざわざ別に新しく鍛冶村をつくるのは、やはり鉄砲を、しかも大量につくるのが浅井家の狙いだ、というのが遊行僧の話だ」

「人目を避けてつくっている鉄砲とやらを、果たして見ることができるのだろうか」

「いやそうじゃなく、我々は新しい試みでつくった村を、鍛冶の村を見に行くのさ。日本で初めての目的を絞った村づくりには何か見るべきものがあろう、というのが箕輪の作事奉行のお考え。今までも他国から見学に来ているとのこと。密かに鉄砲をつくり始めたとしても、鍛冶村は道伝いにどこからでも入れるのであろう。村の見学を断るのはかえって不自然に思われるというもの。だから鉄砲のことは、口に出さぬがよろしかろう」

憲吾は上野を発つ前に、国友について村の裏表を知らされていた。

夕餉の膳を挟んで話が弾んだ。


翌朝、粟田口家の表の間に通された三人は家宰城田玄番丞に滞在の礼を述べ、国友村年寄国友善兵衛宛ての紹介状を受け取り手代に見送られて粟田口家を後にした。

街道の風景を眺めながら四郎左が、

「のう英舜よ、京とはかくも違うものか。家並みの見事さ、人々の洒落ていること。平井の城下も坂東の京都といわれているが風情が違うな。水の流れも垣根も飛ぶ鳥も、目に映るもの皆上品に見えてくるわ。これでも打ち続く戦で寂れているとか」

さきほどから浮かぬ表情の英舜が、

「この辺りは東山の山間で、戦の影響はあまり無かったのじゃろう。それにしても着いた翌日に手代に案内してもらって、四条通りと八坂神社を見ただけで、もっと京の町を見たかったものだが。折角はるばると京に上ったのにまたいつ来られることか、これが最後かもしれんのに。京に背を向け東に向かって上げる足が重たくて重たくて」

「我も英舜と同じ思いじゃ、が重たいのは京を離れるせいでなく、山科に抜ける坂道のせいじゃ。はっはっはっ。……ところで憲吾殿は京は何度目ですか」

「たまたま二度目となった。が二度ともとんぼ帰りのようなもの。英舜よ、物見遊山はもっと先の、年をとった時の楽しみに取って置いたがよかろう。この先を曲がれば歌に詠まれた〝逢坂の関〟、それから先の粟津までは下りゆえ、足取りも軽くなろう」

「再び来られるものかどうか。下り坂でも京を離れる思いは軽くはなるまいよ」

「――知り初《そ》めし、京の都を返り見ん、思いは募る帰路の切なさ――、はっはっはっ、歌にはなっていないがこの日の思い出に英舜に進ぜよう」

四郎左が英舜を冷やかしながら、三人は日が高くなり始めた街道を東に進む。琵琶湖が見える頃には、京より国友の話題が多くなっていた。


三日後の昼下がり、三人は国友善兵衛の屋敷の表玄関に立った。

「ご免下され」四郎左が奥に向かって声掛けをした。

しん……とした後、人の気配がして静かに式台の板戸が開いた。年の頃四十半ばと見える恰幅良き主人に、憲吾が半歩下がってまず深々とお辞儀をした。顔を上げて口上を述べようとしたところ、

「手前は家の者で、主《あるじ》は所用で出掛けておりますが、どちら様で」

「それがしは上野箕輪の者で、新しく村づくりをされた国友村を見せていただきたく、京の粟田口家を通してお願いを致しておりましたが、これは粟田口家からの書状です」

「京の粟田口家からの、はいはい、伺っております。遠路ご苦労様でした。書状を拝見いたします。（書状を読み、丁寧に折り戻しながら）何か見たきものがおありか」

「特段これといったものは無く、新しき鍛冶の村全般を見させていただきとうござる」

「鍛冶村とはいえ、出入りお構いなしの村となっておりますが、屋敷内に入る時は――善兵衛手引きの者――と声を掛けていただくのと、一人では動かないでください。無断の輩《やから》と怪しまれますので。見学の場合は、三人以上でまとまって動いてもらうことになっておりますゆえ。丁度、お三方なので一緒に動いてください。それと、各家には外部には見せない技法などがございますれば、張り紙のある所には、決して入らぬよう願いたい。それと念のためにお聞きしておくが、宿はどちらで」

「宿は近くの因乗寺にお世話になります」

「分かり申した。それではよしなに。帰り際には、また当方へ声を掛けてくだされ」

村のどの屋敷も建てて間もない造りで、街並みが揃い過ぎているのが印象的である。

その日はまず村を一回りしてみることとした。

翌朝早く、三人はもう一度村を一回りして寺の庫裏《くり》で朝飯を済ませた後、目ぼしい鍛冶を何軒か訪ねた。この村では、分業がはっきりとしていた。それは大量に製造する時の手法であることが見て取れた。素材である鉄の、瓦金（地金）と巻金を鍛錬する鍛冶、次の鍛冶へ運ぶ人足、形を鍛える打鍛冶、細工を施す職人、組み立てる職人、木部を取り付ける職人などである。刃物を作る傍ら、素人目にも鉄筒から鉄砲とやらを作る工程とおぼしきものもうかがえた。

村の道路は、敷地が有効に利用できるように方形に区割りしてあり、曲がり道が見当たらないのは、新しい縄張りで仕切りをしたことが瞭然としていた。東から五筋に分けた水流の速い水路を村に入れている。各敷地は道路に沿った水路に接しており、鍛冶場や作業場には、細流の水を引き回して水を運ぶ手間を無くしている。どうやらこの地が新しい鍛冶村に選ばれたのは、水の流れを利用するために適当な勾配のある地形であったようである。

四郎左が関心を持ったのは、水車である。瓦金を鍛錬する鍛冶場で訪ねたうちの一軒で、水車の回転軸を使った、大金槌の連続打ちで鍛錬をしていた家があった。タタラ（熔鋼炉）上りの塊を見事に平板にする威力と、注文の大きさに合わせて打ち出す地板作りの鍛錬で、人手で打つ三倍ぐらいの重さの金槌を、人力の二倍ほどの速さで休みなく打ち続けるさまには、目を瞠《みは》った。初めて聞く腹に響く連続打音は、日本で初めての鍛冶場であろうと思われる逞《たくま》しさを感じた。

四郎左にとってさらに興味をそそられたのが、姉川沿いの川除け堤である。村は姉川に面していると言っていいほど川に近い所にあるために、村から上流約五町にかけて堤が造ってあった。村の北側辺りは川が村に近づくように緩く曲がっているため、大水の時堤が削られないように、堤の法面を一抱えもあろう大石で敷き上げている。頂部を見ると大石の裏篭《うらごめ》め石層は二尺以上の厚みがあり、増水の急流に対し大石を安定させていると見られ、洪水から村を守ろうとする強い意志が表れていた。

村を南北に貫いている小谷街道に沿って、宿や商人の屋敷が予め縄張りされていたが、この時はまだ空き地となっている所もある。

夕方三人は、久しぶりに綺麗な夕焼けを見た。琵琶湖の西の山並みを、くっきりと映え出す真っ赤な空と、その上に幾重にもたなびく錦色の雲、夕空を受けて黄金色にさざめく湖面は、天上の風景とも思われるようであった。

翌日、さらに一刻ほど見学した後、国友善兵衛屋敷に挨拶をして三人は国友を離れた。

余談であるが、三人が国友を訪れたのが、天文十二年六月末。その年の八月に種子島に漂着した大船に乗っていたポルトガル人より鉄砲が伝えられた。

島主種子島時尭はその威力に驚き二千金という大金で買い入れて、鍛冶の八板金兵衛に早速製造を指示した。当時の鍛冶匠は鉄具の製造者として重要な位置におり、初めて見た鉄砲の製作を進んで試行する見識と技量を持っていた。

その渡来より一年前に出雲の赤穴城の争いで、明製（アジア系）の鉄砲が使われた戦があった。そして国友ではすでに製造を試みている。

敦賀の倭冦経由で鉄砲を知った小谷城主浅井久政は、我が国での普及をもくろみ、大量製造の体制づくりを目指して新たに鍛冶村を造り、精度の高い鉄砲を作る試行を繰り返していた。

しかし大量の鉄砲製造が可能となっても、玉薬の原料となる硝石の入手は貿易禁制の中、限度があった。そこに種子島に鉄砲が伝えられたとの知らせが公式に幕府にされて、種子島の鍛冶が製造を始めた事の次第を浅井久政が聞き及び——これぞ鉄砲を公に世に出す絶好の機会——として、鉄砲製造についてお墨付きを得るべく幕府に積極的に働きかけた。将軍側近や申し継衆に働きかけて五カ月後の天文十三年二月、将軍足利義晴が管領細川晴元を通じて国友村に鉄砲製作を命じるに至り、国友の鉄砲製造が公に本格化する。

この時六カ月かけて二挺を献納しているが、将軍から示されたものはヨーロッパ系の南蛮銃であったために、倭寇がもたらした東南アジア系の鉄砲と機構が異なる部分があり、その部分で多少時間がかかっている。がしかし、事前の製造試行があったからこそ、短期間に南蛮銃より命中精度の高い鉄砲を献納できたのである。

浅井久政にとって、性能を上げて国友製の鉄砲の評価を高めることが重要であった。そして高価な渡来の鉄砲より、手頃な値の鉄砲が主流をなしていく。命中精度が向上し砲筒の爆裂事故が無いことが、国産の鉄砲の普及の理由であった。

倭寇は貿易商であり、日本には産出しない玉薬の原料である硝石（焔硝）を、継続的に大量に輸入するルートを確立させていく。当時貿易は幕府船か勘合貿易が建前で私貿易は禁止されていたが、倭寇を排除することはできなかった。

国友村が公に製造するようになってからは村全体が本格的に稼働して、二十年後の長篠の合戦時点では堺や雑賀の製造を含めて、国内の総数約二万挺に及ぶといわれ世界最大の武器保有国となっていき、国友村も活況を迎えることになる。……が、この時点ではまだ想像すべくもない。


七月中旬、中山道を経て上野に帰った三人は平井と箕輪に報告を済ませて、四郎左と英舜は玉村城で一晩泊まり、翌日足利へ戻った。

足利へ出発する朝、四郎左が見た洪水跡の城周辺は、蕎麦《そば》畑一色に埋め尽くされていた。

蕎麦畑でも土砂が厚く入った所か、流れ筋に沿って茎が赤くなっている畑があった。

「蕎麦の赤拗《す》ねが始まっている。早く灰を撒《ま》かないと、収量が上がらない」

足利学校で習った農業知識を、村役に伝えて南玉村を発った。

四郎左と英舜は学校に戻り、学舎で学生に視察の報告会を催した後、江黒堀の作事場へ出向いて留守中の進捗を確認した。学舎では、南玉村の治水・利水策に大洪水で発生した土砂出しを加える必要が生じ、師と共に策の見直しを行った。

勧農利水の講座の学生の内、二十人が九月で卒業をする。四郎左もその内の一人である。


昨夕、茜と爺が馬二頭を引いて迎えに来た。

九月五日早朝、荷鞍に振り分け荷を付けた馬と、騎乗三頭で足利を発った。

五代次郎秋継も同じ期の卒業で、家の者の迎えを受けて途中まで一緒に行く。

茜達は今までは真っ直ぐな東山道を通っていたが、今日は次郎達と少し北の旧あずま道を行き、赤堀で分かれる道をとる。茜にとっては初めての風景が続く。道すがら秋の日差しを受けた稲は、黄色に色づき穂は頭を垂れている。四郎左と次郎は話しながら並んで先頭を行く。茜は二人の思い出話を興味深げに聞きながら二人のすぐ後を進む。爺と次郎の家の者も並んで話しながら、一行はのんびりと初秋の日差しを受けて進む。

早川のほとりで昼食《ちゅうじき》をとる。

それにしても蜻蛉《とんぼ》が多い。空一面に群れ飛んでいる。どの地域でもいたるところに田として利用していない湿地が多く、排水の無い所は水溜まりとなって、小魚や水生昆虫が棲む格好の場となっていた。茜が独り言のように、

「この辺は、特に蜻蛉が多いのかしら」

「今の時期、何処でも多い。あきつ（蜻蛉）は日本の象徴ぞ。万葉の歌に――うまし（美しい）国ぞ　あきつしま　大和の国は――と、古人は日本のことをあきつの国、いや誇張にしても日本の国の枕詞にするぐらい、古来からあきつが多かったようだ」

四郎左と話していた次郎が茜の話に入ってきたのを受けて、茜が、

「次郎殿は、剣術の稽古をこれからも続けられますか」

「今の世、剣の道は常道。四郎左もなかなかの腕前じゃ、私も大胡に戻ってからも続けていく」

「上泉の道場に入られますか」

「五代の家の者は、上泉以外には行かん。断わられなければじゃが。はっはっはっ」

「茜も一年ほど前から、通っております」

「ややっ、上泉で稽古とは、これはこれは手強い。手合わせの時はお手柔らかに。はっはっはっ」

茜は、これからも道場で次郎殿と会えることが確認できただけで、十分であった。

南玉村では、洪水で稲が埋まった田の土砂の上にすぐに蕎麦を蒔いたので、十月下旬には収穫することになっている。この頃、三、四年に一度は起こる冷害に備えて米の代用穀物としての蕎麦とひえの種を、御門の倉に常備している。ひえの種は五十年はもつので備蓄用種に適しているが、蕎麦は収穫が早い。春蒔きと夏蒔きで年二回の収穫も可能である。蕎麦の種籾《たねもみ》は、村全戸分で十二俵。俵詰めの外側を籾殻《もみがら》でくるみ菰《こも》を巻き、さらに木灰を練って塗り込めて菰を巻き、乾燥を防ぐ長期保存用に拵《こしら》えたものである。冷害と分かった夏に蒔いても、七十五日後の晩秋には収穫できることから、米に代え飢えを凌ぐために共同で種を城に常備している。


九月に戻った四郎左は、年寄衆に選んでもらった若者二人と、準備作業を始める。

「これが、師が作成した全体の絵図面じゃ」

英蔵と宗吉は、自分の村が図面になっているのを初めて見る。

四郎左と学生が、何度か南玉村に来て地測したもので、田畑の地盤比高も記されている。

「四年前に大川が広がった後、師はさらに川幅が広がることを見越して、川除けの堤をここにしている。今回の洪水で大川が新利根川になったが、ほぼ師が見越した川幅通りとなった。よって川除けの堤の位置は絵図通りとなる」

「この線のところが、堤になるんかい。堤の大きさはどのくらいだんべ」

堤の断面図を指しながら、

「これが堤の幅で、これが高さじゃ」

「なからの堤だ……」

宗吉が理解し始める。

「堤から短く何本も出ている線は……」

「これが後詰めの土居で、水勢が堤を乗り越えた時に堤の崩れを抑え、流れを分散して被害を少なくするための土居じゃ」

「ほう、後詰めの土居。大きさは同じなのか」

「高さは川除けの堤の、半分ほどじゃ」

利根は昔から大水の度に、何度も何度も堤を壊してきた。坂東の利根は、日本で一番流域範囲の大きな川で、暴れる水勢の力は計り知れない。暴れを抑える堤は造りきれない。一丈（約三メートル）を超えると、水を含んだ堤が緩み、根元から水圧で水が噴出するという。一丈の高さの堤を超える大水は溢《あふ》れさせ分散させて、被害を集中させない。このやり方が長い間積み上げられて利根の川除けの堤の基本となった。

「大水の時堤は水を含んでもろくなる。それで後詰めで一丈の堤を支える訳だ」

栄蔵も宗吉も目を丸くして、聞き入っている。四郎左の口から出る言葉を、理解しようと真剣になっている。

「川除けの堤の土は水を通しにくい田の土が良いので、水路を掘った土を使う。後詰めは洪水で田畑を埋めた土砂を充てる。これが作事のあらましじゃ」

宗吉が溜め息を漏らし、栄蔵が大きく息を吐く。ややあって栄蔵が、

「どのくらいの人足が、要るのだろうか」

「村内で男の働き手が各戸で平均三人ぐらい居る。日々の農作業を考慮して、その内の一人が半月ずつ十二カ月出る見通しじゃ。全村の働き手の一割五分の人足が、毎日出るというのが師の長期作事の計画じゃ。もともと今回の洪水の土砂を予定していなかったので、二年にわたる作事の予定であったが、田を埋めた土砂を使うことで林野を切り開く手間が少なくなった。田畑の持ち分に応じて牛車を出してもらうことになるが、叔父御と村年寄とで割り当てができている」

「・・・・・」

「蕎麦の収穫が済む十月末までに地測をして、図面に合わせて堤の位置、水路の位置を決めたい。位置決めをして師に来ていただいて見てもらった後、十一月に入ってから作事を開始する。英蔵と宗吉にいろいろとやり方を教えるので覚えてほしい。これから先洪水が出て復旧する時や、水路の手直しの時も同じやり方でやることになるので、村人に指図できるようになってほしい」

「四郎左、似たような堤を成した所をどこか見ることはできないだろうか」

四郎左は、英蔵の踏み込んで来る意欲に手応えを感じた。早速、境村の川除け堤を見に行くことにした。

限度を超えたら溢れさせる川除けの堤。溢れた水を集中させないで被害を抑え、遊水池で受けて被害を少なくする考え方などを、師が坂東の川除けとしたが、後の江戸時代に関東式と呼ばれるようになる。他に流れの方向を制御する甲州式、水勢を整える紀州式がある。

自警団若衆組

九月九日（新歴十月十六日）、今日は住吉神社の宵宮である。四年前のこの日の深夜に、下総から移した御分霊が仮社から社殿に鎮座したことを受けて、秋の祭りの日として今年で三回目となる。

陽が沈む頃に村人が集まり、篝火《かがりび》を焚いて踊りが始まる。社《やしろ》の前庭で時が経つにつれ踊り手が増え二重、三重の輪になっていく。ゆったりとした男女の身のこなし、手の返しで、優雅にさえ映る舞である。女衆《おんなし》も男衆も踊れることがこの村の大人の見得で、見る者よりも踊り手自身がゆったりと品のある仕草に、酔うように見せるように踊り続ける。近頃各地で流行っている念仏踊りに、野良仕事の歌を合わせた三段落としの独特の詞章で、笛・鉦・樽のすり打ちに合わせて歌う。

片肌ぬぎの歌い手は中でも憧れの的であり、踊りの場の主役である。四、五人が入れ替わり歌った後、最後の頭格の朗々と響く歌声を聞き終わるまで、一刻（二時間）近く踊り続ける。戌の刻（午後八時）、踊りが終わって無礼講の酒宴に入る。ひょっとこの面を付け、おどけたどじょうすくいの踊りが舞台の上で始まったばかりの時、棒を持った右馬之輔《むまのすけ》の女房が、駆け込んで来て叫んだ。

「蔵に盗賊が入った、四、五人じゃった。馬を引いて来てるので裏の濠の橋桁を外してきた」

酒宴のざわめきが瞬時に消えた。祭りの夜を狙った夜盗である。西内出（内出・城外の家臣の住区）の村年寄白田中右馬之輔盛嵩と嫡男嵩時、次男朱龍がそれぞれ酒席からすっと立ち上がる。右馬之輔が若衆の方に向かって、

「若衆、何人か手を貸してくれ。嵩時は若衆三人と東の橋を固めろ。朱龍と四、五人わしと来てくれ、一緒に踏み込む。それから、気付かれんように舞台と酒宴は続けてくれ」

神社の拝殿の壁に掛けてあるスノマタ・棒剣・木刀を得物とし、皆が見守る中、八人の若衆が金鉢巻をして右馬之輔の後に従った。

西内出の白田中のマケ（一族の住区）には十二戸の屋敷があり、外周に屋敷濠（幅約一間半）があって、荷車や馬が通る橋は城の北西と、外堀道につながる東の橋の二カ所のみで、他は人一人が通れる丸木橋で荷車や馬は通れない。毘沙門堂の近くの北西の橋は引き橋で、女房が知らせに走る途中、橋脇に常備してある梃子木《てこ》で捩《よじ》って、橋を落としてある。使えるのは東の橋で嵩時らが固める。

右馬之輔と朱龍と四人の若衆が、西内出に入った。屋敷蔵の裏から忍び寄ると、賊は四人で、二頭の馬に米俵と味噌樽を振り分けに付けているところだった。荷を縛り終える前に馬を暴れさせれば荷を振り落として、盗賊の四人は慌てるだろう。右馬之輔は若衆に手真似で「回り込

んで馬の尻をつっ突け。後の三人はわしと賊を討つ、足を払い胴を突け」と指示して目配せで二人に「行け」と言った。馬を怒らせるもなだめるも、村牧で馬の扱いに慣れている若衆である。二人が闇の中後ろに回り込んで、一人は尻尾を思いっきり引っ張り、一人は尻を棒で突っついた。驚いた馬は後ろに振り向きざま、前足を高く上げていなないた。次の瞬間荷を振り払い、後ろの人の気配に今度は後ろ足で蹴り上げた。

賊の四人は馬が暴れて立ち上がったのに驚いたが、馬の後ろの人の気配に、四人がほぼ同時に刀に手をかけようとするが、足をすくわれ背中を叩かれ腹を突かれて、倒れながらその場を離れるのがやっとだった。振り向く間もなく脇腹を打ち込まれて、逃げるために橋に向かった。暗闇の中、外れている橋の上で足が空を切って濠に落ちた。四人目も、少し北で濠に飛び込んだ音がした。

若衆が馬の手綱を取って制止させようとして、引っ張られながらなんとかなだめた。灯かりを持った若衆が四、五人、駆け込んで来て濠を照らしたがもう人影はなかった。振り落とされた俵と樽を若衆が蔵の中に入れて、痩せ馬二頭を三の丸の厩に繋ぎ、東の橋を固めていた四人が、そのまま夜回りについた。その間、祭りのざわめきは続いている。

右馬之輔の屋敷に駆けつけた若衆が戻って来て、境内の篝火の灯かりに浮かび上った姿を見て、どよめきと拍手が沸いた。

近頃、落ち武者くずれの狼藉者が押し込みや夜盗をし、荒らしまわっている。一、二軒では防ぎ難いために、前内出、西内出、社宮島に屋敷を移し一族がマケをつくり、外周に濠を巡らせて備えている。

収獲後の晩秋から冬にかけて賊が出没することがあるが、その頃が若衆の夜回りの時期だが、稲刈り直後の籾《もみ》にする前の、住吉神社の祭りの夜に襲われるのは初めてであった。盗賊も人の命を殺めても何の足しにはならないため、米、豆、味噌を狙って手薄な家を襲うのが常套だ。

自警若衆の働きが目覚ましくなってからは盗賊の人数も増えて、最近では十数人が徒党を組み家の者を縛り上げ、短時間でごっそりと荷車で運び去る賊が出てきた。その中には追っ手を振り切るための、手練の猛者《もさ》が用心棒として二、三人いることもあり、若衆は武闘訓練を積んでいる。特に三年前からは金原弾正明善が上泉道場の門下になり、若衆の剣術の技量が向上してきた。

若衆は、元服後から三十代半ばまでの者全員が入る村の中核の行動部隊で、村の警護と共同作業の労役を担っている。各戸の嫡男も若衆組に入るが家を継ぐために、武闘派を束ねる若衆頭は次・三男から選ぶことになっている。逆に、次・三男にとって三十代半ばまでに若衆頭をやることが、嫡男を凌ぐ行動部隊の長として男の花道であった。

この時、若衆頭は朱龍で、知らせを聞いた宴席で親より先に立ち上がったが、自分の屋敷のことであり、家長である父右馬之輔の差配に従った。

この村の若衆組は、独自に事業を営み財源を持っている。共同の馬牧で産出馬を財源としている。何代も前から大川沿いの土地を村から借りて、戦馬を育てて箕輪、国峰、平井の武将に納めている。種馬を相馬や遠く奥州南部に求めて、体高四尺八寸以上の大型馬を産している。大型を望む風潮から、最近では和田城や倉賀野城の武将からも引き合いが来ているが、産出が追いつかずに待ってもらっている。特に赤毛は国峰と決まっていて、小幡騎馬軍の赤備えを担っている。

若衆牧の財政は豊かで、若衆の手当や結婚の祝い金、警護の費用や城の修繕費・村の公事費用の財源となっている。自ずと若衆は村の花形で、頭の行動力・発言力には大きなものがある。若衆頭の経験者が、将来の「年寄」の登竜門ともなる。嫡男でなくとも年寄に推挙される機会があるために、次・三男にとって若衆から推挙されて頭となることは憧れである。

この夜、若衆頭も自ら夜回りに入った。自分の屋敷に賊が入ったこともあるが、時期的には無警戒中の祭りの夜の出来事に、頭として警護の変更を検討する必要性を感じていた。

住吉の宵宮の翌日には、催事として城の北西の毘沙門堂の境内で剣術の演武奉納があり、中原で早馬競べがある。演武奉納は金原弾正の主導で始めたもので、上泉道場の剣士が来て模範打ちがあり、その後袋竹刀《ふくろしない》を使った自警若衆の一本打ちが行われる。桶皮胴と金鉢巻を付けても毎年手や腕に打撲を負う者が出るが、袋竹刀のために怪我をするまでには至らない。

演武奉納が終わった後、村人全員が早馬競べに集まる。騎乗に制限がないために女・子供でも参加できるので、一家で二、三人が出ることもあり、沿道で各家の者が花見のように筵《むしろ》に酒肴を並べてやんやの応援となる。早馬競べは急坂下りと川越・垣越への後、二町の疾走があり、実戦用の戦馬を作る牧主催の余興で男女問わず馬との呼吸が勝敗を決する。去年は牧で茜が世話をしていた五頭のうちの鹿毛に茜が騎乗し勝ち残って一番馬を取った。今年は二十四頭が競い三回戦目に六頭で決勝戦とし、鞍を付けずに（四尺）三寸九分の栗毛を捌《さば》いた分家の官尾市之丞の三男が一番馬を取った。稲刈り後の村祭りの恒例行事である。

その年の十月二十九日、三の丸の道場と道場続きの共同作業場を使って作事着手の宴が開かれた。

各家で作事に出る老若の男衆の約二百二十人が集まった。久しぶりの大勢の人寄せで、いろいろな話題に花が咲き、始まる前から賑やかである。道場に四列の膳板が敷かれ、その両側に向かい合って座り並ぶ。膳板の上には、女衆が作った料理と、にごり酒の徳利が用意されている。

村年寄と金原一門衆が上座に座り、さらに上段に城主金原三郎が着座する。

宴の冒頭、城主が上段を降り上座の中央に立つとざわめきが消え、しん……となった。年寄の官尾大善が立ち前口上の後、城主がゆっくりと張りのある声で話し始める。

「このたび蕎麦の刈り入れも終わり、これより川除けの堤と米麦二毛作の水路作事を同時に行うこととなる。箕輪殿と平井管領家の差配を得て、足利学校の大谷師の策案を基に、いよいよ明日から作事を始めることとなる。次の田植えが出来る田を多くするように、春までは田の泥出しを先行することとした。減歩の調整も皆の了解を得て落着を見た。途中に、大水や流行り病で作事が中断することなきよう、昨日住吉神社に祈願を致したところ。作事の仔細は四郎左から述べるが、来年の暮れまで続く惣村の大事である。長き間のことゆえ異論が生じれば、遠慮することなく年寄を通し申し出ること、議して沙汰を致す。すなわち、いかなる事態あろうともやりおおせることとの覚悟が、肝要である。一同、しかと心得られい」

城主が上段に戻り、大善が再び立ち上がる。

「作事次第の仔細については、四郎左から話してもらう。なお向後、金原弾正家の英蔵と小笠原の宗吉に、四郎左の補佐を任じたゆえ心得ておいていただきたい」

四郎左が立ち、道場中央の横の壁に図面を掛ける。

宴列の半分の者が背側に張られた図面の方に向きを変えて、全員が中央横の四郎左を見る。

「それでは、大川の川除け堤と田の水路作事について説明します。これが大谷師による全体の絵図面で、これが川除けの本堤で、外側に本堤を支える後詰めの土居を造る。大川は大水の度に暴れて川幅がまだ広がることを見越して、堤はこの位置としている。師曰く、今までの利根に利根本流が再び戻ることはなく、大川筋が利根本流となったので大川ではなく新利根川と名付け、今までの利根川を古利根と呼ぶ。よってこの絵図も新利根としている。今までの矢川は、後詰めの土居でつぶれる所があるので、矢川を付け替えて用水の幹線とする。縄張りとくい打ちを英蔵と宗吉に手伝ってもらった。それに沿って減歩の調整が進められた。新しい矢川から五カ所の用水取りをし、新たに五本の落とし捌け（排水路）をつくる。落とし捌けと用水が重なる所は、樋越《ひごし》（樋で上部を横断）の用水路とする。樋越は六カ所で石樋とする。

本堤は水を通しにくい田の土を盛る。すなわち用水と落とし捌けの掘土を使う。後詰めの土居は田に入った洪水土を使う。来春の田植えに間に合わせる田を多くするために、冬の間は先に田の泥出しを行い、後詰めの土居を先に造る。よって本堤は後になる。

春以降は、水止めをしながらの落とし捌け掘りとなる。掘土運びは牛車を毎日五台稼働する。交代で各家から出してもらう。人足は、掘手が五人一組で二組十人、運びの牛車の鼻取り五人、堤の盛手七人で男衆が毎日二十二人、賄《まかな》いの女衆が三人という見通しである。わしと栄蔵と宗吉は毎日出る。栄蔵は掘手に入り宗吉は盛手に入って仕事を手伝いながら、指示・連絡・確認をする役割とする。洪水土の泥出しが終わって落とし捌け掘りが進んだところで、夏前に大谷師に来ていただいて見てもらう。夏の終わり頃になると掘土だけでは本堤の土が不足するので、東の入会地の藪を開いて土を出す。出した跡は開田とする。

雨と雪の日は作事は休むが、およそ一年後の来年の暮れには作事仕舞となる見通し。細かな所はその都度伝えるとして、作事の大筋は以上」

四郎左が座り、大善が立って、

「始めるにあたって、作事のあらましを四郎左に話してもらった。来年の田植えをやりながら、収穫をしながらの作事となるゆえ、一年掛けることとなる。労役以外の諸掛かりは、村の負担とする。他に何か聞きたいことあれば、後で申し出られたい。では、これから前祝いの無礼講に入る。大いにやってもらいたい」

村の習わしで、無礼講の口火は若衆頭がとることになっている。

白田中朱龍（三十三歳）が立つ。

「箕輪の殿と平井の管領家の助力を得て、御屋形様の元で洪水を防ぐ大普請が始まる。下《しも》の箱石や川井からも、助っ人の申し出があると聞いている。とにかく、念願の川除け堤が出来上がれば南玉村が変わる。箱石や川井も救われる。作事の遅れなどで必要とあれば、労役とは別に若衆組として馬や人足を出すことを若衆三役で話した。若衆組の皆よ、そのつもりでいてくれ」

出席者の中の若衆から、

「応《おう》っ」

との掛け声が一斉に上がった。

「それではこれより宴《うたげ》に入る。各人、この杯を乾すことは、完成への契りを結ぶことを意味する。皆の者、覚悟は良いか」

と掛け声とともに杯を上げると、全員が杯を上げて、

「鋭意、鋭意、応っ」

と三呼の合わせで杯を干す。陣鬨《じんどき》に似た発声である。

女衆が濁り酒と肴を持って宴席に入り込み、酒宴が始まった。皆、四郎左の話をネタに話題が尽きない。四郎左の席に来て杯片手にいろいろと問いかける者もいる。賑やかな宴が続く。

上泉剣術場

上泉剣術場へ月に三度の通い稽古に、弾正と嫡男玄馬丞正宗、金原三郎の嫡男左近佐宗と茜の四騎で向かう。

夜が明ける少し前の暗い内の、暁《あかつき》発ちをする。

南玉村から北へ五里、赤城連山を真近に見上げる桃の木川畔の河岸段丘の上に、上泉城がある。上泉城は平城の館構えではあるが、南西側に高さ三丈（約十メートル）の崖が続き、東側は金丸川（後の藤沢川）の堰溜水で、幅七間程の水堀と崖が天然の要害となっている。

城から北側へは高台続きとなっているが、本丸の北の三の丸の堀を挟んだ北側は、家臣の屋敷群が続き、屋敷の土居塀と屋敷毎の堀が幾重にもあり、敵の侵攻を阻む。さらに屋敷群の北側は、幅十間の谷地田が東西にわたって外堀となっている。

この高台側の屋敷群が攻撃勢を待ち受けるのに対して、桃の木川沿いの最西端の出丸が屋敷群を攻める敵の背後に攻めかかる、攻めの出丸となっている。屋敷群の待ちと、出丸からのかかりは〝懸待表裏《けんたいひょうり》〟の論に基づく構えである。

本丸の南側に二の丸があり、西側に一の郭がある。この一の郭には城主の表館と、回廊でつながった城主家族が住む奥館がある。一の郭には他に客用の離れ部屋、警護の武士達の詰める長屋が二棟ある。

そのほぼ中間に〝転堂《まろばし》〟と名板の掲げてある広い堂宇《どうう》がある。

床はなく広い土間である。屋根中央部が一段高くなっていて、箱棟の連子《れんじ》窓が灯り取りとなっているために、堂内は意外に明るい。東西の外壁となっている吊り戸を全部外すと、土間続きで庭と一体となる半外部の堂となる。堂というよりは、庭に大屋根を掛けたような、実践的な剣術の鍛錬場である。ここは城主と高弟のみが入る堂である。


転堂のある一の郭《くるわ》の北側、北曲輪《くるわ》に関東に名の知れた〝上泉剣術場〟がある。

大ぶりの剣術場は間口六間、桁行き十二間の板敷きの広間があり、ここも上部に大きな明かり取りがある。上泉城や大胡城家臣の子弟や、近郷の武家の子弟、遠くは箕輪、国峰の者も通い稽古を許されている。関東でも有名なこの上泉剣術場に、南玉村の四人は月に三度通っている。


辰の刻（午前八時）、外堀の土橋を通り大手門の詰め所で割符を示して、南玉村の四人は剣術場のある北曲輪へ馬を進める。到着順に厩に馬をつなぎ鞍を降ろして馬丁に預ける。厩に入った時、茜は三騎先の馬を見た。

――葦毛《あしげ》（白い毛に灰色や褐色のさし毛のあるもの）だ、連銭（さし毛の模様）の――

五代次郎秋継の馬である。次郎は普段徒歩で隣村から四半刻（三十分）かけて通っているが、

――今朝は馬で来ている――

茜は昨年、足利学校を終えた兄との帰路、同道した次郎の連銭葦毛の馬をはっきりと覚えていた。

いつものように、剣術場の玄関の式台横の到着名札を裏返して黒字にする。弾正は上段列で、佐宗と正宗、茜は下段の列である。次郎も下段列で既に黒字になっている。前室で稽古着に替え道場に進み、着座し目を閉じて心を整え、師範の言葉を待つ。

その間約四半刻。黙座して気を集中させ、道場内の変化を判別することが求められている。場内の常気の流れに対し、後から着座する者の微かな変化・気流の乱れ、音、床の振動など、気配を得て自分の後何人が着座したか、隣にどのような者が座ったか、道場内にどんな変化が起きたか、師範の合図で目を開けた時、周りを見渡し確認することになっている。今朝は上段八人、下段に二十七人が着座した。

茜は確認時に次郎からの視認の中で、自分に視線が留まったことを見取っていた。一瞬、目線が合ったことも見逃がさなかった。

やがて半刻ほどの座学が始まる。今朝の講師は高弟の疋田文五郎で、騎戦についてである。実戦を経た、敵を倒すための心得・技が、滔々《とうとう》と語られる。その際、いっさい筆記すること

が禁じられている。門外に、中途半端な兵法が流れ出ることを避けるためだ。身をもって体得し、己の技とするための厳しい稽古を繰り返し行うのがこの道場のやり方である。

座学は月に三度あって、門下の者は誰が受けてもいい。通いの門下は月に三度の稽古だが、大胡と上泉の直門下はさらに三度・都合六度の稽古があり、直門下の上達は早い。


稽古では、それぞれの技量に応じた指導を受ける。

金原弾正は高弟の広瀬新蔵義業と原沢左右衛門和泉に、道場上段の間にて指導を受ける。広い道場の奥四割の床が八寸ほど高くなっているため、上段の間といわれており許された者が稽古する場である。そこで稽古をする者を上段者という。

佐宗と正宗、茜は下段の平の間で、師範代から午前は技の繰り出し、形打ち込み、待ちかかりの稽古を行い、午後に連続打ち込みの苦しく激しい稽古が、延々と一刻半（三時間）も続く。棒術、槍術、剣術と進めていくが、今日茜は棒術と薙刀を習う。

朝の座学の後、師範代より茜に、

「午後の打ち込みを半刻（一時間）とし、その後馬場で騎乗での稽古を行う」

と言われた。茜はその時に、

――そうか、それで次郎殿も騎乗稽古のために、今朝は馬で来られたのか。すると同じ馬場で一緒に稽古か……次郎殿は大胡衆ゆえ、今日の騎乗稽古を前もって知らされていたのだ――

茜にとって三度目の騎乗稽古が、思いがけず次郎と身近に稽古をすることになる予感に、胸のときめく思いを感じた。午後の連続打ち込みの稽古の後、馬場に集められたのが十一人。

――次郎殿がいる――

茜が前回騎乗稽古をした時の顔ぶれが三人、次郎と他の者が茜にとって新顔である。

茜は手綱を引いて馬場に入って来る次郎に、会釈をする。剣術場で会う度に会釈をし稽古姿は見慣れているが、今日は少人数で次郎に近いせいか、顔が少し強張っているのが自分でも分かる。次郎は茜の会釈を受けて、少し微笑んで爽やかな会釈を返す。次郎の、茜に対する変わらない爽やかな姿勢に、茜は少し緊張がほぐれる。

馬場で十一人の稽古が始まる。

この時代馬は貴重で、少なくとも上泉剣術場の門下の下段に列する者で、自分専用の馬を持っている者は半数以下。持っていても十分乗りこなしているほどではなく、それゆえに実戦を前提とした騎乗稽古は、下段の者全員が受けることとなっている。

「それがしは師範代の山上甚衛門である。本日、騎乗稽古を初めて行う者が五人おる。普段馬に慣れていても各人の乗り癖があって、理にかなわぬと構えが不安定となり、打ち込まれて飛ばされたり、突きを避けきれぬこととなる。常に動く馬体の上で人馬一体の繰り出し、受け返しが自在にとれるようにするには、基本が大切である。各人己の癖を早く見抜いて、日頃より意識して基本を十分に習得するよう努められたい。

本日は初めに歩様を行う。走りの基本に四種ある。常歩《なみあし》、速歩《はやあし》、駈歩《かけあし》、襲歩《しゅうほ》である。別に軽速歩があり、馬体に負担の少ない走り形ゆえ、遠走りの時は、多用すべきである。走り形の基本は両手綱を片手で持ち、片手に槍または太刀を持つ。実戦では手綱を鞍につなぎ、両手で槍を繰り出すことが常となる。よって、実戦での馬の捌きは両腿《もも》と足先と体重移動で行うこととなる。本日の稽古では、槍に代えて突き棒とする。

まず金原茜、突き棒を抱えて四態の歩形をせよ」

――えーっ――

と、茜は驚いた。

――前回は師範代が手本を示した後順番に行ったが、今日は手本なしでいきなり私なのか――

茜が隊列から前へ馬を出す。

「常歩から速歩へ、始め」

師範代の号令がかかる。

「次っ、駈歩」

「駈歩から常歩へ」

「左回転で戻り、襲歩」

「止まれ」

「なからの出来である、姿勢が良い。今の四態を二人ずつ、順番に始めっ」

茜はこの時点で、――自分が手本代わりになったのだ――と分かった。

走り終わった茜は、やむを得ず師範代の近くで皆の走りを見ることになる。

全員が一通り済んだ後、

「皆、それぞれの癖が出ておるのが、金原の乗り方と比べて見て分かったであろう。分かりやすい癖は直しやすいが、自分で分かりにくいのは、背筋をもっと伸ばすことである。ほとんどの者が前傾姿勢となっている。自然と足が後ろに流れて人馬一体となり難くなる。姿勢が悪いと体の回転がきかず、槍捌きができない。もう一度、金原の走りを見て自分の違いを正すこと。背筋の伸ばしと足捌きを注視せよ。では金原茜、もう一度」

今度は師範代が茜の走りの最中に、手・足の動きに説明を加える。そして二人ずつ何度か繰り返された。その後、一騎討ちの渡り合いの馬捌きの基本動作の指導があって、約一刻のこの日の騎乗稽古が終わった。稽古の後師範代から、

「これより騎乗稽古の折は、助手を務めてもらうことがあるので、そのつもりで」

――この私が……私で務まるのであれば――

茜にとって認められたうれしさより、戸惑いの方が大きかった。稽古中から次郎の態度に変化が現れていたからだ。足利学校同期の親友の妹という気楽な存在だったはずの茜が、自分より馬上の技量が上回っていることを知って、戸惑いが出ていた。

――確かに茜の馬捌きは綺麗だ、理にかなっているのだろう。四郎左の妹が師範代から褒められて、悪い気はしない。しかし、年上の自分の立場をどうしたらいいのか、どう接したらいいのか――

その次郎の戸惑いを茜は、敏感に感じ取っている。

上泉剣術場に通って一年半、ようやく騎乗稽古へと進み、次郎と共に稽古をした初日である。

茜の馬捌きの技量は確かに並外れていた。村の牧でいろいろな馬に毎日訓練を付けているためだ。仔馬を育て上げて、戦陣で戦働きができるように、いろいろ稽古を付けた上で、引き渡す。もらいうけた箕輪や国峰の武将が、どの程度の馬捌きができるか分からないので、基本に則り共通の動作訓練を施す。剣術場の騎乗稽古で行われるのと同じ基本捌きを、村の牧で明快に、各馬に仕込まなければならないためだ。

――私の馬捌きの技量が、次郎殿との間に溝をつくる災いにならなければ良いが――

今日の稽古で起きた、思いがけない事態である。

助手に推されても、単純に喜ぶことができない。

――でもいまの私を抑えて、引き下がるようなことはしたくはないが、次郎殿との間をいかに――

この日の帰路、四騎で南に向かう前方に、日が落ちた紫空の南天を切り分ける大きな流れ星を見た。

茜は複雑な思いで眺めたが、

「そうだ、次郎殿に私からもっと近づいて、次郎殿のためらいをなくしてもらおう」

流れ星に似た一筋の光明が、茜の気持ちを前に向けてくれた。

新陰流創始

日暮れ前から身動き一つせずに、月に背中を向けて岩畳に座り続けている。

月光がぼんやりとした影を前に落とす。下から沢の流れの音が上がってくる。

――真っ直ぐに近づいて来る――

四半刻前は森の中を移動しながらうかがっていた。今は緩やかな上り勾配の、森が開け草地になっている岩畳周りの十間くらい後ろまで来ている。

――しかし、気配が途絶えた――

背を向けたまま振り向かない。息を整え気を集中させ、念を発しその対象を捉えようとする。前は荒砥川上流の、細流の深沢となっている。赤城の三夜沢の森を渡る微風は、息をしながら微かな梢音を絶やさない。気配を探る鍛錬を極限まで積んだ秀綱は、水音風音を場の常態として同体化させ、それらを超越し気配の対象が作る場の気流の乱れ、放射するわずかな熱線、匂い、振動、音。精神を鋭く研ぎ澄ませて対象を捉える。奥義では「心眼で観る」という。視力のみに頼らずに全身全霊で物を捉えることをいう。

――また、気配が……獣ではない、人か……動いている、さらに近づいている――

森の中で時折夜鳥が騒ぐ。風のざわめきは絶えない。里の菜の花の香が森を抜けて上ってくる。

――気配が動きを緩めた――

次の瞬間。

片膝を軸に瞬時に体を回転させ、相手が打ち込みの間合いに入る直前で、木刀を抜き剣尖を水月（みぞおち）に向けて、相手の動きを止めた。

「師、お見事でございます」

その場に跪《ひざまず》いた者の声。

――その声は……、羽根尾であったか――

秀綱は、細目を開けた。

月光を背に受けた羽根尾正成（二十五歳）、転堂の門下である。

「この刻に、何用か」

「はっ、一刻ほど前に、愛洲小七郎殿が城を訪《おとの》われまして、移香斎殿が残された書を、持参されたとのこと。まずはお知らせをと思い、日暮れ時にもかかわらず登って参りました」

「それは御苦労。小七郎が、伊勢からか。わざわざ届けるほどの書なれば」

「小七郎殿は、五年前とは見違えるほどに格段と逞しくなられておりまする。移香斎殿の若き頃の姿も、そのようであったのであろうかと」

「そうか、それは会うのが楽しみじゃ。うむ、それでは明日の昼ごろ城に戻ろう。小七郎には久かたぶりの上泉じゃ。ゆるりと過ごすよう、伝えてくれ」

「はっ、かしこまりました」

「ところでさきほど、三度気配が消えたが、いかが致した」

「はっ、師よりここを訪れる折は『心して懸かれ』と申されておりましたるゆえ、気配に工夫をして進もうと思い、宵を待ち忍びましたが微風ゆえ気配を消せず、風の息に合わせて三たび息を溜めて、伏せて見ました」

「風の息に合わせて息を止めて、姿を鎮めたか。そうか、捉え切れなんだ。風の息の陰に入ったか。良い試練であったぞ。それと昨日の日暮れ前に一人、森の前に現れた者がいた。剣術使いか、隙のない身のこなしでわずかに殺気を帯びていた。四半刻ほどじっとこちらをうかがっていたが、そのうち戻って行った。山を下りたのであろう。何か変わったことはなかったか」

「昨日の午後、眼光鋭い浪人武者風の二人連れが、城下をうろついていて、城主の出掛け先を聞きまわっていたとのこと。その後、山の方に向かった様子。その二人連れのうちの一人かもしれませぬ」

「なぁに、特段変わったことがなければ良い。そうだ、昼間雉《きじ》を二羽仕留めた。小屋の中に下げてある、持ち帰り小七郎に振る舞ってくれ」

長身痩身、極めた賢者の風貌を持つ上泉城主上泉伊勢守秀綱（後に改名・信綱）。

家臣の中で剣術指南を受ける者は、城主を御屋形様とは呼ばずに〝師〟と呼ぶ。城主が住まう一の郭を固める警護の武士までもが、師と呼ぶ。

一の郭の北堀を渡す橋の両側に詰所があり、北条の乱波、武田の素っ波などの忍びに厳重な警戒を敷いている。外堀を渡り城内に入る全ての来訪者に城士が付き添う。一人で行動する忍びや不審者と区別するためである。

翌日の昼、北堀の橋詰から一の郭内に、先走りが師の帰館を告げる。秀綱が脇門を通り表館に入る。小姓の片貝右京介が、玄関の式台で両膝をついて師を迎える。黙礼をして、

「師、昨日の夕刻到着されました愛洲小七郎殿と供の者が、離れでお待ちしておられます」

「うむ、移香斎殿の書状を持参しておるとか、奥で身づくろいをしてから会おう。四半刻後に白書院に案内してくれ。その後、小昼飯《こじゅはん》を一緒にとるゆえ、誰かいたら相伴《しょうばん》させたいが」

「阿久沢殿と北爪殿が出仕してますので、お伝えいたします」

秀綱が式台に腰を下ろして、草鞋《わらじ》を脱ぎながら、

「小七郎はこたび、上泉にいかほど逗留《とうりゅう》する心づもりか、ゆるりと過ごせるのか、何か言っておったか」

「はっ、昨日小七郎殿から、持参した書状を伊勢守殿に御覧いただいた上でいかが相なることか、と申されておりました」

「ほほう、書状によりてか……では、ひと先ず奥に参る」

秀綱は表館の廊下を進み、家族の住む奥館へ渡る。

表館白書院、館の中で最も正式な接見の場としている。

小七郎は先着し部屋の中央に正座して待つ。ややあって、秀綱が前室から入り上座に座る。

小七郎（二十五歳）がゆっくりと頭を上げて、口上を述べようとすると、秀綱（三十七歳）が先に、

「小七郎よ、頼もしゅうなられたな。してこたびは伊勢から来られたか」

「伊勢守殿、お懐かしゅうございます。父太郎左衛門（移香斎）逝去の折は、丁重なるご厚志を賜り御礼申し上げます。亡父の遺志を継ぎ、伊勢にて道場を開き陰流の弘流に努めおります。こたびは伊勢より参じました」

「遠路ようお出《い》でたのう。暫くはこの地でゆるりとしていかれるがよろしかろう。あれから転堂なる剣術場を建て、弟子と共に新陰流の奥義を深めんと剣術三昧の中なれば、そこもとのこれまでの研鑽を披露され、手合わせなどして気の向くまま、しばらく逗留するがよい」

「こたび参上致しましたるは、父太郎左衛門の遺品のなかに、伊勢守殿宛てなる書状が二通ありました。ぜひご覧いただきたく持参致しました」

「それはそれは、長旅を経てお届けいただき奇特なこと。我が師のそれがし宛ての書状なればぜひもなく拝見致したいもの」

「これにてございます」

小七郎が黒漆の文箱を開けて、二通の書状を秀綱の前に差し出す。

「書状を拝見する前に、聞いておきたいことがござる。師は五年前の天文七年、八十七歳で

亡くなられたが、十二年前にこの上泉でそれがしに陰流を相伝下された後旅を続けられ、甲斐と岐阜に寄られたと聞いている。亡くなられるまでの様子を、何か存じておれば聞かせてもらいたいが」

「父は門下の者三人と、弘流の旅を続けて各地に赴き日向の国に至り、亡くなる二年前に伊勢の屋敷に戻り、半年ほど後に火薬の材を求めて上野の草津に向かう旅立ちの見送りが、最後となりました。

弘流同行の門下の者によると『上泉の若（伊勢守）が二十四歳の時に陰流の印可を授け全てを相伝した。その頃の若の剣術は驚異的に熟達していたがゆえ、陰流の全てを託すにふさわしいと考えた。しかしその四年後、若が新陰流を創始したと小田原で聞き及び悩んでいた様子。陰流の後継者の一人であったはずの若が、短期間に興した新流の奥源はなにか、陰流に足らざるものがあるのか、上泉に出向くかどうか悩んでいたという。しかし、新流の奥義を知ったところで、全てを授けた若にもはや陰流を越える何ものも期することはないとして、自らに言い聞かせるようにそのまま小田原を後にした』とのこと。

その後、いずこでこの書をしたためたか、あるいは伊勢に戻ってからしたためたか分かりませぬが、陰流創始愛洲太郎左衛門久忠が新陰流を号した上泉伊勢守殿への書状なれば、父に代わりこの小七郎が直参し、伊勢守殿から直接ご高説を承りたく参上致した次第にございます」

秀綱は瞑目し小七郎の話を聞いていたが、細目を開け視線を書状に落とした。

「それがしは、移香斎殿から陰流を託された。移香斎殿は陰流を盤石なものにつくり上げ、磨き上げ、他流に優る剣術として極められていた。その陰流の全てをそれがしに授けた。そう、二十四歳の時であった。伝書、秘巻、占術書、薬方と口伝による数々の相伝。しかし、それがしには既に師が他に三人いた。祖父と、鹿島神道流の松本備前守政信殿と、わが父と。それぞれの師から、代え難い異なる教えを受けた。そのことを移香斎殿は否定されなかった、『構わぬ』と言われた。しかし、それがしに備わるものが、陰流に異なることを移香斎殿は知っておられた。そしてそれがしが陰流に留まらぬことを、陰流では包含しきれないことをも移香斎殿は承知されておられたのではないか」

秀綱は書状に書かれていることを見透かすように、書状から目を離さない。

「陰流を修得した門人は皆、陰流に勝る剣術はないと、それほどの陰流である。しかしそれがしは移香斎殿の他に三師を仰ぐ。上泉を発ってから四年後にわが新陰流の創始を知った師・移香斎殿が、わが新流を知ることを自らされずに、死後書をもって問うて来られたか」

前に出された二通の書状は、師の分身であるかのように秀綱には思えてくる。

「それでは、拝見仕《つかまつ》る」

師の体に触れるような感覚に捉われながら、秀綱はゆっくりと折り開く。

新緑の香りか杏《あんず》の花香か、微かに庭木の若葉を揺らす薫風が、季節を室内に運んでくる。初夏の陽光が差し込む書院で、小七郎は、顔色を変えずに目のみが文字を追う端正な伊勢守の顔を凝視する。一通目を読み終えると、閉じずに開いたまま横に置いて二通目を読む。中ほどで目の動きが止まる。少し戻って読み直し、またゆっくりと読み進む。二通目を読み終わり開いたまま前に置く。開いた書面から目を上げて小七郎を見る。

「小七郎、そなたはこの書状を読んでおるのか」

「はっ、読みました。書状を見い出し、幾度か」

「移香斎殿は剣術の道を生涯をかけて拓《ひら》き、心眼の域までにも嵩《たか》め流義を築き上げられた。しかし剣術の道の極みは限りがなく、根・幹から支枝を広げ、より盤石な流儀へと成していくもの。特に創始者は流派を確全たるものとするために、流儀の根幹が全てを包含するがごときものと位置付け、多くの事象に対応させるために弘流の旅を重ね、技と術の幅を広げるもの。移香斎殿も生涯をかけて陰流を磨き続けられた。しかし、陰流を越える新陰流と名付ける流義が何なのか、陰流に足らざる物が有るのか、自ら確かめることを何故《なにゆえ》か避けられた。

書状によれば、時を経て後、それがしが新陰流の弟子を伴い全関東を周遊し無敗、京に上洛弘流し剣術者奥山休賀斉、小笠原玄信斉らを門下に列して、剣名大なるを聞き及び、新陰流を知るは陰流のさらなる確立に不可欠、との思いに決したとある。しかしながら、老いて自らの限度を悟りこの書をしたためたものと推察するが……。よって、この書状をそれがしに届ける者が、門人の高弟か小七郎か定めていないが、移香斎殿の思いを果たすことになると解釈できるが、いかがか」

「はっ、正に。してこの小七郎がこたび書状をお届けに参上仕りました」

「うむ……」

秀綱は小七郎を見据える。

――いかが取り計らうか。それがしが陰流を熟知しておることを小七郎は承知――

「それにしても、移香斎殿が亡くなられて五年もの月日が経つが」

「この五年間、門人と共に鍛錬を重ね切磋の末門下にて立ち合いを果たした後、この小七郎が陰流後継に定まりましたゆえ、それがしが参上仕りました。新陰流の手ほどきを受けるに足る技量有りや分かりませぬが、ぜひともご披露いただきとうございます」

「五年前の葬儀の折、代理として伺った羽根尾によれば、その頃と比べ小七郎は見違えるほどに逞しゅうなった、と申しておったがその鍛錬の末か」

愛洲移香斎久忠の嫡男とはいえ、陰流門人の中、実力で後継者となった小七郎には若さだけではない覇気がうかがえる。

――手ほどきを受ける心構えは、できておるようじゃ――

「さて。心得ておろうが、流儀とは比べるためにあるのではなく、剣術の奥源を極める手立てである。よって違いのみを伝えることは理に合わず、違いのほどは、受ける者の力量によりそれぞれ異なるゆえ、正しく伝えることにならない。新陰流を体得すること以外に、知るすべはない。しからば暫くここに留まって、立ち合うてみるがよい」

「かたじけのうございます。父移香斎久忠に代わり御礼を申し上げます」

「門人を付ける。いろいろと試みるがよい。立ち合いに向けて、初めに一つ伝えておこう。剣の道を極めんと励む者、己を守る技が足りれば、相手を倒すに至る。これは実践の理《ことわり》で、当流の上位者の一義じゃ。稽古にても、守らんとして誘い、技を繰り出す。相手の動きが読みきれぬと、刹那の違いで大けがに至ることもあり、不具となることもある。高位者ほど高みを望むがゆえに、稽古にて負傷するは奥源に近づこうとするの理に合わず。当方では袋竹刀なるものを考案し、木剣に代えて稽古に使用しておる。袋竹刀は相手を損なわず、存分に打ち込み稽古ができるゆえ、合理に上達することが早い。まずは小七郎も袋竹刀に早く慣れることよ」

この時、小七郎はすぐに顔を上げることができなかった。伊勢守の言葉には勝敗を超越するものがあった。

——強き者とは、己を守る技を持つ者——

心で復唱し、小七郎はゆっくりと頭を上げる。

「ここではこのくらいにして、どうじゃ、小腹のすく刻限なれば、小昼飯でも取ろうと思うが、そなたもいかがじゃ」

「はっ、ご相伴仕ります」

「うむ、ところで同行の者がおるというが、いかなる者か」

「門下の師範格を務めおります」

「そうか、それなる者であれば同伴致せばよい、こちらからも二人同席致すゆえ」

白書院の廊下を渡り、池に面した角部屋に向かう。

高弟の阿久沢主税と北爪兵庫介が、庭を背に膳を前にして既に座っている。

秀綱が上座に回る。

この時代一日二食で、朝早く焼き餅や焼き芋などの茶ノ子を食べて、朝飯前のひと仕事をする。朝飯と夕食の間に軽い小昼飯を取ることがある、というのがこの地域の食生活であった。

二人の高弟と小七郎が向かい合う形で座り、小七郎の横に同行者の追加の膳が用意される。

やや遅れて同行の師範格が入り、部屋の入り口でかしこまり挨拶をする。

「それがしは愛洲小七郎惟脩《いしゅう》に同行し、お世話になっております陰流門下神宮寺重郷と申します。初めてお目通りさせていただきます。こたびは、愛洲小七郎ともども突然の訪問にもかかわりませず、ご高配を賜り御礼申し上げます。ここに同席させていただき、ご相伴仕ります」

阿久沢が、遅れてきた客分の神宮寺に、

「さあ、どうぞこちらへ」

と席を勧める。

阿久沢、北爪の順で自己紹介をし、受けて小七郎、神宮寺が略歴を述べる。

秀綱より、剣術研鑽のため当分の間逗留する旨が伝えられ、軽食を取りながら話が進む。

「こたび上泉城に伺うに際して、移香斎に晩年同行した三人の門人から聞きましたが、新陰流ご一行十数名が関東各地を弘流され、流派の多い関東の二十七カ所で負け無しであったと。畿内でも有名で評判となっております」

「小七郎殿、関東弘流出張は勝ち負けを競うことが目的にあらず。当流研鑽の修業なれば、負けて得るものがあればこそ技を高める好機、その意味では得るものが少なかったが。この兵庫も阿久沢主税殿もいたるところで立ち合うたが、いろいろな相手が繰り出す手、動きは正に千差万別であった。が、向き合う相手の呼吸を測り、動きが読めるようになったのが収穫ではあった」

秀綱は、膳に出された小鉢のつみっこ（すいとん）と小団子の粟餅を口に運びながら、四人の会話を聞いている。

「わが父移香斎は、伊勢守殿の祖父であられる伊勢守時秀殿と、お父上であられる武蔵守義綱殿に、陰流を印可した折にはすでに御両名とも中条流と神当流を相伝されていたとのこと。中でも伊勢守時秀殿は中条流と天真正伝の、武蔵守義綱殿は天真正伝と鹿島新当流の達人であったと聞いております。

父移香斎は生前、『若である伊勢守秀綱殿がご祖父、お父上を師と仰ぎ中条流、神道流に加え、陰流の三流より醸成されたものを受け継がれたと思われる』と言っておりました。まさに、累代の剣術達人の名門ご一族という血筋の中で、一流のみならず三流の相伝を受けた両師のもとで築き上げられた新陰流は、剣術の大典と言って過言ではないと考えます。

がしかし、それがしは陰流を深化探究し、奥源をさらに窮めて参りたいと考えております。陰流確立のために貴流の検分の機会をいただき、ただただ感謝いたし緊張致しております」

膳の上に箸を休めながら、阿久沢主税が、

「愛洲小七郎殿は陰流頭首として上泉に赴かれたる心du、大いなるものあるはよく分かり申す。父上の愛洲移香斎殿が成されなかった新陰流検分なれば、ごもっとも。されど、すでに一流の剣術者なればさほど多く時を要さずとも、新陰流が何たるかを知ることかないましょう。身共も陰流をぜひ知りたく、お手合わせが楽しみです」

「伊勢守殿は、若きころ鎌倉にて念阿弥を流祖とする念流を学ばれ、香取へ行って飯篠長威斎流伝なる神当流を修められ、鹿島にて陰流の愛洲移香斎から鍛錬を重ねられたと伺っております。その前に十四歳で松本備前守殿に師事され、十七歳で鹿島天真正伝神道流の奥義を授けられたと」

鹿島と香取は関東七流の中心的な位置にあり、武術者の憧れの聖地となっていた。入門すること自体が栄誉であった。父義綱は、源五郎（秀綱の幼名）の技量の上達を見て、さらに鍛錬の余地があり成長が大きく見込まれることから、年若ではあるが鹿島の松本備前守に託すことを決意した。そして十四歳から三年間過酷な修行を経て、見事に才能を花開かせた。

「師のお父上も、鹿島にて修行されている。鹿島神道の修行の厳しさを知る武蔵守殿が、元服前の師を鹿島に行かせたのは、十四歳とはいえ人並はずれた剣筋と、引けを取らぬ体格を見込んでのことだったそうで、備前守殿も目を見張るものがあったそうな」

秀綱は聞きながらゆっくりと箸を運ぶ。北爪兵庫介が続ける。

「それがしは五年前、二十八歳の時に鹿島にて修行を致しましたが、聞きしに勝る厳しいものでありました。三日三晩続く立ち切り仕合は、心技共に達者でなければとうてい務まりませぬ。師が修行された当時と変わらぬものと思われましたが、師はそれがしより十歳以上若い時に果たされたわけで、驚くばかりであります」

「今でも鹿島、香取は兵法者が求める聖地。だがここ二、三年は、両地から上泉に数人の修行者を預かるようになっておるゆえ、ゆくゆくは交流仕合をなどの話も出ております」

お茶を飲み干して秀綱が、

「さてさて……、ぼつぼつ腰を上げるとするか。明日から小七郎には、いろいろと仕合うて見られよ。わしは二、三日、妹の嫁先の箕輪に参るゆえ留守をするがいずれ仕合を見たい。ここに逗留の間両名は客分である。入用なものあらば、遠慮のう申されよ。それでは今日のところはこれにて」

秀綱は奥の館に入り、両名は離れに戻る。


翌朝、転堂にて両名と高弟七人の顔合わせが行われた。

高弟の中で広瀬義業（三十三歳）と原沢左右衛門（二十五歳）が小七郎惟脩と神宮寺重郷の相手役を務めることが紹介され、そして袋竹刀が渡された。赤色の鹿皮で覆われた割竹の刀身で、鍔《つば》の下の柄《つか》は巻糸を施してある。両名が初めて手にする得物である。

堂の両側に床几《しょうぎ》が並べられている。左側に広瀬と原沢が座り、右側に小七郎と神宮寺が座る。

初手合わせの前に双方が形打ちの披露を行うのが、流派検分の作法となっている。この場合は申し越し者である陰流側が先手披露となる。小七郎と神宮寺が中央に進み出て上座に正対する。上座側には四人の高弟が検分役として、床几に座っている。阿久沢主税が行司役で上座中央に立つ。

「先手、形打ち披露」

阿久沢が発声する。中央の両者が向かい合い、袋竹刀を構える。

小七郎が打太刀（最初に攻撃する）、神宮寺が仕太刀（技を受けて反撃する）となって、陰流基本の技が構え五行（基本の構え、中段・上段・下段・八相・脇構え）の中で、少しゆっくりとした流れで前後左右に展開する。

一つの組技が終わると打ち手が構えに入る。仕手の神宮寺は間合いを取る。そして打ち手が技を繰り出す。無言で流れるような動きの中に陰流の構えと技が繰り広げられる。堂の中央はやや明るく、足元には無造作に大きめの石がある。

構えの最後は脇構え。石を避けながら右脇構えの小七郎が間合いを縮める。脇構えの竹刀の動きを制するように、仕手の神宮寺は中段の構えに移る。

右脇構えでは左半身に隙ができる、誘いである。脇構えの小七郎が竹刀をはね上げるだけで、仕手の左腕を捉えるからである。呼吸を測り三呼吸目を吸い込んだ時、なんと仕手の神宮寺が先に右に踏み出して打ち手の左肩へ打ち懸かる。小七郎は間髪を入れず半歩踏み出し神宮寺の竹刀を下からはね上げ、戻しながら神宮寺の左小手を捉える音が堂内に響く。誘いの打ち太刀であった。この時広瀬は――新陰流の原形のような――と感じた。

仕太刀の左手は柄から外れて神宮寺の袋竹刀は土間に落ちる。袋竹刀の落下は形打ちの終了を意味する。間合いを外して両者が礼を取り脇の床几に戻る。

張りつめた空気が和らぐ。再び阿久沢主税が立ち、

「当流、形打ち披露」

入れ代わり、新陰流の形打ちが広瀬師範と原沢師範によって披露される。

上段に向かい両者が礼をした後、五間ほど離れて構えに入る。両者が前進する。

二間ほどの間合いを取って目付けるが、両者とも袋竹刀を下げたままで動かない。

下段の構えではない、下段より無造作に下ろしている。各流派に通じる五行のいずれの構えにも入らない。

目付けながら広瀬が左にゆっくりと動き始める。原沢は広瀬を目付けたまま、体の向きだけを広瀬に合わせる。広瀬は移動をしながら竹刀を右ひざ外に構えた。立ち位置が一八〇度移動したところで、原沢も同じ右ひざ外に構える。両者が同じ構えで間合いを詰める。

互いに鋭く目付け、呼吸を読んでいる。

次の刹那に広瀬がはね上げた。仕手となる原沢は左腕に竹刀を受ける前に右へ体を変えた。

原沢は広瀬が移動したその先に体を変え移動しながら八相の構えをとった。相手の動きを読みきった上での応酬である。

この時、小七郎と神宮寺は目を見張った。

――形打ち披露での定形がないのか――

――打太刀が入れ代わり、まるで仕合うておるような――

今度は仕手らしき広瀬が、左の脇構えで腰を少し沈めて立つ。

八相の構えに対して、左脇構えの仕手。

小七郎は固唾《かたず》を呑んだ。

間合いに入った後、両者は微動だにしない。双方が探り、気配を捉える。

もはや目付けの対象は相手の姿ではなく、人に内包された心象の動き、心影、〝陰〟を見据えている。陰流の極意に心眼があり〝陰〟を見る。

――しかし、八相の構えの相手との間合いの中で、遅れる左脇構えで心影を見据えられるのか。陰流にこのような立ち合いはない――

鍛錬をして修行を重ね、相手を上回る技量と心眼を持って心影を捉える。

それを達成する手段としての剣術であり、剣術を極めることで心眼を得る域に至る。

しかし、八相に脇構えで対峙する切迫した圧倒的に不利な状況で、

――極めた者、域に達した者でもどれほどに心眼が使えるのか――

次の瞬間、仕手と思われた広瀬が、竹刀を横一文字に払う動作を見せた。

その動きに原沢が右足を踏み込み、八相から体幹めがけて振り下ろした。

広瀬の姿が、一瞬消えたように思えた。

広瀬は体を沈め原沢の太刀筋を避けながら、下から湧き上がりながら左小手を捉えた。

仕手が、八相の打ち手を誘い待ちしたことになる。

待ちと懸かりが表裏一体で、打ち手と仕手の判別がつかない。

小七郎と神宮寺は、唖然としている。

――果たしてこれは形の披露なのか。切迫した気配は、仕合うておるとしか見えない――

だが原沢と広瀬は再び間合いを取り、次の技に移っていく。

――区切りを付けて間合いに入ったということはやはり形の披露なのだ――

こうして、小半刻ほどして形の披露が終わる。検分役の高弟も広瀬も原沢も、披露を終えて何も語らない。流派の違いは比較して理解すべきではない、とする。比較する基準は、常に己の流派と己の実力が基となってくるからである。優劣を付けるとすれば仕合って見る以外にない、今は形の披露が終わったばかりである。阿久沢主税から、

「今日はこのあと、午後から手合わせ稽古をこの堂にて行う。小七郎殿と神宮寺殿には、原沢と広瀬の両名から存分に当流を検分されたい」

と言い残して、高弟四人は堂を後にした。

転堂に残った四人の中で、小七郎と神宮寺は口を開かない。気が逸《はや》っているのではない、陰

流を統《す》べる剣の熟達者の心は鎮《しず》まり平静であるが、後手の形披露を見て陰流にない剣の捌き、足の運びの残像が脳裏から消えないのである。今しがた終わったばかりの形の中に二手三手と、打ち手が斬り込む竹刀の剣筋を確認して後から仕手が振り出したにも関わらず、先に小手を取る。今しがた目の当たりにした光景である。しかも仕手は体をかわさず、同時打ちに近い打ち手の剣を体に受けることなく。

小七郎も神宮寺も現象を分析できずに、残像とともに心気が内に籠《こ》もったままである。それを見取った原沢が、手合わせ稽古に入る前に一息入れるために茶を勧める。

「小七郎殿、手合わせに入る前に喉を潤し、一息入れるために茶を召したいのだが」

転堂の西の東屋《あずまや》に、弟子が椅子席をしつらえた。茶の香が辺りに漂い、初夏の微風が胴衣《どうぎ》をすり抜ける。小饅頭を口に運び深緑の茶をすする。堂内に居た時とは隔絶した心境となる。

「外でいただく茶は季節を感じ風を受けて、気を転じるには絶妙でありますなぁ」

神宮寺が原沢と広瀬を見ながら、野立ての実感を述べる。

「たかが茶でござるが、場の意味を深め気を鎮め一時の雰囲気を作る妙《たえ》なるものでありますな、特に少人数の茶席は」

広瀬は言い終わると茶碗を傾け「ずずっ」と音を立てて飲み干す。

「小七郎殿、午後の手合わせが済んだら、今宵は酒でも酌み交わそうぞ。この四人の顔合わせをせにゃいかんでなっ。わが屋敷でも良いのだが今は時期も良い。川端に桟敷席を用意させるので、焼きたての塩鮎でもほおばりながらゆるりと致そうかと」

城内に広い屋敷を構える原沢が客人をもてなそうと、趣向を凝らしての酒席の段取りを考えているらしい。

午後、転堂にて四人のみで一刻半（三時間）に及ぶ新陰流の上位者が行う懸かり打ち、待ち受けの組太刀の稽古が始まった。太刀技の稽古は、新陰流太刀目録の根幹となる〝三学圓之太刀〟から行われた。三学圓の太刀に五勢法があり、一刀両段・斬釘截鉄《ざんていせってつ》・半開半向・右旋左転・長短一味のそれぞれの太刀捌きを、初めはゆったりとした捌きで太刀筋を体得した後、実戦の太刀速さで二度、三度と渡り合う。

陰流の稽古では木剣を用い寸止めで打ち込みに代えるが、袋竹刀では打ち抜く稽古となる。

三学圓の中に、仕手が脇構え（右脇後ろに太刀を構える）で敵の打ち込みを受ける技がある。仕手は右脇の後ろの太刀を右から正面に振り込んで（回して）敵を捉えることから、新陰流では「車《しゃ》ノ構」というが、左肩が敵の前に出て隙を与えることになる。この時肩が敵からの打ち懸かりを待つことになる。

打ち手は八相の構え（右肩の上に太刀を構える）で進む。

八相の打ち手は、間合いに入ったあと踏み込んで打ち下ろすのみで仕手の肩を捉えるので、明らかに優位に打ち込むことができる。呼吸を読んだあと、打ち手となる小七郎が八相から肩にめがけて振り下ろした時、広瀬の脇構えの竹刀が肩先まで振り上がり、振り下ろされた小七郎の柄中を捉えた。

優位な小七郎の八相の打ち込みの中で、仕手の広瀬の足が動いていないことに小七郎は気付いていたが、それが遅れるはずの脇構えで先に小手をとることと、結び付いてはいなかった。

小七郎は釈然としなかった。

——自分の太刀ゆきが遅いわけではない——

「広瀬殿、今の脇構えの仕手をもう一手お願いしたい」

広瀬はうなずいてさがり、構えに入る。

今度は小七郎は構えを変えてみた。中段の構えである。

両者が進み間合いに入る前に、広瀬は無形から脇構えになり小七郎を待つ。広瀬は小七郎が中段の構えを変えないことを読みとる。間合いに入ったあと、出ている肩を狙って中段の小七郎が打ち込む。小七郎は肩を狙いながら仕手が打ちはね上げる竹刀を受けて、胴を払う意図を持っていた。

だが仕手の広瀬は打ち手が振り下ろす太刀筋を見てから、振り下ろす途中の小手を今度は素早く右下からはね上げるのみで捉えた。打ち手の中段からの太刀は肩に向かって振り下ろされるが、仕手の広瀬は体《たい》をかわさない。しかも足も踏み出さない。

陰流も他流も、右脇構えから太刀を繰り出す時、敵の体に接近するために右足を踏み出すが、新陰流のこの勢法では右足を踏み出さない。打ち手の中段からの竹刀はいったん振り上がり反動をつけて振り下ろす。竹刀を握る拳は体の一尺五寸前方を上から下りてくる、打ち下ろす途中で小手を下から捉えることで仕手は一尺五寸の踏み出しが不要となる。

踏み出さないことで速く打ち込め、体幹を動かさないことで動く小手を正確に捉える。敵の太刀が肩に迫る寸前に小手を打つ。合理的な段階を重ねて。

だが、打ち手の重量のある真剣の振り下ろす勢いは、小手打ちを受けても加速をつけて肩に至り重篤な負傷を与えるはずである。

その時、小七郎は打ち抜く稽古の意味の重さを知る。

車（脇構）に構えた仕手が、右下から打ち上げて捉える小手打ちは、半円軌道を描いて振り下ろされる打ち手の太刀の軌道を左にずらした。五、六寸太刀筋を変えることで肩への打撃をはずし、敵の太刀は空を斬り下ろす。打ち抜き稽古ができなければ、寸止め稽古では確認できない技の流れである。

――仕手が『車』に構えて肩を出して打ち手を誘い待ち、右足も踏み出さず体をかわすことなく、敵の太刀に合《が》っしあてること無く、不動の最も効率の良い形で、中段の敵の小手を斬り確実に太刀筋を変えて、肩に打撃を受けずに次の技で敵の喉輪《のどわ》に突き懸け仕留める――

小七郎は〝待意懸〟の術理の中で一太刀で『小手を斬り』『太刀筋を避ける』両策の段（わかち、くぎり）を果たす、〝一刀両段〟の合理性に唖然とする。

横で原沢から同時に稽古を受けていた神宮寺も、――弘流負け無しとは然《しか》り――との思いに至る。

稽古の後半、広瀬から小七郎と神宮寺に提案があった。

「貴流と当流の違いのほどを、仕合うことなく稽古の中で確認をさせていただきたい。聞くところによると、当流に以て貴流に『右転左転』と『長短一味』という勢法があるという。勝敗でなく太刀筋を知る意味で、双方の勢法で打ち太刀、仕太刀を入れ替えて手合わせを行ってみたいが、いかがか」

小七郎には望むところである。

「双方がそれぞれの流技で打ち太刀となり仕太刀となって、手合わせ稽古を行うということでありますか。ぜひお願い致したい」

仕合でなく、稽古の中で流技の違いを試す機会を発想した広瀬に、小七郎は敬意を感じた。

「午前の披露の折、同じ目録名でも太刀ゆきは異なるところがありました。新陰流をじかに知る良い試みとなりましょう」

小七郎の期待は膨らんだ。

——こたび上泉に見参して、最初の山場を迎える——

一方、広瀬も原沢も陰流の熟達者の太刀ゆきを直接知ることに、気持ちの高ぶりを覚えた。異なる流派の者が似た勢法で向き合い、打ち手と仕手にわきまえて立ち合う、通常では考えられないことが始まろうとしている。

「それでは、本日の手合わせの最後として、双方それぞれの流技で立ち合う組太刀稽古を行う。「右転左転」、当流では「右旋左転」としているが、初めは陰流側が打ち手となり、次は入れ替わり仕手となる。「長短一味」においても、打ち手と仕手を入れ替えて、双方が当流でいう〝待ち、懸かり〟を試すことと致す。ただしこの二勢法のみで優劣を計るものではなく、それがしと原沢は当流を代表する力量を備えているわけではござらん。よって、それぞれの立場で流技の違いを知ることのみにとどめる。また、人により受け止め方が異なるが、先に一組の立ち合いを見学いたすと、見る者に技の予見が生じてしまう。そこで二組が同時に立ち合うこととしたい」

転堂の中央部の四人が、二組に分かれて四、五間離れて構えに入る。

二組が同時に接近して、間合いをとる。小七郎の中段の構えに対して、広瀬は無形の構えから中段の構えに合わせる。

打ち手の小七郎が正上段に変じると、仕手の広瀬も応じて正中に上げて雷刀（上段）に構え、打ち手が振り込む小手を打ち砕かんと構える。

次の瞬間、小七郎は仕手からの正面打ちを防ぐために、竹刀を横にかざして左単身（左半身）となり左肩で体当たりを仕掛ける。

広瀬は打ち手の太刀を封じて、竹刀の柄《つか》元で押して小七郎を突き離す。

打ち手の小七郎は離れぎわ右上段、左上段と激しく打ち込んでくる。

仕手も左、右と激しく受け返す。

互いに一振りの太刀ゆきに勝機を探り、打ち続ける。

次の刹那、広瀬の足が止まった。

広瀬が、小七郎の上段打ちをかわしながら竹刀を雷刀にまで上げた刹那、稲妻のような速さで振り下ろして小七郎の左小手を打ち抜く。打ち抜かれた勢いで、小七郎の左手が柄《つか》から打ち離される。右手でかろうじて竹刀を持ちこたえたが、攻撃態勢は取れない。

広瀬はゆっくりと中段の構えを取り、三歩、四歩さがり間合いを外す。

無形の構えでさがり技を終えた。

太刀ゆきの中でも、陰流を統べる熟達者小七郎には見えていた。

――上段の打ち合いをかわしながら、仕手が振り上げた位置はそのまま振り下ろす最高点に達していた。他の流派でも上段から打ち込む時、半歩足を踏み出しながら太刀をさらに振り上げて反動で正中に打ち込む。だが仕手は足を踏み出さなかった。高く上げた位置（雷刀ノ構）はさらに振り上げることなく、打ち下ろすのみの太刀ゆきで足を踏み出す必要がない。その分、速く技が懸かる。合理の上の勢法か――

袋竹刀で打ち抜かれた小手に、さほどの痛みを感じない。ほぼ似たような展開で終わった原沢と神宮寺も、何も語らない。黙して、次の構えの位置につく。

広瀬が打ち手となり、小七郎が仕手に代わる。

ゆっくりと接近して、剣尖が触れる間合いとなる。広瀬が中段で剣尖を上下させて呼吸を測るのに合わせて、小七郎も何度も呼吸を測る。すると広瀬が剣尖の調子を外した刹那に、小さく振り上げて真っ直ぐに小七郎の右小手に打ち込む。反射的に小七郎が小手に打ち込まれるのを避けながら竹刀を上げて広瀬の左に打ち込もうとした直後に、広瀬が連続技で小七郎の左小手を打ち抜いた。広瀬の体はわずかな左右移動で、仕手の左手首を討ち決め技とした。

陰流の右転左転と異なる呼吸を合わせた直後の、速い決め技であった。

小七郎に広瀬の動きはよく見えていたが、打ち太刀をかわすことはできなかった。

初撃の右小手打ちは誘いであると分かったのは、左小手打ちが強い衝撃をともなった打ち抜きであったからである。

――右に誘い待ちを打ち、わが竹刀の動きを見て左に懸けた。真刀であれば確実に左手首が斬り落とされている――

小七郎は間合いをはずし、さがりながら思った。

――幾度か立ち合いを経れば受け太刀も出せようが、初対戦で今の連続技はかわし難い。わが勢法と比べるというより、別の速攻勢法のような――

新陰流の口伝の「右旋左転」に、

「敵ガ太刀ヲ当テ浅クアラソイ（剣尖をあてて）前ヲフサグ時ハ太刀ユキヲサケ敵ノ調子ヲハズシテ（右に）打ツ、敵ガ左ノコブシヘキリカケル時コシテ（はずして）打チ勝ツ也」

とあり、剣尖を当てて呼吸を測っている段階でも、打ち込む態勢で敵の呼吸をはずし、右に打ち待つ、敵が左に打ち込むのを見越してはずして打ち懸け、速い勝ちをとる。

やりとりを経て決め技を出す他流と異なるところである。

太刀ゆきの合理性を重んじる新陰流は、無駄を省き短い立ち合いで勝つ〝直グニ勝ツ〟ことを術理としている。師伊勢守によって、起想され洗練された太刀ゆきである。

四者が再び構えの位置に就いた時、広瀬から、

「次は〝長短一味〟、同じく陰流側の打ち太刀にて始める」

構えの位置で小七郎は中段の構えから、上段の構えに入り間合いをつめる。

仕手の広瀬は無形の構えで進み、間合いに入ってから下段に変え、打ち手の打ち込みを待つ。小七郎は上段から、気合を高めながら徐々に剣尖を下げて下段にとる。〝緩の動作〟である。両者全身に心気を充満させると、打ち手の小七郎が再び上段となった刹那、正面に打ち込む。仕手が受けると、小七郎はすかさず左右を激しく攻める。実戦的な陰流の〝急の動作〟である。仕手は左右に受け止め、隙を与えない。受けきられた小七郎は、息を継ぎながら間合いを開く。小七郎は上段の構えをとり〝緩〟の動作に戻る。再び〝急〟の打ち込みで左右の肩に激しく迫るが、それらも鋒で受け流される。

小七郎は中段の構えで間を開き、技を終える。

構えの位置に戻り、打ち太刀と仕太刀が入れ替わる。

次に打ち太刀となる広瀬は無形の構えで進み、竹刀を正中に合わせて下段の構えを取る。仕手の小七郎は打ち太刀を警戒して上段で進み間合いに入る。この時、広瀬の下段の構えは〝誘い待ち〟の意である。打ち太刀が誘いに入ったと読み、仕手である小七郎から優位な態勢のまま素早く広瀬の肩に打ち込んだ、その刹那広瀬は仕手の下りてくる柄をはすに打ち懸け上げて、拳を砕いた。

振り下ろす力と振り上げる力が正対した時、作用は二倍の反応を現す。この時、仕手の竹刀は広瀬の下からの打撃を受けて加速を失い横に飛ばされた。が多くの場合はポトリと手から離れ落ちる。広瀬の竹刀は下段から上に打ち上がったのみの一太刀である。

余談であるが、敵がさらに深く寄り来て肩に打ち懸かる時は下段からの太刀が、敵の体に触れて上がらず、無刀にて敵の太刀の柄を取ることとなる。逆に、太刀ゆきの最中に深く敵の懐に踏み込めば、後に確立される無刀取りの技が可能となる。

小七郎の〝緩急〟の打ち太刀に比べ、広瀬の打ち太刀は一太刀であった。

四人は構えの位置に戻り、礼を取って二勢法の手合わせを終えた。

が、誰も何も語らない。小七郎は次元が異なると、率直に感じた。

――極限まで合理を突き詰めて、待つことで深く懸け、一太刀で直《す》ぐに勝つ――

小七郎の心は判然としていない、技を懸ける太刀ゆきが違い過ぎる。

――なぜ新陰流なのか、陰流の延長とは言い難いにもかかわらず、なぜ新陰流なのか。奥義である内なる心影の捉え方に根ざしているのか――

問うる機会があったら答えを得たいと思うが、手合わせ稽古が終わったばかりの、今ではないと思った。

稽古を終えた後、それぞれが汗を流すための沐浴《もくよく》を済ませて、原沢の家の者が小七郎と神宮寺を城の下の河原に案内した。

利根の支流の桃の木川の清流は、赤城の南面から浸み出た湧き水を集めて流れ下り、城の辺りでは流れがやや緩やかになる。城下の河原には村人が入ることが禁じられており、対岸の遠くに農作業を終えて家路につく人影が散見されるのみである。

四坪ほどの板敷きの桟敷床の四隅に灯籠が置かれている。まだ明るくて灯はついていないが、夜に至るまでゆるりと過ごすつもりであることが分かる。中央に膳が四脚置かれている。

先に来ていた広瀬と原沢が、二人を促す。

「さあさあ、こちらへお座り下されい。程なく夕日が山際に沈みましょう。ここからは上毛三山がよく見渡せて、妙義・榛名・赤城と続いている。この時期は、真西の浅間と榛名の間に沈む夕日が川面に映りましょう」

石寄せの釜戸が二つ、家の者が魚を焼き、鍋をかける。薄く立ち上がる煙に夕日が差して、辺りの風景の中に際立つ。日が傾きかけると、少し川風が出てくる。

「御両名とも御酒をたしなまれるそうで、まずは喉を潤してくだされ」

と、近くの湧き水で冷やしておいた濁り酒を、小鉢のような趣のある大ぶりの杯に注ぎ込む。

四人が杯を傾ける。

「か〜っ、浸み渡る。これぞ至極の一献じゃ」

広瀬が飾らぬ口調で話す。

「暑かった昼があればこそ、夕涼みの風情が際立つというものよ」

「赤城山を仰ぐ広々とした河原に心地よき川風を受けて、見応えのある景色のなかで夕焼け空を背景に、趣き深い敷き舞台を設けていただいて心が広がる思いでございます。伊勢にも河原はありますがこのような夕方の過ごし方は初めてで、剣の達人方は感性も豊かとお見受け致す」

と神宮寺が世辞を言う。家の者が皿を運んでくる。

「鹿肉の味噌漬けの焼き物でございます」

「お国では、海にも近く山海の珍味には事欠かないでしょう。お口に合いますかどうか」

濁り酒と肴で、空腹が少し満たされる。

日が山際に近づいてくると錦織の雲が幾段にも重なり、山吹色から唐紅へ色の縞が穏やかな風景の上で競い合っている。

「ところで広瀬殿、今日の午後の手合わせの中では、足捌きを駆使する技をご教授いただきましたが、左右の転回の大きさは格別なものでありました」

「そのように受け取られましたか。自らの体を捌き刃合わせを少なくする技は、先ずもって己を守り刀の損耗を避け、相手を誘い技を懸ける策としての〝足懸かり〟としております」

小七郎は顔に夕日が差しているのを感じながら、

「左様ですか、誘いて懸ける策としての動作であると。それから、後半の〝右旋左転〟と〝長短一味〟は陰流の太刀捌きとはかけ離れた、合理に徹した無駄のない速攻技を体験させていただきました。いずれも洗練され研ぎ澄まされた太刀ゆきは、伊勢守殿の創始された独自の剣術であると、深く感じ入りました。それと、転堂の土間に大きめの石が置いてありましたが、常にあのような状態であるのですか」

「先代の義綱殿の戯《ざ》れ事で始まったそうで、日によって数と位置が変わります。石につまずくと、あの大きさの石では必ず足が取られます。場の有りようを常にわきまえ、把握した上で体を変動させる鍛錬としている。つまずいて不用意な隙を見せたら、その時点でその者の稽古は打ち止めという、冗談のような定めがあります。明日の手合わせでも床の石にも気を付けられて、石に触れぬ足運びがよろしかろう」

「石に触れるたびに、逗留が延びますのか」

「はっ、はっ、その通り、わっはっはっはっ……」

日は山陰に落ち込み、残照が徐々に薄れていく。四隅の灯籠に灯がともる。

「ところで先ほど阿久沢殿より話がござって、小七郎殿程の技量があればあと二日の手合わせでよろしかろうと言われた。よって明後日の午後に師の御前にて一対一の稽古試合を行い、それをもって締めと致したい。袋竹刀を使ってのことであるが、存分に貴流の神髄を見せていただきたい。明後日の当方の立ち合い者は、まだ決まっておらぬが、門下の者が大勢見学させていただくこととなろう。それがしも、拝見させていただきたいと思うておる」

「転堂で迎える二日後の午後、生涯忘れ得ぬ立ち合いとなりましょう」

暮れゆく川面に、桟敷床の灯籠が映る。夜演の能舞台のように夕闇に浮かび上がる野外の宴席。増す闇の中、流れの音と軽やかな人の声が、辺りの崖や大石に反射して、微かな響きを残す。赤城の地蔵岳の真上に、北斗の七星が一段と光を増していた。

軍備

その日の朝、秀綱は家臣二人を伴って騎乗で箕輪城へ向かった。

昨日、箕輪から使いの者が来て、城主長野左衛門太夫信濃守業政からの伝言を伝えた。

〝北条の進出、諸国情勢を鑑み、先々に向け、諮りたき議あり。ご足労いただきたい〟とのことであった。信濃守からの呼び出しは珍しいことではないが、使いの者に、

「明朝参る、と伝えて下され」と返した。

明るい陽光に新緑が映えて、榛名と妙義が近く見える。古利根川（後の広瀬川筋）沿いを西

に進み、石倉城の北から総社に出る道を取る。行く手正面の浅間がまだ山頂あたりに雪を残している。昨年の洪水で古利根の水量は極端に減り、砂利原が広く続く。石倉城は新利根川に主郭を削られ、今は新利根のすぐ東に城郭を移して、堀やら曲輪の普請の最中である。

昼前の巳の刻（午前十時）に箕輪に着く。

二の丸東の離れで装束替えをして本丸に入る。本丸の北東に茶室を兼ねた広間がある。直臣衆や支城主の譜代衆の、限られた者との接客に使う部屋で赤城山が見渡せる。城主と大老が小姓のたてた茶をたしなんでいる。

「ただ今、参上仕りました」

「これはこれは、伊勢守殿、早速にご足労下されてかたじけない。今茶をたててもろうていたところ、一服いかがであろうか」

「頂戴仕る」

茶の湯は武家のたしなみとして、上野でも広まり始めている。祖が西上州の里見氏から出ている千宗易（後の千利休）が、都にて茶道で名を上げつつあるこの時期、西上州でも茶会が催されるようになっている。各支城でも広めの茶室が新しい接見の場になりつつある。

茶を服し一息ついたところで、小姓に「下がってよい」と声を掛ける。手際良く茶碗や道具を片付けて退室する。

大老と伊勢守は、城主信濃守に向く位置に席を改める。西上州の盟主である賢者長野信濃守業政を中心に、凛とした気配がみなぎる中、大老藤井豊後守友忠が口を開く。

「今般、伊勢守殿に相談致したきは、西上州を取り巻く情勢とわれらが備えについてでござる。ご存知のようにわれわれは諸公の動向を探るべく、乱波を諸国に放っておる。また、時宗の二祖真教により開創された浜川来迎寺を本拠とする廻国遊行上人から他国の諜報を集めている。さらに本山派修験の榛名神社の御師・神人が関東各地へ渡り、諸城・諸公の様子を探る。代々から長野家は来迎寺と榛名神社や白岩六坊を手厚く庇護してきた。この重なる諜報で真相を掴み諸国の動きを知り、箕輪とその一門衆および西上州の取るべき道を定めてきた。西上野の結束と守りは上野安泰の礎となるからであり、西上野に盤踞《ばんきょ》する関東管領上杉家を支える力であり、しいては関東の安定の土台である。この箕輪が、管領を支え切れなければ関東に大乱をきたすこととなる。

しかし、小田原の北条が上野に向け侵攻するという様相が、はっきりと現れてきた。七年前の天文六年七月、北条氏綱が武蔵河越城を扇谷《おおぎがやつ》上杉朝定から奪い取った後、侵攻をし覇を広げることがなかった。安房の里見水軍との争いや下総での争いはあったが、氏綱の死後、氏康が後を継いで三年になるが新たな侵攻はなかった。が、ここにきて侵攻を再開し覇を狙い、管領が在府する上野に向かうことがはっきりとしてきた。北条による古河公方と管領上杉家との分断工作が続いているが、上杉方諸城へも謀略工作を拡大し始めた。北条からの謀略には落ちなくても、上野には大軍の攻めに持ちこたえられない城が多い。なんとしても北条の進出をくい止めねばならない。関東制覇が目的であれば、先年古河公方から強引に管領職を補任させ、関東管領を自任している以上、いずれは上杉管領家を潰しに刃向かってくることは確実。管領府への攻撃は、京の幕府並びに朝廷をないがしろにすることであり、関東に大乱を招くことになる。何としても北条の矛先をへし折って、勢いをくい止めねばならん。諜報よりの割り出しでは、甲斐の武田は諏訪や上田、高遠へ出張っている。これから越後を攻め押さえた後、三河、美濃と京への道を開かねばならぬ時に、上野の上杉勢にまでは及ばぬというのが、遊行僧が得た武田の見通しじゃ。

よって上野は当面北条を相手とし、向かってくる敵を弾き返さねばならない。西上野の支城勢を集めて、五千五百である。この箕輪が、一万、二万の北条軍といかに戦うかがこれからの難題である」

藤井豊後守は話の間をおく。

秀綱は端然と座し、思慮を巡らす。

上座に信濃守が座る。端正な顔立ちであるが壮年の思慮深さが顔色に知性を加えている。気迫の鋭さ、真実を直視する姿勢は智将の姿であり、西上野の雄としての風格を漂わせている。

信濃守が口を開く。

「北条の領国経営で、伊豆・相模では良政を施し領民が懐いているというが、他国へは残虐を重ねて侵略し覇を広げている。どこまで広げるのか。広げる北条の大義とはなにか……。だが、攻めくるならば、打ち砕かねば西上野は守れぬ。城に籠もれば負けはせぬが打ち破ることはできない。城に籠もって箕輪は守れても、北条の戦力を削《そ》ぐことができなければ、西上野の諸城は踏み倒される。大軍に対して攻めの手を繰り出さねば、敵を損耗させる道は拓かれん。だが、攻めの手となる兵力は簡単には増やせぬ。支城に増兵を求めることはできない。北条や武田のように、他を侵略し切り取りでもせねば兵力の急増はかなわぬ。だが、われらが軍兵は他を侵略するためには一切使わない。わが軍兵は領国を守るためにのみにある。これは白旗一揆の頃よりの歴代の根本である。他を攻め取る軍勢を持つことなく相互に均衡を保ってきたことで、上野の安定が図られてきた。だが大軍が攻めくるとなると、立ち向かう力を持たねばならない。箕輪が万を越える大軍を迎え撃つのは初めてである。

しかし、強い者が勝ち残るとは限らない。強い者はさらに強い者に滅ぼされる。史書にあるように〝生き残る者は、変化に対応する者である〟と。状況に対応し変化して生き残った時、それを進化という。強い者より進化を遂げる者が最後に残る。たとえ数に劣るといえども進化を遂げ続け、望みを捨てぬ者が生き残れると信ずる。そこでこの箕輪は、大軍の攻めに対して変化を遂げねばならない。思考を重ねた末に、三策の対応を考えたので聞いてもらいたい。一策目は、増兵に代えて新たな遊撃武闘集団をつくること。どこへでも現れ、あるいは潜み、徒党を組んで急襲し、城外に遊躍して大軍の背後を脅かす訓練を受けた武闘遊撃集団をつくりたい。今、戦敗れの流れ者が盗賊となり狼藉《ろうぜき》を働き、時には徒党を組んで人をさらい荒稼ぎをする悪党が、里を襲い民を脅かしている。冷害や凶作に苦しむ百姓がさらに悪党どもに怯《おび》えている。それら悪党どもを駆り集めて訓練し、武術を持つ戦闘集団につくり上げたい。見込みのある者には禄を与え、農地を与え、浮浪の者どもの更生の道としたい。その武闘集団成就の要は、一にも二にも悪党どもを束ねる頭領《ずりょう》となる人物の手腕次第である」

言葉を選びながら、ゆっくりと話す信濃守は、秀綱の反応をうかがうようにここで話の間をとる。秀綱にとっては、実感の乏しい思いがけない話である。

――信濃守と大老の発案のようだが、悪党どもを戦力にまで仕立てあげるというのか。悪党どもを手なずける輩《やから》が要《かなめ》とか、してそれがしに何を求めるというのか――

秀綱の顔を見つめていた藤井豊後守が、話を進める。

「北条に、風魔一族という乱波がいるのは知られていること。戦にも現れるが、しょせん陰働きをする忍者に過ぎぬ。だがこちらは実戦力とするために、武闘を旨とする一団となるところが異なる」

「豊後守殿、実戦力とはいかほどの人数を見込まれるのか」

「当面は五、六百と考えておる……が大軍を迎え撃つには多い方が主旨にかなう」

秀綱が話の内容に入ってきたのを見逃さず、信濃守が話を進める。

「実は、相模の国三浦三崎に、普化宗《ふけしゅう》の一派で宗和《そうわ》派と号する一団がおる。僧形荒くれの武闘一派である。頭領は湛光風車《たんこうふうしゃ》と名乗る二十一代普化宗法嗣《ほうし》で、隠然たる力を持つという。悪党どもを束ねるに足る人物なれば、この箕輪に一派を招きて荒くれどもを束ね存分に働いてもらう所存、その話を進めたいと考えておるところ。そこで、伊勢守殿に助力をいただきたい。そこもとの門下の者から荒くれ者に武術を授けていただけないか。戦力として見込むには、武術を身に付けさせ自信を持たせて事に当たらせたい。関東に広く名声を轟かせたる新陰流の指南を受けられれば、荒くれ者も身を入れて技を覚え、自信を持つに至ると思う。いかがでござろうか」

と、秀綱へ問いかける。

――悪党どもを更生させ武術を授ける、果たして……普化衆は手荒なこともする宗派だが、戦働きの一団をつくり上げる頭領の力量は――

「教えることは差し支えござらぬが、やるからには事の成就が第一。多様な荒くれを御《ぎょ》しきる頭領の力量のほどが成否を決するものかと。湛光風車とか、異名を持つ頭領は果たしてどれほどの者か」

　豊後守が、

「遊行僧にしかるべき者を各方面に探させておったが、普化宗の法嗣に巡り当たった。早速に手の者を忍ばせたところ、どうやらうってつけの人物と分かった。そこで衣笠に隠棲している旧領主三浦氏に、事の次第を打ち明け確認致したところ、風車なる者、豪放磊落《ごうほうらいらく》であるが、はかりごとは緻密で行動力があるとのこと。現に一派の入門者は荒くれ者あぶれ者が多く、頭《かしら》として統率力に長《た》けており、三浦氏はまさに当方の求めにかなう者、との意見であった。

　そこでまず、秘かに三浦氏を通じて当人に手前どもの意向を打診したところ、箕輪に来て直接話したいと、進展をうかがわせる返事であった。しかるに先月末に三人の配下の者を同道して来城した。こちらの趣旨を意気に感じたようで、嫡男に跡目を譲り隠居を考えていたところにこたびの話で、北条を懲らしめるためもうひと暴れしようかという思いに至って、来城したとのこと。その晩は、席を替えてそれがしと大酒を酌み交わした次第。

　ただ当人が言うには『今までも戦働きをしてきたが大軍を相手にする上は、皆の者にしかるべき武術を身に付けさせたい、さすればさらに実のある働きができよう』とのことであった。

三浦郡は管領方の地であったが伊勢宗瑞（北条早雲）の時、壮絶な戦いの末、三崎城を落とされ三浦一族は討ち死にしたが、幼い嫡流の庶子が普化僧にかくまわれて難を逃れ、以来衣笠で反北条の気骨のもと秘かに一族の再興を狙っている。その三浦一族を陰で支えているのが普化衆で、『侵略や膨張を止めない北条をつぶす戦は、関東の秩序を戻す正義である』と語気を高めておった。いずれにせよ、関東にその名を馳せたる新陰流の剣術指南を受けるとなれば、湛光風車の配下の者に文句のあろう筈がない。ひとつ新戦力をつくり上げるために、伊勢守殿に是非ご助力いただきたい」

秀綱は話の進展に驚きを感じながらも、気持ちは冷静である。

「そこまでも話が進み見通しがあるのであれば、異論はござりませぬ。助力させていただきます。具体的にどのような一団にするのかもう少し話を聞かせていただいた上で、いかなる教え方をするか門下の者に考えさせましょう。実戦に役立つ技を備えた輩を仕立て上げるのも、師範格の者には指南の腕試しともなろう」

秀綱の返事に安堵の表情を浮かべた大老が、

「かたじけない。早速三崎へ、決定の知らせを出すと致そう。これより、この件は秘して行うがよろしかろうと考える。城兵を表とすれば、脇添えの戦力ゆえ。兵が城に立て籠もれば、城を囲む敵軍の後方でかく乱し、夜襲などして敵の勢力を削ぐような働きゆえ、敵方に知られぬように計らいたい。よってご門下の者にも表向きは僧に護身術を教える、としてもらうがよろしかろうかと」

「してこの先いつ頃より、武術指導を始めるともくろんでおけばよろしいものか」

「諸事手配をこれから始める。頭領は十四、五人の配下を連れてくると言っておった。田宿(後の西明屋)の林に庫裡《くり》と三棟の根小屋《ねごや》を建てる。それを二カ月で仕上げる。よって、今から二カ月半後の九月には三崎から一派が移ることになろう。訓練はその後となる。まずは十四、五人の者に武術を授けていただき、その者達が五、六百の猛者を束ねていかれればと考えるが、そのあたりの進め方は師範と頭領で相談していただきたい」

「心得ました」

城主長野信濃守が、

「伊勢守殿の力を借りられれば、この件の見通しが立ったといっても良い。あとは西上野、いや上野の悪党どもを残らず箕輪に集めることだ。上野に限らず隣国からでも良い。田宿に限らずに、要所要所に僧坊や根小屋を増やすことになろう。順調に進めば戦力を増すのみでなく、治安を図り世助けになる」

「二策目は……」

太老が、続けて話を進める。

「騎馬武者だけの戦闘隊を創設するというもの。古来より騎馬武者は、侍従者や槍持ち侍など四、五人を従えたが、城下周辺の戦闘に限れば荷物持も旗持も不要である。武者だけの騎馬隊が矢のように機動的に、城下に迫った大軍をかすめ討ち、敵を消耗させる。馬鎧《よろい》にも工夫を凝らして槍や矢を防ぐものとしたい。急襲しては手際良く退く、速さを駆使した戦法が展開できると考える。小幡の国峰の赤備えの騎馬武者隊は、百五十騎の壮烈な働きが知れているが、従者を付けている。当方で新たにその数倍の数百騎規模の、騎乗武者だけの騎馬隊を創設したい。上野は古来より馬の産地である、その特色のもとに次男、三男を募って訓練を施したい。その訓練にも新陰流からの指南をお願いできないものか」

信濃守が、伊勢守の目を見つめている。

「まだ、騎乗武者だけの戦闘隊は聞いたことがない。集団の組技など、考案次第では新たな戦術展開ができるかもしれぬ。わが流の目録にも〝騎戦〟があります。新たな騎馬隊の戦術指南も、師範が力量を伸ばす良い機会となりましょう。お引き受け致したい」

信濃守の顔に、さらに安堵の色が浮かぶ。

太老が、膝を乗り出すようにして、

「二策とも、ご助力をいただけて、誠にありがたきこと。これで、いずれも実現に向けて踏み出すことができます。三策目は城の改修で、東側の堀を水堀に変え、外周に外堀を新設してそれも水堀にする作事。これについては、管領家の家臣で足利学校で利水土木を教えている沼田出の大谷師の差配を得ることに決まったので、これは伊勢守殿とは別の話でござる」

「城の東は緩やかではあるが斜面地で、そこに水堀を造るとは思い切った決断。できる見通しがあるのであろうが、出来上がりが楽しみです」

伊勢守の関心が水堀に移ったのを受けて、信濃守が、

「さてさて、今日は大極的な筋道の合意が成って、一段落致した。今後、策の仔細な詰めを進めるに当たっては、新陰流の師範に頼ることになりますが当方でも、早速四家老に具体的な体制づくりや方策を決めさせたい。これで箕輪が、変化に対応する兵力増強の第一歩を踏み出すことになる。踏み出せたるのちは規模をどこまで拡大できるかが課題となろう。

さて、今日は小暑の七夕の日で日柄も良い。いかがかな、久方ぶりにゆるりと酌み交わしたいものだが」

大老が控えの者に声をかけて、酒席の用意をさせる。

「ところで、奥が懐妊されたそうで目出度きこと、無事なる出産を念じております」

「ありがたきこと。恭院《きょうのいん》には三人目の出産となる。母子ともに健康であればそれで十分。男子であれば家内の兄者の伊勢守殿の血が楽しみじゃ。女子であれば嫁先に同心衆が増えることとなる。まさに授かりものじゃ」

膳が運ばれて、香の良い澄まし酒が注がれる。酒は血の巡りを良くし活力をみなぎらせるので、箕輪ではよくたしなむ。

まだ日は高い。開け放たれた縁先に、赤城の新緑の山肌が手に取るように見える。

翌日の午後に、大老藤井豊後守のもとに四家老が集まった。

そして箕輪が今まで経験したことのない北条の大軍を迎えるに当たり、重要策の具体化が四家老の評定に諮られた。新規の策であり所定の期間に粗相なく実行成らしめるために、それぞれの執行役を決めて実効を図ることとなった。

騎馬武者隊執行家老　下田大膳太夫正勝

遊撃武闘集団執行家老　内田因幡守頼信

水堀修造作事執行家老　八木原下総守信忠

新策運用調整役家老　大熊備中守高忠

それぞれの策の実行担当の分担が決まり、具体化の第一歩として一カ月後に各家老が策の実施要領を作り持ち寄りて議し、内容の合意と確認を図ることとなった。

その席には城主と大老が同席する。

こうして大熊備中守と三家老の忙しい一カ月が始まった。

第二章　転成

農業土木技師

　この日、足利学校で利水土木を教えている大谷師が、南玉村に来ていた。川除け堤作事と二毛作に伴う灌漑作事の中間検分をするためであった。大谷師には二度目となる視察で、去年の十月末の縄張り検分以来半年がたち、作事もちょうど半ばとなっている。

　作事中の現場は落とし捌け水路の幹線が二カ所。五明堂から下の宮、箱石へ通じる城の東側水路と、城の西側になる毘沙門堂から西内出を横切り、十王堂から川井へ通じるもの。

　まずは毘沙門堂付近を北へ掘り進んでいる西側幹線を見る。五人一組の掘り手が二組、交代で牛車に掘削土を上げる。一組が掘っている時にもう一組は小休止をする。五台の荷車が掘り出し場と堤の盛土場を往復するが、少しずつ堤に近づいて来ると空の荷車が土上げを待つようになる。

「よう栄蔵よ、そろそろ荷車を四台にしたらどうだんべえ。空荷で待ってんじゃ、もってえねえや」

　現場目付役の栄蔵は、一組の土の上げ手として加わっている。

「そうだな、四台にして鼻取りからもう一組の上げ手に入ってもらうか」

「そうだぃのぅ、そうすりゃちょうど六人ずつにならぁ。でもよ、それ以上は増えてもやりづらくなるで」

毘沙門堂の日陰で休んでいる組が六人になる。

「そうさな、もっと近くなったら宗吉と相談して、盛手に入ってもらうかだな」

栄蔵がそう言いながら、近づいて来る三人を目に留める。

「大谷師が見えられたぞ」

皆が手を休めて水路際に上がる。四郎左が先導して大谷師に説明をしている。弾正も同行している。

「西の幹線は、ここまでで六割方掘り進んだことになります。底部勾配の二厘は策案通り取れています」

「この地区全体の自然地形勾配は、何分であったか」

「はい、北西から東南にかけてが、二厘強となっています」

「地層の中間に礫《れき》層が見えるが古火山の噴火の層か、水の浸み出しはないのかな」

「はい、東の幹線にも同じ高さに礫層が走っていますが、やはり水は出てきていません」

「礫混じりの土は本堤に入れてはならない、後詰めの土居に入れるように。……ところで、これは日よけかな」

「はい、移動させながらやっております」

「これは良きもの、具合はいかがじゃ」

栄蔵が答える。

「晴れの炎天下の仕事でも日よけの下の仕事は体が楽で、少しでも風があれば涼しく、汗も乾いていきます」

「誰の発案によるものかな」

「御屋形様の考案されたもので、助かっています。これから真夏に向かってもこれがあれば苦になりません」

軽妙な作りである。

大きさは一間半の二間半。竹の枠に割竹を網目に組んでその上に柿渋を塗った紙を貼り、中央部を少し盛り上げてある。長方形の大きな平笠のような形である。柿渋紙は水をはじくので、小雨程度は凌げる。四本の柱で人の背より高い位置に水平にかざして、四人で柱をもてば簡単に移動できる。土上げの位置の進行に合わせて、日よけも移動する。

「冬は、空っ風の風よけもあって助かっています。雨さえ降らなければ真冬でも同じに進めていけます」

——金原三郎殿の心遣いか。ふむ、面白きものを見せてもらった——

「それでは東の幹線を回って、堤へ向かいます」

四郎左の一行が離れると土上げ作業が再開される。矢川のほとりを東に向かう。七月の日差しは強く汗ばんでくる。東の幹線はまだ五割の進捗だが、落とし捌け水路として既に流している。田植え前に先に土砂を出す田では、田の高さが最終形となるので、新たな排水経路が必要となるからだ。全面の稲作をするための、四郎左が選択したすり合わせである。

「なるほど」

と大谷師は理解した。

「秋の収穫までに落とし捌けの両幹線が終わる予定です。落とし捌けの枝線と用水路は、田畝《うね》の間を通るために、収穫後の土上げとなります」

「うむ、収穫後一カ月半が枝線と用水路の期間か。賄えるであろう、特段の長雨でもなければ。それでは堤の方へ参ろう、全体土量の具合が要ゆえ」

三人が新利根川の方に向かう。赤城の鍋割山の半円の山容が陽炎《かげろう》に霞んで真北にそびえる。北西方向に神明神社の二の大鳥居が、新利根川に参道の杉並木を寸断されて、孤立して川の手前に立っている。

五明堂の療養棟の北側が、今現在の堤築造の位置である。

七人が本堤の上で荷車から降ろした土をならし、タコ（地盤を固める木製の転圧具）で突き固めている。本堤は、上流の福島村から下の宮まで八町にわたり、高さが四尺ほどにまで盛られている。運搬の牛車は盛土を固めるために、堤の上を往復しながら土を降ろしていく。後詰めの土居は、六尺の高さで八割方できている。ちょうど櫛の歯のように、本堤から直角に三間の長さで整然と並んでいる。後詰めの土居は田に入った洪水土で砂混じりであるが、本堤は粘着質の土である。土質が全く異なる。後詰めの土居の間を通って本堤に上がった。三人は後詰めの土居の間を通って本堤に上がった。土質が全く異なる。大谷師が土を手にとって握り締める。

「本堤には十分な土質である。堀土層に薄い礫層があったが、これからも一定量が出てくる。運び先はどうしておる」

「はっ、今までは礫層分は別の荷車にして、搬送路の道普請《みちぶしん》に充てておりました。道普請も一段落しましたので、これからは後詰めの土居に運びます。よりまして本堤には入れておりませぬ」

四郎左が自信を持って答える。

「そうか、それならよろしい。今後この堤は幹線の残りの堀土と、枝線および用水路の堀土が盛られることになるが、やはり全量には不足するようじゃ。東の山を開いて土を出すこととしているが、その折には腐葉土を十分に取り除くことが肝心じゃぞ」

「先日父より、前内出の外周の水堀を広げることと、東の堀を新設することの指示がありました。東の山を開く前に堀の追加の土を上げることになります。堀の幅によって必要土量の調整ができますので良質土が得られる見込みです」

「それは良きこと、山土より安心できる。金原三郎殿の時を得たお考えだ」

土量の見通しが付いたことで師にとって大きな不安が消えた。その後、新利根川の上流へ足を運び川の曲がり具合、水流の速さ、両岸の高低差などを検分した。

「新利根は、上流では台地をさらに削り込み、南玉村から下流では一気に河川敷の幅が広がる。緩やかではあるが扇状地形の様相を示している。やはり南玉村とその上流あたりが、今後とも暴れることが予想される。そのためには、このあたりの堤の位置に余裕を持っておくことが必要であろう」

という師の策案決定時の結論に変わりがなかった。作事中の堤と、川の間は約一町離れている。川に沿って長く広範な草地が、大型馬を育てる村牧となっている。大川から新利根川になって草地が削られているが、雑木林を拓けば十分な広さが確保できる。放牧されている馬を見ながら、

「この秋の台風で大水が出なければ、堤は予定通りに出来上がる。金原弾正殿、堤が仕上がってより五、六年は毎年管理に手がかかると考えられたい。雨が降るたびに下から締め固まってきますが、表層は雨水で掘り流されたり崩れたりして、盛土上部は安定するまでに数年を要します。これだけの土居の維持には、手はずを整えておかれるべきかと」

四郎左の叔父の金原弾正は、父金原三郎から作事人足の手配を全て任されている。

「村年寄に諮って手はずを整えましょう。これだけの作事を成している惣村の総力は皆の自信になっておりますので、管理の方もしかるべきことができるものと思います」

「ではそろそろ戻ると致そうか。明日は、枝線と用水の縄張りを見せてもらいたいが」

「はっ、かしこまりました。では館の方へ」

四郎左が先導して本堤を降り始めたその時、城の矢倉の鐘が、鳴り響いた。

――ジャン、ジャン、ジャン、ジャン、……ジャン、ジャン……〳〵――

弾正が堤に戻って、

「四打に間が二、と二打。……賊だ、東だ。茜、茜は居るか。馬を出せ」

と、堤の先の牧場に向かって大声で叫ぶ。すると、林の向こうの小屋のあたりから、

「叔父御っ、ただ今すぐに」

という声が返ってきた直後に、茜が乗った馬が飛び出してきた。

その後ろにもう二騎、若衆が乗った馬が続いて来る。茜は堤を駆け上がると、馬から飛び降りた。鞍を付けていない裸馬である。余勢で走っている馬に弾正が、たて髪をつかんで飛び乗る。堤を駆け下りて、東への道をとる。若衆が長突き棒やスノマタを掲げて、全速力でついて行く。

――東といえば社宮島《しゃくじま》の東か、前内出の東か。昼間の盗賊は人数が多い。賊の逃げ道は、南

の大道方向か――

弾正は賊の位置を捉えるために、五明堂の薬草園の前の道を東に向かって疾走する。途中、社宮島の西から四騎が飛び出して来るのを目にした。四騎は桶丸胴を付け槍を立て、弾正の馬を見て東へ駆けて来る。

自警団の者達である。昔から村には自警団が組織されていた。全戸の壮年以下の男衆は、自警組織のいずれかの構成員となっている。金原一族が城に入ってからは、城主の弟の弾正明善が自警組織の武術の指導者となって、組織の強化を図り男衆を三段階に分けた。十五歳から三年間、三の丸の道場で訓練を行う若組と、十八歳から三十六歳までの自警若衆と、四十八歳までの自警団とに分けた。

自警若衆は初動の機動力を発揮し騎乗で出動し、賊を捉え動きを封じる行動部隊で、自警団は武術で自警若衆を守る部隊としていた。訓練も年に二回、田植えの前と収穫の前に行っている。

先頭の弾正が、社宮島の東側の道に入る。遠方に賊の姿はない。

――まだ逃げてはおらぬか――

一屋敷毎に庭越しに気配を見ながら進んでゆく。弾正の後ろに、増えた自警若衆と自警団が気構えてついて来る。

南遠方で四騎が道に入り、大道への道を塞《ふさ》いだのが見えた。訓練通りに賊の退路を塞いだのは、自警団の者達である。二、三の屋敷から、自警団の男衆が得物を持って道に出て来て合流する。

とその時、前方の屋敷から馬に乗った一味の猛者《もさ》が、槍を抱えて道に現れた。馬を南に向けてすぐに止まった。前方に立ち塞がる四騎を見たからである。続いて荷馬車が出て来る。荷車には菰《こも》で覆った盗み荷が乗っている。急ぐ様子はなくふてぶてしい態度で荷馬の鼻取りをして引く。その後に二騎の武者崩れ風の者が、刀を腰差しにして出てきた。

頭風の猛者が馬上で振り向いて弾正の方を見る。北からも挟まれているのを見て慌てる風もなく辺りを見回し、荷馬車を東へ出る細道へ促すと、武者崩れ風の二人を荷馬車に従わせて東に送り出す。

猛者一騎が南と北をうかがっていたが、近くにいる北の追手の方へ馬を進めてきた。手に槍を抱えている。弾正はじっと凝視する。

——賊の人数はこれだけだな——

弾正は自分に近づいて来る猛者を見定めている。

——どれほどの使い手か——

弾正は若衆に、

「突き棒を貸せっ」

と、猛者を見つめたまま若衆に手を出した。自分の脇差を抜かずに長棒を取った。

猛者が近づいて来る。三間、二間と間合いにはいったが、弾正は動かない。

猛者に一瞬ためらいが出たのか、長棒のみの相手の力量を計ろうとする気配を見せた。止まるように見せかけた次の一瞬、

「だぁっ」

気合を入れ、体をかけて一気に正中を突いてきた。

槍の穂先は弾正の胸を捉えた。が、寸前に弾正の棒が回転した。

棒が槍の柄を払い、反転先で小手を打ち、さらに戻り反転で脇腹あたりの重心を払った。

瞬《まばた》きをする間の三手で、槍をはねる音と手首の骨が砕ける鈍い音を残して、猛者は道脇の田んぼに飛ばされた。

顔を泥だらけにして、ばたばたとヒキガエルのように四つんばいで稲田を奥へと逃げていく。

その様子を見ていた武者崩れ風の一人が、荷車から離れて弾正の方に向かって来る。弾正は後ろの自警若衆に、東に回り込んで荷車を押さえるように目配せしてから、ゆっくりと馬を降りて東の田んぼの中の細道に進む。武者崩れ風は馬上で刀を抜いたが細道で馬体の自由がきかず、馬上では不利であることを悟ると、無理やり馬を反転させて東へ逃げ始めた。

二騎が荷車の横をやっとすり越して駆け始めると、荷馬車も鞭《むち》を入れて逃げ足を速めた。若衆と自警団が回り込んで、箱石の部落に入る手前で追いつき賊を追い払い、荷車を押さえたのが遠巻きに見えた。

夕刻、館の西の離れで宴会が始まっている。

上座に城主と大谷師が座り、左手に年寄り衆三人が、右手に弾正、四郎左、栄蔵、宗吉が膳を前に女中の勺《しゃく》を受ける。

一献《こん》目は冷酒で、上座の城主の発声で城主と師が飲み干した後に、皆が合わせて杯を干す。

二献目は燗酒で、隣の席の者が声をかけながら互いに勺をする。

年寄衆の官尾大善が、三献目の音頭を取り和やかな宴が進んでいく。

上座でも話が進む。

「作事も大事なく半ばまで進み、そろそろ全体の土の量の最終見通しを計る頃合いゆえ、このたび来て見せてもらいましたが、金原三郎殿の発案で前内出の堀を広げるとのこと。全くもって絶妙なるお考え。良い土が、しっかりした堤を築き上げる理《ことわり》を知るがゆえのご判断、敬服致しました」

「なんの、惣村の大作事をなんとしてもやりおおせるには、良質土があってこそ。大谷新衛門殿の策案と村人の汗によるも、土が悪ければ折角の堤も台なしとなる」

「これで、大きな見通しは立ったものと思います。後は思いもよらぬことが起きなければ、予定通りの進捗となるでありましょう、たとえ起きても、金原三郎殿が居られるので安心しております」

城主が、膳のウグイの甘露煮に箸をつけながら、

「夏を乗り切れば何とかなりましょう。昨年の夏は東毛ではやり病が出て大騒ぎをしたそうだが、秋の台風や長雨も大過なく過ぎれば良いが。それに近頃は相模の北条が、上州をも攻め取らんとする不穏な兆しがあるとか。大事に至らねば良いが」

城主は平井か箕輪筋からか、何らかの情報を得ているように大谷師は感じた。七年前、武蔵河越城を扇谷上杉氏から北条が奪って以後、表立った動きはなかったが、ここにきて北条の動静が取りざたされている。

若年ではあるが、管領家直臣という城主より上の身分の大谷師へ質問をする。

「大谷師に伺いたいと思うておったのですが、用水が出来上がり稲と麦の年二作になると今までとどんな違いが出てくるのか、皆から聞かれることがある。年寄衆も年二作は始めてのことなので、見通しが付き兼ねておりまして」

「春は麦刈りの後続けて田植えとなり、秋は稲の刈り取りのあと直ぐに麦蒔きとなる。作が

二回になる分、土地が痩せてくるので肥料も二倍必要になる。よって、堆肥の作り置きも多く必要で灰肥は欠かせなくなります。提案ですが、村の馬牧の馬糞を利用して干し草や藁を多く混ぜた堆肥を作り、各戸に分けたら良いかと思いますが。

それと、春秋のそれぞれ一カ月半は、今までの二倍の仕事になる。忙しいといっても人手と牛は急には増やせないので、体を壊さぬように間に骨休みの日を心掛けるのも肝要かと。初めから全てを二作にせずとも、各戸の状況に合わせて増やしてゆけばよいのではないか。新田郡《にったごおり》でも二毛作が始まった所があるので、一度訪ねて話を聞いてみるがよろしかろう。

……ところで、夕方鐘が鳴って捕り物があったようですが、いかがでしたか」

弾正が杯を置いて、

「東の屋敷に四人組の物取りが押し入り、荷馬車に積んで出たところを、追い払って荷馬車もろとも取り返しました。前内出で留守屋敷を探している賊一味を見つけた村人が、後を付けて東の屋敷に賊が取りついたのを見届けた。すぐに矢倉に走り鐘で賊の居場所を知らせたので、若衆と自警団が早めに駆け付けたという次第」

「けが人は出なかったのですか」

「賊が、弓や飛び道具を持っているようであれば、遠巻きに動きを封じることにしておりますが、槍と刀の武者崩れであったので多少の渡り合いで追い払えました」

「でも槍と刀で押し入られたら、追い払うどころか手出しできぬものですが」

「得物で脅かせば震え上がるのをいいことに、ふてぶてしくも荷車で乗り込み、慌てる風もなく持ち去る手慣れた押し込みの賊。近頃は増えていて夜が多いが、明るいうちに来る賊は腕に覚えのある厄介者が多く、こちらも訓練をしていなければ立ち打ちできない。今日は知らせが早かったので、逃げる前に先回りした自警団が道を塞いで、細道へ追い込んで取り戻せた次第」

弾正の話を聞いて大谷師が続ける。

「それにしても、物騒なこと。強い者に頼らなければ農民は安心して生きてはゆけぬ世の中ゆえ、豪族武将が力を持ち、民百姓が頼り生命と生存の保証を得る。武将は常に強くなければ維持できないために、武将同士の争いが起こり、世に争いが絶えぬことになる。ここ百年以上は国中で戦が絶えたことがないが、長期的な天候不順が災いの遠因だと、学校の庠主《さいしゅ》（学長）が述べておりました」

「わが兄者の考えは明確で、武は守るためにあり攻めて敵をつくるにあらず、と。日頃の訓練も盗賊から村を守るためであり、賊を殺《あや》めるためではない。悪事が割に合わぬことを思い知らせればよく、若衆の命を守るために時には槍も使うが、今日は難なく追い返せた。今日、賊に入られたのは前内出の東端の屋敷だった。前内出の全周に堀があれば、賊もやすやすと入れぬものだが、東の屋敷に堀はなかった。その意味でこたびの堀の新設は意味がある」

「それにしても、弾正殿のような武術の達人が指導して、村に自警団ができておるところはまれで、知っておれば賊もこの村を避けるべきであったろうに」

「賊を相手に対抗できるうちはいいが、もっと強大な北条の軍団が押し寄せたら異なる。軍門に下れば先陣働きや戦表に駆り出されて、生死の苦労をさせられる。武威と数にものいわせる横暴な侵略者に抵抗して命を失うも苦難、従うも苦難の道。村を侵略し村人を殺してまでも支配地を拡大することに、どれほどの意味があろうか。村人を減らせば、上納する年貢も減る。北条の侵略も、仇を生み新たな敵をつくる始まりである」

城主が話しながらさし出す杯に女中が酒をつぐ。一口飲み、城主が続ける。

「しかしこの西上野の箕輪の殿は違う。属城を従えた強大な力は他を侵す力ではなく、他から侵されないための武力であることを皆知っている。大谷師の言われるように、より強くより大きくならなければ攻め落とされる乱世。強大になってもいつかは崩れ、分裂して争乱を繰り返す。きりのない切り取り、殺し合いの乱世。甲斐の武田も相模の北条もいつまで侵略を続けるのか、どこまで領地を広げるのか。しかし箕輪の殿は異なる。侵略をしない箕輪が強くあることは、上野が安泰であることと同じである。強い箕輪を支えるわれらも、共に強くあらねば足元が崩れてしまう。幸いにもこの地は鎌倉殿の御世《みよ》より玉村氏の下臣として、村民は武術をたしなんでおったので代々自警団を維持してきた。惣村を自ら治めてきたこの村が、川よけの堤を協同の産物として造り上げてゆく。あと四カ月、何とか仕上げられそうじゃが、しばらくは争乱がこの地に及ばぬことを願って止まぬ」

少し酔いが回ってきた城主につられて、皆の話題も広がっていく。

それからひとしきり話が飛びかった後、女中頭が部屋隅にかしこまり、

「そろそろ、主膳にしてもよろしいでしょうか」

と伺いを立てる。弾正が、

「ついつい話に熱が入り、腹が減ったことも忘れておった。次の膳を頂くとしよう」

と言いながら、杯の酒を飲み干すと膳が次々に運ばれてくる。

いつもの人寄せと同じに晴れやかで賑やかな様は、締めの手打ちまで続く。

翌日、大谷師はこれから掘る用水の位置を見て回った。

落とし捌け（排水路）の上を横切る用水の石樋《いしとい》の樋越《ひごし》（樋で横断）の位置を、二カ所変える指示を出して昼前に巡視を終えた。帰り際、挨拶をするために二の丸の館に入った。

大谷師から金原三郎に、今回の訪問の接遇のお礼と引き続きの作事の差配をお願いした後、

「実は、足利を発つ前の日に箕輪のご家老が、管領家の紹介で直々に見えられて依頼を受け

たのですが、内容は〝箕輪城の堀を空堀から水堀に変え、さらに城の東に外堀を新設してそれも水堀にして、城の守りを強化することとなったと。白川の水を上流から分岐して、城の東側に巡る堀に水を入れるにあたり、水盛り（測量）、縄張り（計画）の適任者を推挙し派遣してもらいたい〟とのことでござった。空堀を水堀に変えた経験者はいないが、策を考案して実施するに向きなる者の心当たりがあるので考えさせてくれ、と返答した次第。

その向きなる者とは、実は四郎左のことでござる。四郎左はご存知の通り、策の立案力に秀でていて遂行力があり、わが講座の学生の中では優秀なる学生である。今回の作事も立派に役を果たし見通しもできてきた。助手役の二人も大分理解を深めている様子で四郎左の助けとなろう。これからは月に二度か三度、四郎左がこの作事場を見回ることで足りるであろうと思われる。ついては、四郎左を箕輪に推挙致したい。御家老は、先々北条の大軍を迎え撃つ時のために守りの固めを急ぎたいとのこと。箕輪殿のために、いかがでござろうか」

「箕輪の殿のためにお役に立つことがあれば、四郎左も是も否もないと思うが、果たしてあの若さでお役に立ちましょうか、ご家老の望みに応えられましょうか」

「それがしは足利を離れるわけにはいかぬゆえ、それがしの名代として四郎左に赴いてもらいたい。ひと月以内に具体策を上奏するために、急ぎ策案のための調査を始めたいとのことであった。それがしも幾度か箕輪に行き四郎左を助ける所存ゆえ、いかがでござろうか」

「大谷師の支えがあれば、四郎左も心強いことであろう。身共に異論はござらぬ。しからば早速当人をここに呼んで、じかに話をしてみたい」

城主が脇息横の呼び鈴を鳴らすと、廊下に小姓がひざまずく。

「四郎左をこれへ」

小姓が一礼して下がり、間もなく四郎左が入って来る。

「お呼びでございましょうか」

「今、大谷師から話があったのだが、箕輪の御家老が、水盛りと縄張りのできる者を探しているとのこと。城の守りを強固にするために白川の上流から水を引き、堀を空堀から水堀に変え、さらに外堀を新設する作事を行いたいとのこと。ついてはここの作事も大方見通しが付いたゆえ、大谷師が四郎左を御家老に推挙したいとの由。決まれば暫く箕輪に詰めることになろうが、月に二度か三度はここの作事場に来て検分し、栄蔵と宗吉に申し置きをすることでよろしかろうといわれる。

詳しい話は大谷師から聞くとして、いかがじゃ。急な話だが、……いかがじゃ、四郎左」

「……箕輪の城のためになるのであればお役に立ちたいと思いますが、若輩のこの私にできましょうか。城の水堀のことはよく知りませんが」

大谷師が諭すように、

「城の空堀を水堀にするなぞ、思いもかけぬ大胆な発想ゆえ誰も経験した者は居らぬ。よって、若い柔軟な思考が必要となることもあろう。今年二十歳《はたち》であったな、立派な一人前じゃ。わしも共にやる。箕輪には詰められぬが逐一報告を受けて、必要なれば指示をするゆえ、心配は要らぬ」

「師の後ろ盾がいただけるのであれば、何も申し上げることはございません。期待に応えられるよう、存分に働いてみたいと思います」

三郎光政が思わず顔に笑みを浮かべて、

「そうか、そうか四郎左よ、やってみてくれるか。やり通す気持ちがまずは大事じゃ、後は努力をしてみてくれ。箕輪の殿のお役に立てるのであれば村を挙げての慶事、この父に代わって励んでもらいたい」

「四郎左が、前向きな気持ちで快く引きうけてくれることがなにより。足利に戻ったら早速ご家老に返事を致したい。このことは城の修造に関わることとゆえ、完成して人目にさらされるところ以外のことは、内密にしていただいた方がよろしかろうと思う。ご家老からの沙汰によるが、早ければ数日後に箕輪に出向くことになろう。その時には、初回ゆえそれがしも同行致そう」

この時、父と大谷師の前で意志を決めた四郎左は、新しい運命の展開に身を委ねることとなる。南玉村の堤作事がもくろみ通りに進捗していなければ、師から箕輪の話は出されなかったのかもしれないが、優秀な四郎左の努力と判断力を師は南玉村の作事で再確認した。年末に出来上がる見通しがずれるような可能性があったなら、師は話を出すことを躊躇したかもしれない。いろいろな背景が積み上がって四郎左が進む方向が開けていく。

運命というものは当人の資質と努力の上に新たに展開するもので、素地のない所に湧き上がることはまずない。

七日後の七月十日の昼下がり。初めて見る箕輪城の巨大さと威容を誇る姿に、四郎左は圧倒される。幾段にも重なってそびえる曲輪。曲輪ごとに水平に延びる塀と柵、数々の矢倉。重なる屋根。各曲輪に並ぶ桧扇紋《ひおうぎもん》の大きな幟旗《のぼりばた》が風になびく様は、城山全体が活気づいていることを示していて、緊迫感のある別世界の風景である。

城の東には重臣の大ぶりな屋敷が立ち並び、塀や土居で囲まれている。大谷師に伴い屋敷の中通りを通って大手口門で検問を受けるまでに、二カ所の検問を受けた。虎口に至る手前の帯曲輪でも検問を受ける。都合四回の検問の度に家老八木原下総守信忠の副状《そえじょう》を示す。虎口からは随番の侍が付いて二の丸の西の館に導かれる。

部屋は城の中側に面しているようだが、障子が閉まっていて周囲の様子が分からない。師の斜め後ろに座りながら、自分の座る位置はここで良いのかと考えた。

――師は管領家の直臣、箕輪の家老よりは上席のはず、しからば奥側の床柱を背にする位置では――

「師が座られる位置は、こちら側ではないのではありませんか」

「初対面の折は、立場が分からずに礼を失しても許されるとされておる。その場合、先に座った方が下手に入るのがわきまえというもの。よって、障子を背にこの位置がわきまえの位置となろう」

「分かりました、して私はこの位置でよろしいのでしょうか」

「そこで構いませぬ」

そうこうするうち、家老のほか二人が入って来た。

「お待たせを致した、さあさあ大谷新左衛門殿、どうぞこちらへ」

と家老が、上座へ勧める。

「いえいえ、それがしはこれにて」

「そうですか先に座られて、初回ゆえ失礼をします」

と言いながら家老は奥側に、他の二人は下座に座る。

「大谷新左衛門にございます」

家老とは足利で面識はあるが、二人の方に顔を少し起こして挨拶をする。

「これに居りますは、金原四郎左衛門です。それがしの元に三年ほどおりまして、今は南玉村で作事頭を務めおります」

四郎左が頭を下げ、半ばまで頭を戻す。

三人は四郎左を初めて見る。的確な所作、知的な風貌と日焼けした肌艶が、逞しさを漂わせている。

「それがしは、作事奉行の白川惣四郎忠清でございます。ご家老より、水堀修造の件につき、作事取りまとめ役を仰せ付かっております。こちらは、作事方番頭《ばんがしら》里見久右衛門です」

家老が落ち着いた口調で話し始める。

「こたびは、早速大谷新左衛門殿においでいただき、かたじけない。水堀修造については殿から、たとえ困難あろうとも知恵を出してぜひ実現させよ、と仰せ付かっております。城の守りをさらに固めるために、実施に向けてお力を賜りたい。いかに水を引き溜めるか、どれほどの手間と日数がかかるのか、作事の見通しを付けて二十日後の評定にて報告することになっております。よって、これからの二十日間が策案作りの大事な時期となる。案策定に至るまでは、種々調整を要するため家老である身共が筆頭となり進める。策定後実施に至っては、作事奉行白川惣四郎が筆頭となり進めることとする。話の大筋は大谷殿から聞いていると思うが、金原四郎左衛門は里見久右衛門とともに作事奉行のもとで動いてもらいたい。早速明日から取り掛かることとしたいが、よろしいか」

家老が四郎左の方を向いて話したのを受けて、四郎左が初めて発言をする。

「大谷師より伺っております。本日からでも構いませぬ」

大谷師から、

「金原四郎左衛門は南玉村で新利根川の川除け堤と、二毛作の用水作事の作事頭をしておりました。この年末に出来上がる予定となっており順調に進んでおりますが、月に二、三日は作事場にて差配の必要がありますれば、その点ご了解賜りたい」

「なんの構わぬ、双方に支障なきよう調整を致せば良いだけのこと」

「それがしも四郎左衛門を通じて、足利から意見を出したいと考えております。よろしければ、早速これより水源と空堀を見たいのですが」

すると、白川奉行が、

「結構でござる、それでは本日これより一通り見て回ろう」

作事奉行以下四人で、白川上流の水口場から見始める。

奉行が見立てた取水位置は、城の北虎口から十町ほど上流である。

川沿いに細道が続いている。

真っ直ぐに榛名に上る尾根の幹道は、川から一町離れている。

鷹ノ巣山から流れ始める榛名白川は、水量の衰えない安定した川幅を持っている。周りは松林、竹林、雑木林で特徴のない景色は、目立たせないで水路を造るにはうってつけの状況である。四人は細道を下って城の北側の丸馬出しまで来る。そこから空堀が始まる。

丸馬出の南で空堀は二手に分かれる。一手は通仲曲輪に向かう内堀で、一手は城の東側に向かう空堀である。上流の川から分岐した水路を丸馬出の堀まで導けば、後は漸次下がりながら、空堀が続いている。四人は内堀へと進む。

「作事奉行殿、ここまで水が来れば御前曲輪を水堀で囲むことができましょう」

箕輪城は本丸の奥に、さらに御前曲輪がある。大谷師は城の絵図を見ながら、今立っている内堀の位置から絵図に示す御前曲輪の崖を見上げる。

「大谷殿、それは思いもかけぬことで、奥の守りがより堅固となりましょう」

城詰め衆といえども、堀底を歩くことは初めてである。底の勾配は、上から眺めるのとはだいぶ違っている。

「さらに、堀底の土を鋤《す》き取り勾配を直せば、御前曲輪の先の本丸の西堀までも水を入れることもできましょう」

大谷師が範囲にこだわるのは、取り入れる水量が異なるからである。

四人は丸馬出しまで戻り、東の空堀へと進み堀底を歩く。城の東側は、北から南に向かって緩やかな斜面である。城の各曲輪は段状に高くなっていて、本丸、御前曲輪が城山の頂上にそびえている平山城である。空堀は、城山の崖と緩やかな斜面との境にある。敵が攻め寄せる時、最下段の曲輪と敵とを隔てる堀となる。その空堀に水を入れるというわけである。攻める足場を奪うこととなる。さらに離れた外周に外堀を新設して、二重の水堀で城を守るというもの。空堀の底にも、周辺地形と同様な緩やかな勾配がある。水堀にするには不都合な地形ではある。もちろん四人はそのことを踏まえて、見通しを付けるための踏査である。

久右衛門も作事方の士として、経験上の知識をもとに水溜めの方法に思い巡らせている。空堀の底は湿っている。三、四日は雨が降っていないが歩く感触で分かる。

──浸透しにくい地質なのか、それとも周りから水が差しているのか──

大谷師が尋ねる。

「作事奉行殿、この辺りの土質は、いかがなものでしょうか」

「平時はすぐ近くでも田作を致しておるゆえ、保水力はそれなりのものがあろうかと。この空堀の東側に新設する外堀の土質も、同じと考えて良いであろう」

四人は空堀を南下して、城郭の南にある椿名沼まで出た。椿名沼は湿原で雨が続くと水位が上がるという。椿名沼の上には水の手郭《くるわ》がある。これは人造池で城の南下部にあり、城山からの絞られた水を受け止めて造ってある。この水の手郭の周囲の切り立った崖が、ちょうど〝箕《み》〟の三辺のようになって見える。その〝箕〟の奥部の水の手郭から出た水が、椿名沼に入って来る。大谷師と四郎左はこの椿名沼を見て、思わず顔を見合わせてうなずいた。

――これだけの広さの沼の底には、大量の粘土質の層があるはずだ。その粘土は水堀堰の止水壁に使える。粘土を取った後の沼は水深が増して、大きな水堀となる――

四郎左の巡らした発想と同じことを、大谷師も考えていたのか。

水草が水中花をつけている静かな沼を見て四郎左は、この水堀修造作事が完成に向けて一歩、しかも確実に踏み出したことの実感を得た。

「師、そろいました」

「うむ、物はそろった」

二人の会話を聞いていた奉行と久右衛門には、見慣れた沼を前にして意味が理解できなかった。

夕方、二の丸の南東出隅の間で、八木原家老を含めた五人の宴が開かれた。大谷師と四郎左の歓迎を兼ねた修造作事の着手の宴である。

隅部屋で二面の戸を開け放たれた先は眺望が良く、隅矢倉を兼ねた部屋からは、夕映えに染まる赤城の峰々が手に取るように見える。

山々の一番手前にある鍋割山を四郎左は凝視した。四郎左の住む南玉村から見る鍋割山は、いろりに吊るす鍋を返したように半円の丸い山容をしているが、箕輪からは鍋が半分に欠けた形になっている。見慣れた山の思いもかけない鋭い形に、

――えっ――

と戸惑った。

――そうか、山の名前はこちらから見た時の名か――

と納得するが、南玉村で見慣れた丸い山との違和感がすぐには消えない。

もう夏であるが小高い山城のせいか夕方の風は涼しい。白井城方面の人家から、夕餉《ゆうげ》の竈《かまど》の煙か、白い筋が幾つか立ち上がっている。膳には四郎左には珍しい物が並んでいる。きくらげの和え物、猪肉の味噌煮込み、わかさぎの甘露煮、ごま豆腐に胡桃味噌。給仕役の若者が膳ごとに盛り物の説明をする。

――たしか、京の粟田口家でも夕餉の折、給仕の女衆が料理の説明をしながら出していた――

もてなす気持ちを料理の出し方に感じた。城内で受ける接待。季節に合った部屋の選択、庭木や遠景の眺め、食材の選択、味付け、器、給仕の所作。西上野の雄・箕輪での上級な接客対応に、不慣れな四郎左は高揚感を覚えた。澄まし酒が出る。給仕が勺をして回る。酒が下戸な久右衛門は甘酒を飲んでいるが、それでも少し赤ら顔になってきた。

「大谷殿と四郎左衛門には、到着日早々に巡察をされてご苦労でござった。これから案策定に至る迄の暫くの間、忙しい日々となろうがよろしくお願い致したい。良い策がなければ良い結果に至らぬ。策を立案するここに居る五人が建策の要となる。四郎左衛門と大谷殿の間の書間の往来が簡便にできるように、専任の使いの者を決めるつもりである。上野を取り巻く諸国に不穏な動きがうかがえる昨今、備えは早いに越したことはない。上野を守り管領家を支える箕輪は、どんなに攻められてもはね返さなければならぬ。水堀は備え増強の一部であるが、なんとしても実現させたい。重ねてよろしくお願いしたい」

家老の言葉には水堀実現への使命感がにじんでいる。

「自然の摂理に逆らわねば、難易はあろうとも果たせましょう。しかし策案の後、水盛り（測量）をして見通しを立てる段階が重要。明日、午前中に再び本日と同じ所を巡視致したい。その後で最初の策案評定を致したい。その評定では今後の方針を検討することになりましょう。私はその評定を終えてから足利に戻りたいと思います」

奉行が大谷師の意向を受けて、

「では明日は朝から本日と同じ場所を巡視致そう。評定にはご家老もご臨席いただくべきかと思います。明日のご家老のご予定は、いかがでしょうか」

「明日は、午後であれば構わぬが」

「では明日の午後に、初回の評定をこの二の丸にて開くこととします」

茜色の空は紫に変わり、残照が山際を赤黒く際立たせている。


宴の後、師と四郎左は案内されて大手口の東、内出地区にある奉行白川惣四郎屋敷の離れに行く。箕輪滞在中の四郎左の住まいである。

師が湯浴みをする間に、四郎左は今日の記録を書き始める。行動したこと、見た物、判断したこと、発言したこと、周囲の意見など。足利学校時代も作事場に赴いた折に現場の状況と判断し指示した事柄を、師に報告する内容を中心に記録を付けることが師から要求されていた。

湯浴みを終えた師に、

「これから毎日記録をつけます。師のもとへ、こちらから使いの者が行く度に記録を届けますので、自分の判断したことに誤りがあればご指示をいただきとうございます」

「分かった、そのように致そう」

「それから明日の評定についてですが、川から引く水路の……」

四郎左の話を師がさえぎって、

「四郎左よ、今朝は暗い内に足利を発って一日良く動いた。その話を始めると長くなりそうだ。話は明日にして、今宵はゆっくりと休もうぞ」

師は四郎左が考えを巡らして、既に策を持っていることが分かっている。巡視中の四郎左の着目点、話に出る言葉、的確な目線の動きに、師は四郎左の思考の過程を読みとっていた。師が注視したのは〝推挙した人材が、十分に能力を満たしている〟ということが裏付けられたことであった。評定の席で直接四郎左にそれを発言させても良いと思った。四郎左を試したかったし、それが箕輪の人々に受け入れられれば、四郎左の着想と作案能力が皆に認められる良い機会となる。師が今、四郎左の考えを聞いてしまうと、明日の評定の場では師と四郎左の共有の考えとなってしまう。師は敢えてこの時の四郎左の話を封じた。

床に入りながら、

――明日の評定が楽しみじゃな――

師は酔いが手伝ってか、四郎左が湯浴みから戻る前に寝入った。

翌朝の青く晴れた空は、昼の暑さを連想させる夏の朝空である。

白川屋敷から六人が出発する。今日は、作事方の若い士が二人加わった。二人はそれぞれ鋤きを担ぎ、道具袋を腰に下げている。昨日と逆回りに今日は榛名沼から始めたいと、大谷師が要請した。晴れの日が続き小沼となっている。四郎左が奉行に、

「沼の周辺の土質を見たいので、端のこの辺りを掘っていただきたいのですが」

それを聞いていた久右衛門が、二人の若い士に、

「じゃあ、早速持ってきたその鋤きで、掘ってくれい」

大谷師も表土層の下の土を注視している。一尺ほど掘ると、粘り気のある土になってきた。

さらに二尺掘る。粘土とまではならないがかなり粘性のある土である。

四郎左が師を見る。

「うむっ」

師が顔を上下に振る。

――使える粘土質の層が、少なくも二尺以上の厚みである――

四郎左は師が自分と同じ結論に至っていることの確信を得て、久右衛門に、

「そこまでで結構です」

と掘り方を止めた。

「いかがでござったかな」

奉行が、大谷師と四郎左に聞いてきた。

「水を溜めるには程良い土質です」

四郎左の返答に、奉行も久右衛門も無反応である。

――沼がある訳で、水が溜まりやすいのは明らか――

四郎左はまだ結論づけられないので、今はそれ以上の理由を説明するべきではないと考えている。ただ大谷師が、今日の行程を椿名沼からと昨日と逆回りを要求したこと、沼に来て直ぐに四郎左が土質を調べたことに、奉行も久右衛門も何か水堀修造に関わりがあるということは感じてはいる。

一行は椿名沼の周囲を一巡りした後、空堀底を南から北へ進む。緩やかな北へ上る勾配である。途中堀底の勾配を測る。下げ振りを降ろし矩尺《かなしゃく》を当て下がり比数を読む。堀壁を削り土質を見る。堀の深さ、幅を測る。炎天の中、空堀の底は風がなく蒸し暑い。始めてから一刻ほどして北端まで進み堀から上る。

今ある空堀に倣い屋敷の手前に外堀を新設するのだが、一行は外堀予定地を一巡した後、木陰で小休止を取る。目の前の稲荷曲輪の奥の崖上に、御前曲輪と本丸がそびえる。

――空堀に水が入り、その外に二重目の水堀ができた後では、全体の見え方、たたずまいが違ってくるだろう、堅城となって本丸が遠く感じるのだろうか――

久右衛門は今歩いて来た堀を眺め、水が入った堀を想像してみる。

小休止の後、一行は白川の上流に向かって林の中を進んだ。地形を調べ勾配を測り、水路の経路を探った。大谷師から水路を二本とする案が出されて、二本目の経路を調べた。川岸の崖を切り込めば、二カ所目の取水が可能となる所の見通しも得られた。日が高くなって二度目の調査を終えた。戻り道は、城の西側の白川沿いを下った。城山は南北に細長く、複雑に堀割が巡らされていて、西側は榛名白川の断崖があり天然の城壁となっている。断崖の上には、何段かに連なった曲輪の柵木が続いている。

城山の南側は沼地が広がり、椿名沼の他に二つの小沼が並ぶ。北と東側の空堀に水が入れば、山城にしては周囲を水で囲むことになる。特に大手口が東側（後の天正期に大手虎韜口《ことうぐち》が西の白川側に移る）にあり、東側の守りを強化すべきであることが四郎左にもよく分かる。

その日の午後、二の丸の広間で水堀修造に関する一回目の評定が行われた。二家老が入室して上座中央に座る。家老八木原下総守信忠と調整役家老大熊備中守高忠である。二家老が着座して先着四人が頭を上げる。

向かって左手に、作事奉行白川惣四郎忠清と作事番頭里見久右衛門義親。右手が大谷新左衛門と金原四郎左衛門である。中央に箕輪城周辺の絵図が広げられている。

作事奉行が評定の進行役を務める。

「これより水堀修造作事に関する評定を始めます」

家老大熊備中守に、大谷師と四郎左は初対面である。

「紹介いたします。こちらは管領上杉家直臣大谷新左衛門殿にござる。治水、利水の先駆にして多くの実績を持ち、足利学校にて講義を開いておりまする」

大谷師が大熊備中守に体を向けて会釈をする。

「これなるは我が門下の者にて、南玉村の治水利水の作事頭を務めおります金原四郎左衛門であります」

四郎左も大谷師と同様に大熊家老に体を向けて両手をついて頭を下げる。

「昨日と本日、空堀と白川筋を調査致したことを踏まえ、水堀修造作事についての見通しについて一回目の報告をさせていただきます。まずはこたびのために、策案作成を引き受けていただいた大谷新左衛門殿から、巡察を踏まえての発言をお願い致したい」

「それでは皆様に先んじて説明をさせていただきまする。昨日から巡察を致し、まずは水堀作事は可能と判断しております。私も四郎左衛門も各々調査段階で全体としてまとまった策に至ってはおりませぬが、作事奉行よりこの評定は初回ゆえ各々の意見を述べることでよろしいと伺っておりますれば、まだどなたとも打ち合わせを致して居りませぬ私どもの考えを、述べさせていただきます。

私と四郎左衛門も、いまだこれといった意見交換を致して居りませぬが、双方の考えは近いと思います。それぞれの意見を述べることがかなう場なれば、まずは四郎左衛門に考えるところを述べさせたいと思います。その後に四郎左衛門の考えに足らざる所あらば私が足し、直すべきところあらば私が直すことと致したい。私の名代として今後箕輪で働く上で、私自信も四郎左衛門の考えや判断を直接聞きたいと思っております。よりまして初めに四郎左衛門から発言を致させたい」

評定の進め方がそのような展開になることを師からも奉行からも四郎左は聞いていない。

両家老も奉行も、師の発言で四郎左が最初に発言することに異論がない様子であることを四郎左は感じ取れた。そして、説明の順序を瞬時に組み立てようと四郎左は絵図を見る。全員が四郎左の所作に視線を注いでいることが分かる。

「それでは僭越《せんえつ》ながら、私の考えを披露させていただきます。

上から始めます。水堀にとって安定した水の取り入れは、欠くべからざる重要なことです。万が一、大軍に城が囲まれた時、敵軍は地形に勾配を持つ山城で、水堀の水源を断ち堀の水を干すことを狙って、取水口と流れ込む水路を破壊することが考えられます。重要な水の取り入れを敵に知られないことが、水堀の効果を維持する上で必要なこと。よって水の取り入れ口の当初案は開けた取り出しやすい場所であるために、半町下流に林が突出したところがあり、林の陰が人目に付きにくい場所であるので、取水場所としてふさわしいと考えます。取水口には大石を並べて、大石の隙間を取り入れ口とすることで、発見されづらく増水時に大石が流木などから取水口を守ります。

次に白川から外堀までの水路についてですが、地中に水路を埋めた暗渠《あんきょ》とすべきと考えます」

奉行と久右衛門が、
——あっ——
と驚きの表情を見せた。〝暗渠〟という言葉は初めて聞く言葉である。水路を埋めるという意味と想起されるが、その発想に驚いた。見たことも経験したこともないことである。

「水堀の水源となる水路を、敵に知られないことが肝要と考えます。それに大谷師から、水路は二本とすべきとの考えが示されました。一本がなんらかの障害で使えなくなった時に、予備の水源として二本目が必要となるからであり、暗渠の復旧には手間が掛かるからであります。暗渠からの水堀への水の出口は、水堀の底、つまり水中とすべきであります。これも水の出口が敵の目にさらされると、暗渠であることが敵に知られてしまうからであります。

次に水堀の構築につきまして。現状の空堀の底の勾配は、北から南にかけて平均すると約六分勾配となっております。外堀の総長五町に水を溜めるには、十二カ所に堰を造る必要があります。堰は高ければ水深の深い堀となりますが、最大二間の高さの堰を考えます。堰は盛土で造るために松の連杭を芯として、それに榛名沼から取る水を通しにくい粘土質の土を巾三尺で積み上げ止水壁とし、芯杭と止水壁を保護するために台形に空堀の底土を積み上げげます。そうした二間の高さの止水堤を十二カ所造ります。外堀に水が入り、水位が安定するまでは水量が必要となりますが、周囲への浸透水が落ち着いた後は、余乗水を榛名沼に落とすことを想定します。沼は粘土を取った後は深く広くなり、城の南側の守りをさらに固めることに役立つものと考えます。

以上が、私が考えます水堀修造の概要でございます」

一同は唖然としている。

両家老は四郎左の話を十分に理解できていない。だが四郎左の説明内容が体系的にまとまっていることは分かる。奉行と久右衛門は四郎左の説明をほぼ理解した。だが、昨日と今日の二回査察したのみで、奉行は説明内容の密度に驚いている。

大谷師は、四郎左の考えが期待以上にまとまっていることに満足した。師の発想と唯一異なっているところは、取水口を二カ所にする所であった。師の発想は一カ所の取水口から二本の暗渠に分けて導水するというものであった。

――取水口を二カ所に分ける方がより万全といえる――

と思った。

「ただ今の、四郎左衛門の説明はそのままそれがしの考えとしていただいて結構であります。今の段階で特に補足することはございません」

大谷師の発言で、その次に奉行か久右衛門から説明する順番となるが、四郎左の考えに加えるような、或いは異なる考えがないため、進行役である奉行が両家老に向かって、

「ただ今の説明につきまして、何かございましょうか」

と、区切りを付けた。八木原下総守が、

「暗渠とか申したかな、水路を埋めるとはどのようにいたすのか。それと堰の造り方で、松杭をどうのということであったが、詳しく聞きたい」

「はっ」

大谷師が返事をし、四郎左に顔を向けて説明を続けるように促す。再び四郎左に注目が集まる。四郎左が師からの促しを受けて軽く会釈をする。

「では、水路を埋める暗渠についての考えを説明いたします」

四郎左は、家老に理解されるには、ゆっくりと分かりやすく説明をすべきであると思った。

一語一語言葉を選んで、ゆっくりとした語調で話し始める。

「まず取水口は、露見せぬように川の水中から引くのが良いかと考えます。大石を幾つか寄せて隙間の下に、節を抜いた青竹を太く束ねた物を差し込み、水を引き出します。節を抜いた青竹は水を引き込む導管として、水に浸っている限りは腐りにくく、上から圧されてもつぶれません。この節抜きの青竹を一定の長さにそろえた物を、必要な水量分の太さに束ねて大量に作り、これをつなげて埋めて暗渠用の水路と致します。竹束の埋める深さが浅いと陥没を起こしたり、水流の振動が地表に伝わり暗渠が発見される恐れがありますので、土かぶりは四尺以上と致します。水路は水の流れを良くするために、水上から水下に向けて真っ直ぐに埋め込みます。竹は川岸に大量に生えており、それを用います。

水堀への水の引き込み方は、堀底中央部まで竹束を埋めて引き入れ、底から水を出します。堀底からの自然湧水のようになり、水の流入経路が露呈しにくくなります。最初の水堀には配水池の働きを持たせて、必要以上の水量は別へ回すことができるようにします。導入する全体水量の見通しは堀全体の側壁からの水の浸透量、すなわちどれだけ水が吸い取られるかが大きく影響してきます。土質によりますが、畑用溜め池の事例では水張り後一カ月で、浸透量は大幅に減ってきます。そのために最初の配水池で水量調整を行います」

四郎左はここで両家老、奉行と久右衛門を見回す。四人とも説明を理解した様子であることがうかがい取れた。

「次に堰について説明致します。堰は水堀の深さをどの程度にするかによって、堰の高さが変わってきます。水深の浅いところで一間の深さとすると、堰の高さは約二間となります。堰は空堀を区切るように造り、水を溜める堰とします。堰の築造につきましては絵図を書きながら説明したいと思います。紙はこれを使用してよろしいでしょうか」

と言いながら、四郎左は自分の腰に下げている墨壺を取り出す。

「堰は盛土で造るために、水圧に耐えるには本来幅広く構築することが必要ですが、水面上部の堰の幅が広いと土橋となり、容易に敵軍が水堀を渡ることになるので、上部の狭い堰の断面をこのような台形にします。(紙に堰の断面を描く)

初めに松杭を連続に打ち堰の芯とします。この松杭に沿って粘土質の土を積み上げて、幅三尺の止水の壁をこのように積み上げます。台形の盛土はこの止水の壁を支えるために、止水の壁と同時に両側に積み上げます。堰の仕上がりはこのようになります。粘土質の土は、城の南の椿名沼周辺および沼を干して沼底から取ります。台形の盛土は、堀の底土を取って充てます。よって、堀底の勾配は今より緩やかになります」

この時久右衛門は今朝、最初に椿名沼の端で土を掘ったのは——堰の芯に使う、水を通しにくい粘土質の土を確認していたのか——と分かった。

大谷師は四郎左の横で端然と座している。四郎左は学業の他に作事場の経験もした、各地に先進事例の視察もした、岐阜や尼崎の灌漑水路の視察もした。それらの知識が総合化されて今の説明を裏付けている。大谷師は満足していた。四郎左を名代として箕輪に推挙したことに、確信というよりは誇りを感じた。

「以上が、堰の内容となります。暗渠の青竹も、堰の松杭、粘土質の土も、皆至近で手当てできる資材であります」

四郎左の説明が終わった。一同に言葉がない。

ややあって、奉行が家老を伺い、大谷師と四郎左を見ながら、

「本日は初めての評定であり、多岐に話題が及びまとまる内容とならずとも良いものと考えておりましたが、今の説明に対して何かご意見はございましょうか……。

今の金原四郎左衛門の説明について、大谷新左衛門殿には特段の意見がなく、同じ考えとお見受け致します。それがしも四郎左衛門の策案に異を唱えるところがありませぬので、この案を基に人工《にんく》の見通し、材料の調達、作事の期間など詰めて水堀修造策として、月末の御屋形様臨席の四家老の評定に諮りたいと考えますが、いかがでございましょうか」

奉行が両家老に伺いを立てる。熟慮している気配の水堀執行家老八木原下総守が、

「大谷新左衛門殿に他の意見、追加の説明がないということであれば、今の説明を大谷殿の考え、策案と致して良いということか。

……左様であれば策案の基本と致そう。作事の見通しが早く出ることは良いこと。奉行に特段の意見なくば、今の案を水堀作事の方針と致す。今後、引き続き内容の詰めを進めて参ろう。本日の説明内容の記録を作り後ほど届けるように。大谷新左衛門殿と金原四郎左衛門には御苦労であった」

大谷師と四郎左が両手をついて会釈をする。奉行が調整役家老大熊備中守に向かって、何かご発言がありますればという姿勢で頭を少し下げ気味に伺う姿勢を取る。少し沈黙があって後

大熊家老が、

「これから策を詰めるに当たって人工を大量動員して早期に行う場合と、通常の日数をかけて行う場合の二案を諮ってもらいたい。内外の情勢によって判断を致したい」

奉行から
「はっ、かしこまりました。それでは本日の説明内容の記録を作り、でき次第両家老にお届けいたします。また人工をかけて行う場合と、通常の工程の二案にて詰めて参ります。大谷新左衛門殿から何かございますか」

「これから詰めの作業を進めていく中で、十日ほどの後には人工数や資材の数量、作事期間の見通しができましょう」

「それでは、次回の評定は十日後を予定します」

こうして初回の評定が終わった。

大谷師の配慮で四郎左に発言の機会が与えられ、それに応えて体系的な説明を行い合理的な着想をする四郎左の思慮が皆に認識された。多少の不安があったが大谷師は、四郎左に最初の発案の機会を与えて評価されたことを大変うれしく思った。暫くは訪れることができない箕輪で、四郎左の立場を確立させることができたのが安堵の気分をより一層大きなものとしていた。

夕方、白川奉行屋敷の離れでは二日間の仕事を終えた師と四郎左が部屋に戻っている。

「四郎左よ、今日は御苦労であった。それにしても中々のできであった」

「実は昨晩は考え始めると寝付くことができずに、考えを巡らせておりました。それぞれについて最善の策は何か。師であればどのように判断をされるか、いろいろ考えを展開させると、気が立って眠れなくなりました。それにしましてもいきなり説明せよ、となった時には驚きました。師との打ち合わせなく、直接説明せよと言われるのでありますから、やむを得ぬと腹をくくりましたが」

「以心伝心というか、見込み通りじゃった。明朝、わしは足利へ発つが、今宵は旨い酒を飲もうぞ。まずは先に湯を浴びてまいる」

と師が立ち上がろうとした時、

「御免下され」

夕暮れの庭先から声がかかる。四郎左が縁側に顔を出すと、

「やあ、やあ、四郎左、久方ぶり」

大きな声で近づいて来るのは、

「これは、なんと謙吾殿」

「一年ぶりじゃ、懐かしいのう。箕輪で会えるとは驚きじゃ。聞いたぞ、聞いたぞ、奉行と久右衛門から。今日の評定では四郎左の説明に何も異論が出なかったと。四郎左の説明内容が

立派だったと」

「もう、そのような話を聞いておられるのですか」

その時、師が奥から顔を出す。

「師、こちらは箕輪の作事方組頭の大類謙吾殿です。昨年、尼崎へ視察に行った帰路、京から同道させていただいた方です。謙吾殿、こちらはわが大谷師です」

「大谷新左衛門です。そうですか、その節は四郎左がお世話になりました。さあ、どうぞ上がってください。上がって懐かしい話でも、さあどうぞ」

「それでは、遠慮のう上がらせてもらいます。今日は一本ぶら下げて来ました。ちょうど良い飲み相手が来たかと思うて」

「それはそれは。今四郎左と話していたところで、今宵は久しぶりに酌み交わそうかと。飲み相手が増えて楽しい酒になりそうじゃ。わしは湯浴みをしてきますので、先に始めていて下され」

師は渡り廊下を、湯殿へ向かう。

四郎左は支度をしようとしたが、昨晩泊まっただけで部屋の勝手が分からない。飲みかけの茶碗を二つ、縁桶の水をひしゃくで掛けながら洗って、盆にのせて部屋の中央に置く。つまみが無いので旅装の風呂敷の中から、塩豆の包みを出しそのまま盆の上に広げた。

「まだ勝手が分からず、取りあえずこんなところで」

と二人が、向かい合って座る。

「さあさあ、まずのどを湿らそう」

と謙吾が、自分で持って来た徳利で四郎左に差す。

「これはこれは、客人に先に差していただいて、かたじけない」

次に徳利を四郎左が受け取って、謙吾に差す。

「さあ交わそう、丸一年ぶりじゃ、四郎左も活躍の様子、なによりじゃ」

「謙吾殿も変わらずに、頼もしゅうお見受け致します」

と茶碗をお互いに目の高さまで上げて、一気に飲む。

「くわぁ、旨い。今日も暑かったのでのどが渇いた。五臓六腑に染み渡るとはこのことよ。ところで京であった時は確かまだ学生《がくしょう》であったが、えらい変化じゃのう」

「その後、住んでいる南玉村で治水と灌漑の作事を見ておりますが、師に推挙されてこちらに来たばかりで。こちらに来るまでは、箕輪で謙吾殿に会えるであろうと楽しみにしておりましたが、来てからはなにかと慌ただしくて失念しておりました。謙吾殿はたしか、作事奉行方だと聞いておりましたが」

「わしは作事奉行筆頭の、白川五郎殿の下で組頭をしておる。作事奉行は二人おられて、白川惣四郎殿は城の外部、五郎殿は城の内部の普請を受け持っている。内堀の底を深め側壁の勾配を鋭くし、曲輪の拡張、館や根小屋を普請している。結構忙しくしておる」

「京でお会いした時に謙吾殿がどのような用事で、京に参られたかお聞きしたかったのですが、はっきりとお話しになりませなんだ。あらためて伺いたいのですが」

「そうであったか、はっきりと話さなかったかい。よく覚えていないが、たぶん外部の者に打ち明けることをためらったのであろう。あの時は京周辺や難波の城をいろいろと見て回っておった。栗田口家や一色家の伝手《つて》を得て六カ所ほど見て参った」

とその時、渡り廊下を渡る足音がして女中が膳を運んで来た。

「大谷様から、夕餉の前に酒の支度を三人分申し付かりましたのでお持ち致しました。追加がございましょう、遠慮なく申して下され」

手土産の徳利で一息ついたところであったが、新たに大ぶりの徳利が三本と、酒の肴が二鉢。里芋と山鳥肉の煮付けと、焼き味噌をつけたゆで蒟蒻《こんにゃく》が鉢にたっぷりと入っている。

「ところで四郎左、わしは今、三の丸の西の一段下がった所に鍛冶曲輪を新しく造るように仰せ付かっている。縄張りはこれからでいろいろ思案しておるが、四郎左と見た近江の国友村の鍛冶屋敷にあった水車で動かす大金槌の連続打ち。あれをぜひともやりたいと考えておる。重い金槌でいい鍛錬が早くでき、人手も少なくて済む。ただ、新しい曲輪まで水を引く経路が難しいので困っている。そこで、水路普請や治水を修得した四郎左が、箕輪に呼ばれて作事奉行の元で働くと知って、折を見て四郎左に相談したいと思っていた。水車を回す水量を何とか新曲輪まで引く手立てがないものか、四郎左の見立てを聞かせてほしいのじゃ。

久右衛門に話をしておくので、近いうちに暇を見てあの辺りを見てほしい。経路の見通しが付くのかどうか、もし見通しが付くのであれば、奉行から正式に四郎左にお願いすることを考えておるところ。その折には鍛冶曲輪への水路作事の方も見てもらえんじゃろか。奉行方の者は頭が固くて、水車ごときと粉引き水車を思い浮かべて話に乗ってこないのじゃ」

「いや、あの連続打ちの迫力は、見た者でなければ分からんと思う。謙吾殿の頼みなればお断りするわけには参りません。まずは久右衛門殿に話して下され、良ければ調べてみましょう。水を引き出せて水車が使えるかどうかの見通しを付けるのは早い方がよろしかろうて」

「それはありがたい、よろしく頼みますぞ。水車が使えるとなれば縄張りもだいぶ違ってくるのでな。

ところで話は変わるが、相模の北条が次は上州と狙いを付けて、なにやら動き出していると か。北条軍は一万から、多くて一万五千になるだろうと見ている。下総や上総へ繰り出した軍勢を暫くは引き揚げることができず、一年近く先であろうと。水堀修造の件も北条を見据えてのことで、鍛冶曲輪の新設も長期籠城に備えて城内で武器の修理、製造をするためだが、平時から動かしておかんと籠城時だけというわけにはいかんので、造る以上は平時でも上野一の鍛冶場を造ろうと、曲輪はなるべく広く切り開こうと思うておる。それにはあの国友村で見た光景が頭から離れんのだ。水車を置けるか置けぬかで小屋の配置や製造規模が変わってくると、砂鉄や炭置場の広さまで変わってくるでなあ」

手勺でそれぞれが杯を満たしながら、話に熱が入ってくる。

大谷師が湯浴みから戻って、三人の酒盛りがそれから半刻（一時間）ほど続いた。

翌朝、大谷師は馬丁に引かれ、騎乗で箕輪を発ち足利に戻った。

四郎左は昨日の評定の記録を作成し、それに基づいて奉行と久右衛門とで四郎左の策について一つずつ詰めの検討に入る。それぞれが内容を確認して図を起こし、机上での検討を夕刻まで続けた。明日からは図に基づいて現地での確認を行い、その後資材の調達、人工の算定二案、工程二案を作成して評定に諮る資料作りに入った。

十日後の七月二十三日に八木原家老、白川奉行以下の二回目の評定が開かれた。

評定の席の中央に、大きな絵図面が広げられている。取水口の位置、暗渠の経路、配水池、堰の位置、椿名沼の拡張などが絵図に示されている。水堀の堰は合計で十三カ所となった。

暗渠管路の竹材の調達、堰の松杭用材の切り出し、椿名沼からの用土の運び出し量の算定案が示された。

作事に関わる人工の工程案については、通常工程一年半、短期集中工程で十カ月との予定案が八木原家老に報告された。

その評定の最後に家老から、

「御前評定に諮る水堀修造策の見通しが思いのほか早く決まったのは、初回の評定で四郎左衛門から的を射た策案が示されたことによるもの。苦労であった」

との言葉があった。

こうして、十日早く案策定の作業が終えた。暇ができたので白川奉行に申し出て四郎左は南玉村に三日ほど帰ることにした。

根笹衆・騎馬隊

その頃、湛光風車と一行十四人が相模の三浦三崎から箕輪に着いて、出来上がったばかりの田宿の堂と庫裡に入った。巨漢の風車をはじめ全員が黒衣僧形であるが剃髪はしていない。有《う》髪《はつ》の僧である。

箕輪に入った翌朝、まだ明けやらぬ暁《あかつき》の刻。「円頓」と銘を入れた額を掲げた堂で、座禅が始まる。小半刻後、曙《あけぼの》の空が闇中から東の地平線を仕切る頃、座を立ちそれぞれが動く。朝餉の準備をする者、掃除をする者、読経する者、公案を黙考する者、それぞれを輪番でこなす。そして一同が朝食をそろってとる。

そこまでは三浦三崎と変わらぬ務めであるが、朝食後作務衣に着替えて広庭造りのための林の開墾、道場の普請の力仕事が、新陰流の指南を受けるまでの当面の急務である。

その日の朝、頭領の風車と頭の至脱、風車の次男無堂の三人が家老内田因幡守の屋敷に出向いた。因幡守の屋敷は城の東の横町にある。井野川から水を入れた屋敷堀が巡っている。水堀の内側に築かれた土居の上に土塀が並び、豪壮な構えの屋敷である。堀の橋を渡り門をくぐると、矢狭間のある高塀に囲まれた一角に入る。これを右へ出ると館の玄関となる。

風車以下三人は控えの間で待たされた後、中庭に面した部屋に通される。

部屋には先に、家老とおぼしき人ともう一人が座して待っていた。

床の間を背に座している。

巨漢でひげ面、盗賊の頭のような風体の風車は緊迫した空気を肌に感じる。転居したばかりで、風車も至脱も、箕輪の上層部には以前に藤井大老と会っているのみである。

風車が、手をついて挨拶をする。

「昨日相模の国三崎より十四人を伴い、箕輪に入りました普化宗宗和派二十一代法嗣、湛光風車でござります。これに控えまするは大僧都《だいそうず》至脱と倅《せがれ》の無堂です。これよりはわれらが一同、箕輪のため世のために北条に抗し、存分に働く所存なればご鞭撻《べんたつ》のほどよろしく願いたい」

ひげ面の悪漢顔から発する野太い声には、威圧感がある。

「家老の内田因幡守です。これなるは徒士目附寺尾豊前です。相模国三崎より、上野の箕輪へ参られたこと誠にありがたきこと。これより共に北条を相手に、奸賊《かんぞく》をはね返す戦に備えお力を存分にお示しいただきたい。本日はこれよりの諸事手はずにつき申し合わせを致したい。まずはこれからの一切の諸係りを、徒士目附が受け持つことと致したのでこの場に同席を致す。

さて、取り敢えず田宿の新屋に入ってもらったが、これからの方策をいかに進めるか、意見を聞かせていただきたい。三月ほど前に箕輪に来られた折に、藤井大老から聞いた通り西上野としては前例のない大軍相手に戦をすることになる見通しである。北条が上野に侵略の手を拡大することがはっきりとしてきた。確信に足る情報源によるものである。一万から一万五千の軍勢が管領のおわす平井か、この箕輪に攻め寄ることとなろう。下総、下野や諸般の情勢から一年後以降となると判断しておる。それまで北条は大軍を動かせぬ、との分析である。箕輪としてはこれから一年の間に、わが軍勢の三倍四倍の軍勢を、迎え撃つ手はずを整えたい。殿からは、貴殿の采配が充分に発揮できるように手当てのほどを言い付かっておる。そこで本日はまず、貴殿の存念を聞かせてもらいたい。貴殿の考えを聞いた上でやるべきことを議していきたい」

胡坐《あぐら》座りで家老を凝視していた風車が、横に座っている徒士目附寺尾豊前の顔をうかがった後一息つき、片手を床について話し始める。

「われらが仕業は、ただ単に箕輪の殿に寄力するにはあらず。普化宗宗和派を号して二十一代、臨済禅師の教えのもと世を乱す者を糺《ただ》し、平穏を求むる衆人を守るを旨として仏門に帰依するところである。その具現に命をささげる門徒は、浄土に上がり仏子に近づくと信じておる。伊豆から出て大森宮内少輔の小田原城を乗っ取り、相模、下総、武蔵と切り従えて衆生を苦しめ、鎌倉以来の公方・管領府を脅かし、今も上総で幾多を殺めて尚も止まず、坂東を乱す元凶である北条にわれらが抗するは、和を宗《むね》とする宗和の教えに従うところ。武力をもって衆人を侵すは暴力なり、暴力を鎮めるに時に力を使ってでも宗和なる世に近づける働きは仏法に則るところ。箕輪に呼ばれたこの機に、北条に抗し存分に働かずして浄土へは参られんものと、一同心しておる。やるからには効を求め、結果を出さねばわれら収まらぬところ。

嫡男が継いだ三崎にはしかるべき者達を置いてきたが、箕輪に来た十四人は派のつわものども。弓矢・吹矢の達人、槍、薙刀、火付け、夜襲、馬扱い、番匠（大工）、それと荒くれ新徒の教練の達人をそろえてござる。ただ皆に本格的な武術を仕込み自信をつけさせた上で、門人の損耗を無しとしたい。念願がかなって上泉新陰流の指南を受けられるとの由。三崎でその知らせを聞いた折、箕輪行きの志願者が増えた次第。共に来た全員が新陰流の指南に期待を大きくしておる。今朝から早速、稽古のための広庭と道場の普請に取り掛かった次第。

　そこで、家老の言われる今後の方策についてであるが、十四人はしばらくは武術の稽古を受けながら西上野の地形を覚えるために、虚無僧《こむそう》姿にて托鉢《たくはつ》に回す。その間、新徒の駆り集めを家老の方でやってもらいたい。何人でも構わないが人数が増えればその分、平時収容する庫裡と根小屋が要る。われわれ十四人が一人当たり五、六十人の配下を抱えるとして、合計七、八百人、そのあたりが当面の目安となろう。七、八百となれば結構な働きができる。今の新屋は十四人の幹部用としてちょうどよいので、新徒用の建屋を考えてもらいたい。新徒の建屋は一カ所にまとめない方が良い。

　人数が得られれば幾つかの専門集団に分けるつもりであるので、周辺に分散した方が良いと考える。新徒といってもピンからキリまで、武者崩れから盗賊まで多様である。今までの具合からすると、一割ぐらいのまともな者を仏門に帰依させる。その一割の者には将来禄を与えたいので、いずれ見込んでおいてもらいたい。他の者は衣食住を与えるが、褒美は戦利の手柄次第で分捕り勝手と致したい。よって褒美を得るには、戦略通りに事を運び目的を達成せねばならない。敵が大きいほど分捕り品が増えるので、われらは大部隊を恐れない。戦の無い平時は普請仕事や訓練を行う。農地の開墾や木材の伐り出しも行う。これからの根小屋や砦の普請のため番匠（大工）も多く育てて、将来の門徒還俗の折の生活更生の糧を開いていく。

新徒の武術鍛錬は十四人の者がそれぞれ行うが、今までのやり方では半年後を目途に戦働きができるように仕上げてきたが、武術の鍛錬が加わり、どれほどの月日をかけることになるか、幹部十四人が新陰流の指南を受けてみないと分からない。こんなところが、今の見通しである」

風車が片手を床から上げて、家老と徒士目附の反応を見定めようとする。

「法嗣殿よ」

と家老が問いかける。

「新陰流の師範からの武術指南を受ける者は、将来何人ぐらいと見込むのか」

「駆り集める者は雑多な人間である。それらに武術を仕込むのはわれわれの仕事。よって新陰流の師範から教えを受けるのは、当面は幹部の十四人である。十四人が武術を身に付けて後、それぞれが配下の者に必要なことを訓練させる。新陰流の師範のやり方を見てみないと、配下の者までの訓練がどこまで進むのか分からん」

「相分かった。それと、人数が整ったならば専門集団に分けるといわれたが、どのような分け方を予定しておるのか。それはどのような戦働きを分担するかによって異なると思うが、まずは法嗣殿の存念を聞かせてもらいたい。非正規の遊撃部隊であればその場その場での裁量もあろうが、箕輪の戦力となる以上徒士目附の元で動くことを大原則と致すこと、はじめに確認致したいがしかとそれでよろしいか」

家老の強い語調に、至脱と無堂も家老を見据える。

「箕輪方で働く上では当然のこと、言われたことは受けて応える。だがそれ以外のことそれ以上のことは、この風車が判断仕る。よって戦況や戦略は、逐一それがしもしくは至脱に伝えられるべきこと。さすればわれらの動きは逐一、寺尾豊前殿にお伝え申す」

寺尾豊前が風車と至脱を交互に見ながら、

「戦に臨んで、味方同士の行き違いは決してあってはならぬこと。勝機を損なう要因ともなる。それぞれが伝令使を決めて連絡を密とすることが肝要。それがし不在の折は同じ徒士目附長沼長八郎を連絡先とすべし」

「承知仕った。これより集める新徒をどのような集団に分けるのかという、ご家老の問いに答える内容は、戦略そのものゆえ双方がよく吟味して、得度いく策とせねばならぬもの。それがしの存念を先に申し述べよ、とのことであればまずはお聞きくだされ」

と、家老を正視しよどみなく以下の四戦術を述べた。

「一つ目は、敵の兵站《へいたん》（武具や兵糧）の運搬をつぶす部隊をつくること。

大軍の遠征に欠くべからざるは兵站である。兵站の補給を阻むことは大軍を撤退させることを意味する。敵の武具と食糧の運搬を専門に狙う集団をつくる。北条軍の兵站の荷馬車の鼻取りは、駆り集められた農兵である。荷馬車ごと掠《かす》め取るのも訓練次第で大きな収入源となる。食糧を国境の手前の村で最終調達をするのが今までの北条のやり方で、あらかじめ十人、十五人と村に潜入させておいて、調達時に徴用される荷車の車夫になり済ます。戦が始まる前に引き上がれば収入は大となる。ただし大軍の場合食糧調達地は広範囲になる、それだけ潜入の人数も多くなること。

二つ目は、夜襲の部隊をつくること。

闇夜に敵方を襲い混乱させて、敵同士の相討ちを起こさせる。出方を変え攻め方を変えて何夜も襲い敵方を消耗させる。闇の混乱に乗じて馬扱いの手練《てだれ》者が敵陣から馬を引き出す。この夜襲部隊は倅の無堂が仕切る。皆に剣術を身に付け自信を持たせたい。時には城兵と共に夜襲の戦略を組む。よって城兵との共同訓練も必要となる。

三つ目は、狙撃《そげき》部隊である。

狙撃には二通りあって、忍び寄りて大将首を狙い撃つものと、早くから布陣に入り込み戦乱の最中に敵将を狙うものとある。小弓、手裏剣、打ち根、吹き矢などを使うが新陰流剣術を加えたい。

四つ目は、巡行隊。

平時からの諜報収集と各所の信徒とのつなぎ・連絡をする者を巡行と呼ぶ。僧形や虚無僧姿、行商人姿で各地を巡る。巡行隊にも武術を身に付けさせて自信を持たせ、身を守りながら多面に働かせたい」

と、風車の力強い声が部屋に響く。

「以上の四つが、われらの働きの筋目と考えておる。兵站狙いの車夫と夜襲団には人数を充てたい。今のところわれらが考えは以上だが、いかがかな」

三人が家老と徒士目附を見る。

家老は風車を見据えたまま視線を動かさない。見据えたまま、ゆっくりと口を開く。

「大軍との戦は、つぶしてもつぶしても尽きぬものという。敵は入れ替わり新手を繰り出してくる。無勢なる味方は、同じ手で幾度と戦わなければならぬ。手勢の損耗があれば士気が下がり続かぬもの。幾多の働きで手馴れておろうが、七、八百の数でいかほどの戦いが可能か」

「七、八百の手勢で三千の敵の侵攻を止めるか、押し返せるであろう。夜襲であれば三百五十で三千の敵陣に討ち入り、つぶし回ることができよう。兵站狙いも夜襲も、引き揚げる時が最も危ない。今までも失った門徒の多くは、引き揚げ際にやられている。踏み込む時の先頭よりも、引く時の殿《しんがり》が大事《おおごと》である。横から後ろから取りかかられる。こたびは兵站狙いといえどもきっちりと剣術の自信を持たせたい。新陰流の指南を受けて己を守り味方を守り、手負いを少なくしたい」

「守るための剣術とな」

「いかにも。攻めには勢いが必要だが守り防ぐには技が要り用かと。われらは仏門に帰依する者なれば、進んで人を殺めることは望まぬ。剣術を身に付けるは己を守り敵の攻撃をかわすにある。さすれば自《おの》ずと味方の手負いも少なくなるもの。ただ、新徒に剣術の訓練を施すのに、幹部が指南を受けてみなければ見当がつかぬ」

家老が腕を組み、目を伏せて聞いていたが、

「剣術指南を受ける意図が相分かった。今、法嗣殿より四戦術を聞いたが、豊前から何かあるかな」

寺尾豊前守が聞き入っていたが、

「はっ。四戦術については法嗣殿にお任せを致し、城兵との連携戦の訓練については今後進めていきたい。早速始める信徒集め、すなわち悪党狩りは自らの手で行った方が、その後の信徒本人の心境には良いはず。他の手で集めるのは罪人集めとなってしまうのではないか。自らの手で仲間を集めれば人材集めとも見られよう。いかがかな」

豊前は、

——湛光風車なる人物が、他人の意見にどのような対応を示すのか——

知ることになる、とも考え問うた。

「うむ、うむっ」

風車は、控える至脱をうかがう。至脱は風車の視線を受け微かに会釈を返す。

——内部で、最初に語り合ったこと——

風車は家老と豊前に体面を直して、

「ただ今の寺尾豊前殿のご意見は、信徒の身に立った配慮である。なれど、一年を目途に数百の戦力を仕立て上げるためには、十四人の幹部を広範囲な悪党探しに充てることはできかねる。それに各所の領主の領地に入り込み人狩りで動き回るには、人狩り以前のいらぬ争いを起こすことがある。筋としては、各領主の判断で捕えた者を箕輪が預かるとした方が、その地の治安に服すというもの。短期間で数百の悪党を集めるには、各所の取り締まり奉行に頼ることが理に沿うと考えておるところ」

よどみのない風車の説明に、豊前は安心をした。思考幅の広い、物事を直視する理を重んじる心の内面を感じた。威圧感漂う外見とは異なり判断力には鋭く響くものを感じた。

家老は、一息入れるために次の間に控えた士に、茶を運ぶよう伝えた。

「法嗣殿の考えについて、豊前には他に意見はござらぬかな」

「今のところは」

「法嗣殿には、これからいろいろと城方への要望がござろう。殿から配慮致すよう仰せ付かっておるゆえ、豊前にその都度申し越されよ。信徒集めは早速にまずは箕輪配下の各城へ触れを出すと致そう。この月末の評定にて、信徒を収容する建屋の準備を作事奉行に諮る。また上泉伊勢守殿にも要請を出して、早いうちに新陰流の師範の者と法嗣殿との話し合いを持つよう図ろう」

家老の話が一段落した頃合いを見計らって、前室から、

「お茶をお持ち致しました」

との声がして、盆に載せた茶と小饅頭が運ばれ、銘々の前に出される。

大ぶりの湯飲み茶碗に抹茶が入っている。

この頃、伝わった茶の湯の流れを受けて、茶室以外での接客にも抹茶を出すことがある。

無堂はこの時が初めての濃い緑の茶である。茶の香りが立つが、苦みのある味にためらって一度口を離したが、皆を真似て飲み干した。

皆が一息入れたところで、家老が話を続ける。

「ところで法嗣殿。これから多くの信徒を駆り集めるが中には若者もおろう、妻子持ちもお

ろう。戦働きをしてもらうわけだが争いもいつかは収まる時が必ずくる。永劫に続くものではない。その時が訪れた折にこれから駆り集める大勢をいかにするか。どのように処遇するかの見通しをいずれは考えねばなるまいが」

「まだまだだいぶ先のことゆえしかとした策を持っては居らぬが、一割ほどの者は仏門に帰依させて、宗和平穏を求める導師として新たに寺でも建てて道を継がせたい。大半の者には山林でも与えていただいて開墾自活の機会を与えたいと思う。三崎でもそのように開墾した畑が今生業を立てるのに役に立っておる。三崎よりこの上野には、手頃な林野が尽きぬほどござる」

「いずれ可能なことよ。相分かった、取り敢えずの考えとしてもそのように信徒の先々の道に、思い巡らせていることを心に留めおこう。さてさて、今日の初めての話し合いは、このくらいでよろしかろうか。まだ日は高いが初顔合わせゆえ、部屋を替えて一献酌み交わしたい。箕輪では茶と酒は武将のたしなみとしておる。特に酒は何かと理由を付けては皆よくたしなむもの。では庭の見える部屋へ参ろう」

と、家老がゆっくりと立ち上がり先立って廊下を進む。

北庭を眺める部屋に各自の膳が用意されている。庭に向かって八の字を開いたように、膳が並んでいる。

給仕の勺で一杯目を空けると、風車が抑えきれずに、

「何という見事な庭であることか。深山幽谷のたたずまいのような奥行きを持ち、また釣り池を思わせるような親しみを感じる風情。まさに、智者（水庭）仁者（山庭）の作庭。ご家老の作であろうや。この部屋を取り囲む庭の広さ、庭でこれだけ圧倒されるのは初めてじゃ。この庭を前にしたら一人酒でも杯が進んでしまうわ」

備前が家老に代わって、庭の自慢話をする。

「この庭は家老家自慢の庭で、先代から手を加えてきた箕輪一の作庭である。そもそも北庭をこのように南から眺めることが木々の南側の勢いを正視し、全ての物の日当たりと日陰の差が、景色の深さ奥ゆかしさをかもし出し、刻によって変化し季節によって移ろう姿を見せる。正面の大ぶりの紅葉の赤い葉が石畳に落ちた様は、一面が燃えるような散り紅葉で、雪を待つ間の一時の興。飽きることのない日暮らしの庭と呼ばれておる。余談であるが紅葉の庭と雪の庭は見もので、その時節には理由をかこつけては家老宅を訪れる客の絶えないことも、箕輪の語り草となっておる」

給仕が勺をして回る。

「この部屋は、もともとあった外廊下を部屋として広げて、庭にはね出すように造り替えたもので、外と中が一体となる様は自然と心が清々《すがすが》しくなり内外の調和の姿を感じるもの。優れたるものは飽きのこないものという理《ことわり》を実感しておる次第」

備前の話がひと段落したところで、風車から、

「ところで、ご家老。われらがこれより目指す働きは三崎とは異なり、布教よりは世を乱す不当な武力に抗するのが主務であれば、名を改め一丸となって進んで参りたい。ついてはご家老にわれらが一団の名前を付けていただきたい。われらは隣国の村の豪農に人夫を送り、草の根のように潜み機を見て現れる。また陣中に暴れ入り、打ちては引き、出ては暴れる。そのようなわれらが一団にふさわしい名を賜りたい」

家老が飲みかけの杯を膳に置き、腕組みをして庭を見たまましばし思考する。

「法嗣殿、あの岩を囲んでおる笹は、榛名の山から下ろしたもの。笹は刈られても踏まれても雪の下で凌いでも、絶えることなく強く芽を出す。その強さを買われてこの庭の岩陰に配されて、逞しさを表現している。一言で表すことは難しいが、いかがかな、根笹の逞しさを名に充てられては」

「はっ。草の根、強き根の笹。根笹のようにしぶとく強く挑む。根笹のように諦めず、何度でも立ち上がり攻める。民衆のために、非業な武力に対して根笹のように挑めと。信徒に号するに分かりやすい言葉。

それではこれより相模の国三崎より分派した、わが派の名をご家老から賜り〝根笹流〟と改めることと致す」

美酒を酌み交わすこの席で〝諸国根笹虚無寺〟の惣本名が決まり、時を経て根笹慈上寺が建立されるに至る。

時を同じくする家老下田大膳太夫正勝の屋敷の表広間。

騎馬武者隊創設についての首脳たちの三回目の準備評定である。集まっているのは、城中馬術指南鷺宮能助《さぎのみやよしすけ》。騎馬武者隊を所管する大目付大森十左衛門と同有馬主馬《ありましゅめ》。それに家老。

仕切り役の大森十左衛門が、

「前回の評定に於いて、一編成六十騎前後を戦術展開の単位として四編成を当座の目標とする案が出された。戦略的な部隊で城主の直轄隊とするため給金を授け、構成者は十二家高家に属する者から選ぶとの意見があったが、その後追加の意見があり、将来を見据え十二家以外からも受け入れることとなった。四編成に加え予備兵を五十人程度予定する。さらに、部外者の立ち入らない専用の訓練場としての広馬場が必要であるとのことであった。その後追加の意見が出ていないので、以上が前回の概要となる。

広馬場については昨日、勘定奉行より城の丑《うし》の方角（北北東）の、相馬ヶ原あたりを広馬場として確保する内定が得られた。以上を踏まえ今回の議題については、事前に各位に通知致したが、

一、武具・馬の調達
一、戦術・訓練
一、全体の費用見通し
これら本日の議事と、これまで議したことをまとめて月末の評定に諮ることと致したい」

こうして騎馬隊の形が徐々に現れていく。

この日打ち合わせた概要は、

武具・馬の調達について
一、直轄部隊であれば小幡の赤備えの如く装備や色をそろえて、武術もさることながら戦陣にて存在感や威圧感を与えるものとする。
一、人馬ともに矢掛け突き槍を防ぐ拵《こしら》えを、さらに考案させて防備を堅くする。
聞くところによると、羽織り下の刺し子として良質の真綿と渋和紙を交互に重ねて、四層五層に縫い込むと重くなく槍をも通さぬという、馬鎧とも改良し、武具匠にて突き試しなどを十分に検証致し防具を改新する。

隊士も馬も矢や槍から守ることができれば戦い方が変わり、装備の改新の意義は多大となる。

防具試行の結果を月末の評定に諮る。

一、新規徴用する馬は、大型馬の割合を増やすこと。

大型馬は荒牧と南玉村牧で扱っているが、両牧に産量を増やすように求める。両牧のみならず金島・長尾の利刈牧《とがり》と中之条の市代牧にも、大型馬の産馬への移行を促すこととする。各牧へは城中武具方町田兵庫頭と神尾図書大允から聞き取りを行い、調達見通しを評定にて報告する。

戦術・訓練について

一、騎馬武者のみの隊の戦闘体制・集団戦術の発案をし、戦力を高めることが城主の創設の意に沿うこととなるゆえ、新陰流の師範に新戦術発案の要請を致す。

一、訓練は、月に十日か十五日ほどの合同集団訓練を前提にして、新陰流の師範から訓練内容の提案を受ける。新戦術は訓練や演習を経て検証し実戦用に実効を高める。

一、合同訓練中に広馬場に滞在する根小屋が必要となるが、城から離れた場所であるために戦時対応として出丸または砦の構えとする。

全体費用について

一、費用は創設の費用と隊の通年維持費用とになるが、勘定方と打ち合わせの上概算を月末の評定に示す。
一、今後検討する戦術案によって規模・出費の見直しを行う。早速要員集めを開始した上で、隊士募集経過を評定に図ることとする。
こうして騎馬隊の創設、遊撃隊の創設、水堀化の作事の各実施要領作成の準備が進み七月三十日、城主臨席の家老評定が開かれる。城内の最高決定機関である。

本丸の大広間で家老、老中、各奉行、各番頭まで、四十五人が参席する城詰衆の幹部評定である。

騎馬武者隊創設の担当家老下田大膳からの、策案説明と経過説明で始まった。

遊撃武闘隊について内田因幡守の説明の中で、特別参席の湛光風車が紹介された折、城主より直接、

「湛光法嗣殿、箕輪の意向を解され三崎よりこの方へ移り、心強く思っておるところ。これよりは存分な働きを期待したい」

との、言葉掛けがあった。

三策目の水堀修造について、八木原下総守より検討結果を踏まえた説明がなされた。

城主信濃守は三策について事前に報告を受けているが、八木原家老に二、三説明を求めて得

心していた。

その上で、

「大軍を相手に長期の戦いを果たすには、味方援軍の軍兵の収容場所が、今まで以上に必要となろう。遊撃隊や騎馬隊を城内に留めるにも場所が要る。いろいろな戦局に対応する広さのある曲輪が必要である。山城は守りやすいが攻める動きには支障をきたす。よって水堀がかなうのであれば、水堀で守られた広い攻めの曲輪を新たに造っておきたいと考える。北の丸馬出の外側に新たに造ることを、作事案に加えたい」

城主信濃守は水堀の可能性が確信できたがゆえに、大曲輪の新設を決断した。

こうして外堀に囲まれた六千五百坪に及ぶ箕輪城最大の〝新曲輪〟が稲荷曲輪の北側の平坦地にできることとなる。


天文十三年九月。水堀作事の開始である。

通常工程一年半を前提に始めて、状況によっては途中から人工の大量導入をするというもの。

近在の農民が駆り出され根笹衆も半日出て、掘り方、運び方と大勢の者が賑やかに作業をする。

空堀の幅の拡張と、五町に及ぶ新外堀の掘削作業。それと堰の芯構造となる松杭の打設が初期の作業である。

松杭は近くの松林から伐り出すが、新月の前後三日間の伐り出しが長持ちのする木材となるので、毎月〝新月材〟の伐り出し日は、掘り方のほとんどが山に入る。

仕事日の皆の楽しみは中食《ちゅうじき》である。大鍋で炊き合わせた煮物。里芋や山菜、蒟蒻の中に、雉肉や猪肉、ときには兎肉が入ったこってりとした山汁を、何回もお代わりをする。

一日二食の日常にあって作業場での中食。山仕事の時はそれが食べ放題となるので、和やかなひと時になる。賄いの女衆も山炊事に腕を奮い、冗談を言い合い冷やかしながら大鍋三つを空にする。

暗渠用の竹材は寒採りとなるために、導水の暗渠作業は冬以降になる。

松丸太は四間の長さに伐り出される。赤松林が切り開かれた跡は、根笹衆の根小屋の用地となる。幹丸太以外の細材は根小屋の用材とし端材は薪となる。

丸太杭の打設は危険が伴うので、四郎左や久右衛門が立ち合って進める。堀底から三間上部の空中に足場を組み、六人一組で重量のある逆タコ（木製足付きの打設具）を引き打ち、上部二間を残して隙間なく連杭として打ち込む。水堀の水面に顔を出す杭頭は、敵が渡れないように大鋸で鋭角に切り落としていく。

こうして三カ所、四カ所と堰芯となる連杭が立ち並んでいくと壮観である。

十一月末、八木原家老の巡察が行われた。

日頃、登城の際に進捗を眺めてはいるが実地検分は初めてである。底から二間の高さの杭壁を見上げると、水堀の威力が推し量られるようであった。

白川奉行から、予定の工程通り進んでいることの報告がされる。

「堰に使う粘土層の土の質はいかがじゃ。水を溜める土質であるのか」

奉行の説明を受けて家老が聞いた。

「はっ、榛名沼の中間層に礫混じりの層があって浅間の噴火層のようでありますが、それを取り除けば良い粘土が取り出せます。冬になると沼の水位が下がるので、間もなく池中からも粘土の掘り出しを始めます」

「さようか。ところで当初の策案では、御前曲輪の下の北堀も水を入れることとしておったが、そこは予定通り水堀になるのか」

御前曲輪は城主一族が籠もる曲輪で本丸の奥にあり、城の北側の守りである稲荷曲輪から二十間ほどの高さの崖の上にある。御前曲輪の下も水堀に変更してその北に新曲輪ができると、御前曲輪の北側の守りがさらに厚くなる。

こうして、箕輪城築城以来の城構えが大きく変わる時を迎えていく。

転身

南玉村の療病所の広い薬草園には、二十七種ほどの薬草が植えられている。各種毎に苗と育成とに圃場が仕切られて、村の隠居層が交代で手入れをしている。薬草畑のほぼ中央に五大明王堂が建っている。十二坪ほどの祠《ほこら》には、かつて五大明王像が祭られていた。祠の壁に掲げられている木札には、

――息災延命と呪詛調伏《じゅそちょうぶく》を祈る五壇法の本尊で、加持《かじ》作法は病者の心上に不動尊を観想し、障碍《しょうげ》の霊に仏戒を授けて病や障《さわり》を止める――と難解な仏法用語で記されている。療病所開設の折に鎌倉極楽寺により、療病所の守護尊として建立《こんりゅう》された。今から五十年前の長尾景春の乱の折、山内上杉方であったこの地が、武者崩れの一団に襲われ、金目の物として仏像二体が持ち去られた。以来三体が残り、立像の金剛夜叉と軍荼利《ぐんだり》明王が左右に、座像の大威徳《だいいとく》明王が中央に祭られているが、近在の者は今でも五大明王堂として祭っている。

療病施設は薬草園の東側一帯に療病舎が四棟、居住舎が二棟と蔵があるが、療病所全体を村

人は総じて〝五明堂〟と呼んでいる。

十五日ほど前から五明堂で五代次郎が働いている。大胡城と箕輪城からの要請で、医学の研修のために住み込んで助手働きをしている。そして次郎は一カ月後に鎌倉の桑ヶ谷療病所に、医療研修のために赴くこととなっている。

薬草の乾燥小屋には、薬種毎に麻袋に入れた薬草が幾筋にも吊り下げられている。次郎が乾燥具合を見て、使用可能なものを小分けして竹篭に入れていると、連子窓越しに薬草畑の中に突如茜が現れた。次郎が驚いて見直す。そして急ぎ乾燥小屋から出る。

「やぁ、茜ではないか」

明王堂の前で顔を回して次郎を探している様子の茜に声をかける。供の者らしき男が少し離れて立っている。

「次郎殿っ、詰め所で伺ったら、薬草園の方に行ったと聞いたので。仕事中に来てしまいました」

「いや構わぬよ、よう来てくれたな。箕輪からかい」

「はい、二日ほど空いたので戻って来ました。村牧の様子が気になったので」

茜は心にもない理由を付け加えた。その恥じらいの気持ちを次郎は見抜いている。

「ふむ。元気そうじゃな。茜の元気な明るい顔を見るのが、私は何よりもうれしいぞ。少し日に焼けたかな。箕輪での馬術教練はいかがじゃ」

「上泉から来られている師範が馬上剣術を指南されて、わたくしは馬捌きの基本を見たり共に駆け合ったりして、広馬場や野山での実戦教練に伴走しております」

「大勢の男衆の中で、ようも頑張っておる。それにしても大したものだよ茜、出掛ける時は供を連れるほどになったとは」

次郎が供の者に目線を回すと、話が聞こえていたのか男が会釈をする。

「次郎殿、今宵は久しぶりに兄弟三人で夕餉を共にすることになりましたが、四郎左から次郎殿も一緒にどうかと、私に声をかけてくれと頼まれました。いかがでしょうか。お勤めが終わった後二の丸の館までお出で下さい」

「かたじけない、喜んで。三日前に、四郎左が箕輪から戻ったと聞いていたので、会いたいと思うていたところ。日暮れ前に仕事が終えるので伺います、と伝えて下さい」

茜が、にっこりとしてうなずいた。

「それから次郎殿、今日家の者から聞いたのですが鎌倉の療病所に行かれるとのこと、どのくらい行って居るのですか」

「まだ出立は一カ月も先のこと。行って半年くらいたてば見通しが付こうかと思うが、二年半か三年は向こうに居ることとなろうか」

「さようですか三年も。暫くは会えなくなりますね。鎌倉にたたれる前にもう一度戻りますので、お会いしたいです」

目鼻立ちの整った顔を、少し赤らめている。

「そうか、来てくれるか。その時を楽しみにしている」

茜の瞳の色が深くなったのを、次郎は感じた。

――楽しみにしている――という次郎のその言葉に、自分への思いを感じた茜は、胸が熱くなり瞳が潤むのを感じた。

「それでは夕刻に館でお待ちしてます。わたくしはこれから牧に行きますので」

病棟から薬師が乾燥小屋の方に近づいて来るのとすれ違い、茜と供の者が薬草畑から出ていく。

茜が箕輪に移ってから一カ月余り。次郎とは上泉道場で月に二、三度会っていたが、今日は一カ月半ぶりであった。

――次郎殿は、次に私が来るのを待っていてくれる。そして会うのを楽しみにしていると言ってくれた――

次郎の言葉を思い返す。うれしさに体がふわりと浮き立つような、このような感じは生まれて初めてのことだ。茜の足取りは軽い。地に足が着かぬというほどではないが、歩き方がふらついているように自分でも感じた。

――供の者に、見取られているのでは――

歩きながら振り返って、供の者を見る。
三、四歩離れて従う供の者が、思わず立ち止まって茜を見る。
「はっ、何か」

「いや、別に」

茜は安心して歩を進める。

少し離れた西の田の二カ所で、十人余りが土砂上げ作業をしているのが見える。荷車が川の堤の方に土砂を載せ運んでいく。堤の方からは空いた荷車が田に戻ってくる。年末の完成を前にあと三カ月、作事は終盤に入っている。洪水土砂を田から剥《す》き取って、後詰めの土居を積み上げる。田に入った土砂は厚みが一尺弱である。

今までの作事で、初夏の田植え前までに土砂の剥き取りが間に合った田圃《たんぼ》は、稲穂が垂れ始めている。夏までに剥き取りが終わった田圃は、夏蒔きの蕎麦が芽を出し伸び始めている。今剥き取っている田圃は土砂の上の春蒔きの蕎麦の夏の収穫を終えた田圃である。食べる糧を絶やさぬよう荒れ地でも蕎麦を作る村の習わしで、たびたび洪水に見舞われる村の対応である。

夏前から城主の判断で荷車を二台増やして遅れを取り戻し、今は予定通りの進捗である。

茜は整然と並んだ後詰めの土居と本堤を越えて馬牧に降り立つ。大川から新利根になった後、牧草地の幅は狭くなったが、その分雑木林を開墾して長さが延びている。

今日は六人の村の若衆が馬の世話をしている。全部で七十頭ほどのうち、三歳馬以下の若馬が四十五頭いる。三歳馬になる半年前が訓練期間である。一歳前までは母馬と共に過ごさせて、母親からの愛情をたっぷりと受けさせる。幼馬の頃、親から引き離すと情緒不安を起こし反抗心の強い気の荒い馬になることが多く、訓練にてこずるので自ら離れて動き回り始めるまで、親と一緒にさせて素直な気性の馬になるようにしている。その方が覚え込みが早いし、新しいことへの関心の持ち方が違ってくる。その半面、おじけぬように訓練では手荒な教え込みが必要となる。

面白いことに若馬の初期の教え手には、未婚の女子の方が馬が馴染んでくるために、茜の他に三人の女子が訓練当初の二、三カ月を受け持っている。この二、三カ月は最も基本で、人と馬が一体となって動くための意思の伝達が成立するようになる大切な時期である。大型馬を求める武将の多くは既に何頭か乗り継いでいる。そしていろいろな乗り癖を持っている武将が乗りこなすにしても、送り出す側の牧方としては万人共通の基礎的な訓練を施すに尽きる。

女子が受け持つ調教は鞍慣らしから始まる。輪乗りでは遠輪・近輪・急輪と前足旋回、後足旋回。歩様では常歩・速歩・駈歩・襲歩、後ろ下がりと多種の基本を教え込む。それらを正確に捌くには手綱を取る手、馬の脇腹を押さえる両腿、鞍座での体重の移動と足先の鐙が馬への意思伝達の手段で、各馬が正確に敏感に動けるように仕込んでいく。今日も三人の女子が、牧馬場で輪乗りを繰り返している。茜が上泉道場で馬術の助手に抜擢されたのも、村牧の調教で常に基本の捌きが完全であったことによる。

基本の調教の後、若衆が受け持つのが馴致《じゅんち》で、実戦の場でおじけずに働けるように度胸付けをする。垣越え、崖下りや川渡りなどの荒稽古と、火炎の間走や焼け跡の匂い、鉦や太鼓の大音に憶せずに走る馴致を行う。しかし、茜は若衆に交じって馴致もやっていた。むしろ荒稽古の方が茜には性に合っていると思っている。ただ体重が軽いので砂袋を積んで稽古をする。今日は久しぶりの荒稽古をしてみる。

小屋に入っている三歳馬を引き出して刷毛を掛けた後、肢《あし》を上げて蹄《ひづめ》の状態を見る。蹄に詰まった泥を鉄爪で取り鞍を着ける。茜用の砂袋を載せて左側から鞍に飛び乗る。供の者を小屋で待たせ、軽やかに歩を進める。次第に速さを増して駈歩のまま崖を下る。川中を走り駈歩で崖を登り林に入る。松林の中には溝が掘ってあり、倒木があり水たまりがある。速度を落とさずに風のように林間の障害を渡る。西の口から牧を出て早馬比べの時の道を疾走する。この馬は疾走時に馬頭が右へ向く癖が直っていない。矢川を飛び越え五明堂の西から堤に出て牧に下りる。

一カ月ぶりに風を切っての乗馬に、すっきりとした心持ちである。


小屋では若衆が五、六人集まっていた。

母馬の荒い息遣いが聞こえてくる。敷き藁を厚くして真近になった出産を見届けようとしている。時には逆子で難産することもある。その時は早めに手を差し入れて赤子馬の肘を伸ばして、引き出さねばならない。ほとんどは難無く生まれるので出産は牧の慶事である。

若衆は、昔から赤子馬の毛色と、顔面の白斑模様当ての勝負をしている。体毛色と顔の白斑の形の二種連勝のみ賞品を出すことになっている。賞品は味噌を一樽と白斑の色に似た濁り酒一樽がもらえる。毎年十五頭ほど売り渡している若衆牧は財政が豊かで豪華賞品といえる。だが毎年十頭から二十頭の産馬があっても二種連勝者は一人か二人で、毛色は両親馬からして五、六割は当たるが、白斑の出方はさまざまで連勝は難しい。産気づいた母馬の呼吸も元に戻り出産までまだ間があるようで、取り巻く若衆も一段落である。

茜は今乗った赤毛・五号の乗馬記録に、未習熟内容を書き込んで男衆に声を掛け牧を後にする。

館に帰る途中出来上がった堤を通ると、後詰めの土居の作事場で従兄の金原英蔵が黒光りのする日焼け顔で、土砂の荷降ろし場所の指示を出している。四郎左から引き継いだ作事頭の代理役もすっかり慣れてきている。堤上を歩いて来る二人の内の一人が茜であることに気付いて、英蔵が先に下から声を掛ける。

「よう、茜じゃあないか。戻っていたのか」

「今朝帰って来た、暇ができたので。でも明日にはまた戻るんよ。だいぶできたね、立派な土居が」

「まぁ予定通りだ。おとといは城の南の堀の漑堀《かいぼり》があって、鯉だの鰻《うなぎ》だの鯰《なまず》だの捕れたんで、御門の作業場で宴会をしたのさ。ちょうど足利の学生《がくしょう》が三人見学に来てたので、一緒に飲んでの。そん時も立派な川除け堤になると学生が言っておった。年末の完成までに大水が出なけりゃいいのだが」

「でも、堤はほぼ出来上がっているんだから、一安心というところだがね」

「そうさ、きっちりと造り上げてきた堤だ、いい土を積み上げてみんなの汗で造り上げた村の希望の堤が、そんな簡単に壊されたんじゃたまらねえ」

運搬の荷車が土砂を降ろしては、戻っていく。

「四郎左もおととい戻って来て、昨日はじっくりと見てもらった。なんだか四郎左も茜も、箕輪では忙しそうだな、戦でも始まりそうなのかい。箕輪の武具賄い方の町田なんとかというお武家が、近頃は良く村牧へ来ている。二年先、三年先を見越して大型馬の産馬数を増やしてくれと、言ってきているようだ。おいらも堤の作事が一区切り付いたら、年明けには若衆牧に戻んなきゃならねえと思ってる。だから雪が降り出す前には、終わらしてえと思ってるのさ」

「村牧もこれから先、もっと広げるようになるのかね」

「そうさ新利根沿いに幾らでも土地はあるさ、竹林と雑木林を伐り広げればのぅ」

各家の次、三男と女子が中心となって仕切っている牧場は、しばらく前から四尺八寸を超す大型馬（肩までの体高四尺八寸以上）の産馬のみに切り替えている。それからは待ち受けの武将が後を絶たないが、優先は箕輪と小幡と平井である。

茜と供の者は英蔵と別れて館に戻る途中、毘沙門堂に寄る。

城から北西に少し離れたところにあり、昔は城が敵方に包囲された時は、遊撃軍が籠もる出丸となっていた所で、正面の参道以外は水堀で囲まれている。

去年の大水の時には離れ島のように、濁流の中に杉林が浮かんでいた。

拝殿に上がると格子の奥の基壇上から塑像《そぞう》が見下ろしている。

茜は憤怒《ふんぬ》の形相をした毘沙門天の像を見るのが好きで、ことある毎によく訪れる。

怒りをあらわにした顔面に人の心の中を見透かすかのような鋭い目付き、見るたびに気持ちが引き締まる思いがする。

三の丸に戻って休ませておいた馬の世話をする。茜の馬は五歳の鹿毛で赤毛といえるほどの毛色で名をアキという。以前に小幡の赤騎馬軍団を見たときに赤馬の美しさに魅了されて、村牧の中から赤馬を譲ってもらったのである。馬は記憶力のいい動物で牧の若衆を覚えている。そして今、久しぶりに牧の近くに来ていることを悟っているが、厩でじっと茜の帰りを待っていた。茜は、変な里心を呼び起こさないようにアキを三の丸の厩に置いていった。

アキは刷毛掛けを受けながら、顔を茜にすり寄せて精いっぱい喜びを表す。茜から直接刷毛掛けを受ける時は、いつも首を低くして甘えの姿を示す。水桶と飼い葉桶を用意すると、暫く茜が戻らないことを察して決まって後ずさりをして体を背けるが、ちゃんと横目で見ている。その姿に茜は毎回たまらなく愛おしさを感じ、もしかしてアキの演技なのかもしれないと思うほどである。


夕刻、館の西の間で四人の夕餉が始まった。

金原家の嫡男の左近、次男四郎左、茜と大胡城家老五代又佐衛門の次男次郎秋継。

年長の左近は、二十二歳である。

家の者が各人の膳を次々に運んでくる。杯ににごり酒が注がれる。

左近が杯を持って、

「久方ぶりに兄弟がそろった。それに次郎殿にも来てもらえて、今日はいろいろな話が聞けそうじゃ。まずは、一献」

皆が杯を干す。茜は甘みのある白酒を飲む。

左近が穏やかな口調で話し始める。

「四郎左も茜も次郎殿も、それぞれがそれぞれの道を進み始めている。それぞれのこれからが楽しみじゃ。わしはここで父に従って村を守り、村を治めていく。下総にいた頃よりは平穏に過ごせている。しかし戦が起き要請があれば村を代表して戦に赴く覚悟じゃ。それが家督を受け継ぎ村を守る者の役目と心得ている。相模の北条勢が勢いを増して武蔵にまで領地を広げている。ゆくゆくは上野をも併呑《へいどん》しようと企んでいるとか。四郎左も茜も、箕輪の戦の備えに関わっている。これからは上野も何事もなく過ごすわけにはいくまい。相手が北条となれば大戦《おおいくさ》となろう。大軍を相手に厳しい、つらい戦となろう。しかし攻め来る者が誰であろうとも、管領家を支える西上野は負けるわけにはいかぬ。西上野を束ねる箕輪の殿には、侵略者をはね返してもらわねばならない。そのために、北条の勢いを封じるには今までにない備えが肝要となろう。四郎左もその備えの一端に加わっとるようじゃが」

「わしの方は攻めの方策でなく、守りの備えとして城の東に水堀を作る作事を見ているが、ほぼ半ばまで進んでいる。空堀を水堀に変えるとの発案は城主であるが、いやいや大した発想だと皆が感心している。空堀と水堀では大違いで城の構えがまるで変わってくる。平地の城の水堀はあるが山あいの城で水堀は例がない。出来上がって水を張った堀を想像するとなにか気持ちが高ぶってくる。作事はまあまあ予定通りで、初めに大谷師と共に策案を具申した時の内容通りに進んでいる。城の南側には椿名沼があるが、水堀に使う泥を上げた後は沼が広くなって、南の守りがより堅くなるのも策案通りであった」

「ほう、沼の泥を上げてどうするんじゃ」

左近が泥の使い道に興味を示した。

「堀の堰の土は水を浸透しない土が必要で、沼の粘土質の土を運んで水漏れを少なくするのだが、予定以上に泥揚げが必要で沼の水を落として、底や周辺の泥を大量に揚げている。その分沼が深く広くなる」

「城山の下に沼があったが、それが広くなるのか」

「そうだ、城の南側の沼の幅が広がって南の守りが堅くなる。西側は白川の流れと、川岸の崖が自然の要害となっている。北と東側は二重の水堀ができる。これで山城には例のない水での守りが堅まる。しかし要は堀に入れる水の安定導水でそこは極秘作事となる。水堀は出来上がれば誰でも目にすることになるが、水の導き筋は身元のはっきりとした限定した者だけで、厳しい警護のもと余人を近づけない極秘作事となっている。いくら兄弟でもこれ以上は話せないので、聞かんでくれ」

「なにやら聞いているだけでも城の見栄えが変わり、胸が高鳴る感じがするのう」

聞いていた左近が杯をあおる。

「それと先日作事奉行に呼ばれて、城の西斜面に鍛冶曲輪を新設するので縄張りの策案から作事全般を検分せよ、とのことであった。長期籠城戦に備えて武器の製造と修理を城内でするための鍛冶場を造ることになるのだが、玉鋼《たまはがね》の鍛錬や研磨の効率を上げるのに水車を回し動力とすることになる。実は昨年難波に視察に行った帰路、作事方の大類殿と京で合流して近江国友村の鍛冶村を見て来たのだが、そこで水車の動力を初めて見てその威力に驚いた。が、こたび大類殿の建案で水車動力を使うことが採用されたそうじゃ。ところが水の引き道が難しい場所で、これから大類殿と案を計るところ。水堀作事が完成しても鍛冶曲輪の件でさらに箕輪に詰めることになりそうだ」

今度は次郎が聞いてきた。

「水車動力とは、粉を挽く水車のようなものなのか」

「そうさ同じものだ。水車を大型にすれば軸が回転する力は強くなる。水車の回転軸をつなげて大金槌を打ったり、円形砥石を回転させて削りや磨きを速めるのさ。国友村で見た連続打ちの鍛錬は圧倒するものがあって、大類殿も忘れられないそうだ」

「ほう、箕輪の城内に今までにない新しい鍛冶場が、できることになるのだな」

「それにしても箕輪の諜報網はすごいと思う。国友の鍛冶村の件も、浜川の来迎寺の回国遊行僧からの情報によるものらしい。実はその鍛冶村で鉄砲なる飛び道具を秘かに作り始めていることまで、箕輪では分かっていた」

「鉄砲とは、どんな飛び道具なのか」

「なんでも粉薬に火を付けると、爆音と共に鉄玉が鉄筒から飛び出して、二町先の四分板を打ち抜くらしい。弓矢よりも人を射抜く力ははるかに強い」

「弓矢よりも、遠くへ飛ぶものがあるのかい」

「国友でも、部外には極秘で造っている。われわれが訪れたのは鉄砲を探るためではなかったのだが……。水車動力の連続鍛錬を偶然に見たのが鍛冶曲輪新設に役立つとは。何がどう役立つか、先のことは分からんの」

「先のことは分からぬといえば、四郎左には足利学校で学んでここの治水作事を始めたころは、箕輪に行くことになるなどとは思いもよらぬことであった。分からぬよな、先のことは……」

「これから先、どうなるのか……。世が大きく変わるような気がする。南玉村の治水作事は何事もなく終わると思うが。わしばかりでなく次郎も茜もそれぞれ大した変わりようじゃ」

「わたしは箕輪に行って馬の捌きを見ているだけで、教練の助手のようなことをして、上泉道場の時とそれほど変わってないと思ってます。騎馬の武闘訓練には願い出て加えさせてもらってますが。それより次郎殿は薬師から、今では医術の道へ進まれ、しかも鎌倉へ医術の研修に行かれると。鎌倉という所は医術の進んだところなのですか」

「いや、今医術の最も進んでいるところは、京ではなく下総の古河であろう」

次郎の話に四郎左が質問する。

「下総の古河がかい。古河といえば、古河の足利公方様の居られる所じゃろうが」

「そうさ、その古河に三喜斎という関東の名医といわれていた人がいた。実は足利学校で若いころ医学を治めた三喜斎、名を田代導道というお方が、二十三歳の時に医術をさらに学ぶために先進の地、明の国に渡られた。当時わが国では官医が旧套《きゅうとう》を重んじ、治療に日時や恵方を選び伝統や権威にすがる傾向にあった。ところが明医学では臨床医術が進んでいて、病状の分析、治療法の選択、施薬の決定に至る弁証的な手法が取られるようになっていた。田代三喜斎は十二年にわたり明に滞在して、当代一流の李東垣・朱丹渓に師事し、いわゆる李・朱医術を学ばれた。帰国後還俗して民間医として下総の古河で医療を始めるや瞬く間に、東国一体にその名を轟かせた。

京からも誘いがあったが動ぜず古河を離れなかった。ご典医や官医として立身の道が当然あったのだが、万民を救うために民間医となったところが敬服するところ。公方様から宇都宮に所領を与えられ、古河と沼森で治療をしながら多くの弟子を育て、足利学校で教鞭を執り広く先進医術を広めることに尽力された。

　田代翁は既に亡くなられているが、その愛弟子《まなでし》に曲直瀬《まなせ》道三という方がいて、曲直瀬師が足利学校で教鞭を執っていた時に私が受講した。曲直瀬師はその後京に行き、やはり民間医として多くの弟子を育てていると聞く。実は曲直瀬師と同時期の弟子で、鎌倉桑ヶ谷療病所の医師三人が田代門下で鎌倉に戻っている」

　この時期桑ヶ谷療病所には医僧西園寺慶汪と然阿杢と杉田玄馬丞が、古河から戻って医療に当たっていた。杉田玄馬丞は後に師田代三喜斎の遺志を受けて、江戸小石川に新医学興隆のために民間施療院を開くこととなるが、この時期は鎌倉が古河に次ぐ先進医療の地であった。

「こたび、鎌倉でその医師たちから先進医術を学んで戻れ、というご下命を箕輪の殿と大胡の殿から頂いた。桑ヶ谷療病所は大変忙しい施療院で、年間三千人もの患者を治療しているそうじゃ。一日十人近くの新しい入院患者を受け入れていることになる。不安も多少はあるがそういう忙しい所では症例も多く、学ばせていただくには最適かと。二年になるか三年となるか分かりませんが、しっかりと弁証医療を学び実践して自信をつけて戻り、この上野で殿のご期待に応えようと思っている」

「ほほう、古河と鎌倉が日本の先進医術の地であったのか」

「田代翁が若いころ縁のあった古河は足利にも近く、水運陸運で関東の要所で医術を広めるには適した所であったそうな。今はご嫡男が古河で医療所を継いでおられる」

「それにしても足利で曲直瀬師に次郎殿が学んでいたのは偶然だったのかい、それとも先進の師と知ってて行ったのかい」

「いやいや偶然というわけではなく、足利学校の先進医術講義が評判であることを父から聞いていた。そもそも私は嫡男ではないので薬師の道へでも進もうと父に申し出たところ、足利で薬学を修めるよう勧められた。家の後を継ぐのは嫡男に任せて、病の治療の他に戦での負傷者の治療も、これからは増えてくるであろうと思って薬師も必要になろうかと。ところが足利学校に入って聞いた曲直瀬師の講義は、驚嘆するものがあった。切開手術や施薬法は、旧来の医法を凌駕《りょうが》する合理で貫かれていて、まさに心服させられた。そして李・朱医学を基にした新しい医術を私も身に付けたいと強く思うに至った次第」

次郎は膳の川鱒《ます》の味噌焼きを口に運ぶ。

「それにしても、殿の要請を受けて医の道を高めることになるとは、これから先が楽しみじゃのう」

「楽しみどころか不安もあって。足利で学んだだけではただの耳学問に過ぎず、鎌倉に行く前に五明堂で多少の実践医術に接した方が良かろうと、下働きでお世話になっている」

茜が甘酒の器を膳に置き、

「医術を修めるのに、二年も三年も必要なのですか」

「毎日の全てが勉強となろう。始めてみてしばらくしないと何とも言えぬが、田代翁は明に渡られて十二年もかかった」

「十二年はともかく、二年も三年も行かれるとは！」

左近がにやりとしながら、

「茜は、次郎殿がいなくなることが一番の気がかりなのじゃろうが」

茜が、どきっとして顔を赤らめる。

「ちょっと気になったのです」

「ははは、良いわ良いわ。それで、次郎殿は一カ月後に出立するとか」

「はい先日桑ヶ谷より知らせが参り、一カ月後に宿舎が空くので来るようにとのこと。療病所で働きながら医術を学ぶ研修者が常に何人か居るようで、桑ヶ谷でも最新医術を広めるために、田代翁に倣《なら》い研修者の受け入れを実践しているとのこと。恵まれた機会に、励んで参りたい」

「箕輪の殿ではないが、ぜひとも上野のために万民のために新しい医術を修めて戻り、活躍をしてもらいたいもの」

膳に菜の和え物と魚が運ばれる。左近は好物のクキの甘露煮を頭から頬張る。

この辺りは川魚が豊富に捕れる。新利根川が近いが南に烏川も流れている。新利根川は谷川連山を源とする清涼な流れであるが、烏川は倉渕から発し碓氷川・鏑川と合流して、新利根川より水温が高く両川で多種の魚獲がある。

冷涼な水流を好むサケや鱒《ます》は新利根でトロバを作り産卵し、鰻《うなぎ》やサイ（鯉科の魚）は烏川をのぼる。利根と烏の合流する沼の上村（大字五料）では、昔から漁労が盛んである。

四郎左が、蕎麦がきをわさび醤油に付けながら、

「先のことだが鎌倉での研修を終えた後は、どのようになるのであろうかのう、また五明堂に戻るのか」

「戻る時期がいつになるか分からぬが、五明堂に戻らせてもらおうとは思っている。しかし箕輪の殿には何かお考えがあるやに聞いておる。これから先北条との大戦《おおいくさ》が始まれば負傷者も増えるだろうし、手当てが進めば助かる命も増えよう。人助けになればどこぞへも足を運ぶつもりではあるが、まずは医術を全うしてからのこと。果たして二、三年で役に立つ医術を体得できるものかどうか。聞くところによると、長谷にある桑ヶ谷療病所は大勢の病人を同時に治療するために、五明堂の十倍ほどの病棟があるそうで、そこで働く医師・薬師も相当な数にな

るらしい。想像がつかない規模のようだ。

治療費は病人からの喜捨で五明堂と同じだが、極楽寺は他に無料の施薬院や孤児・養老舎があり、双方とも東国最大の施設らしい。西国でもなぜか同じ大仏のおわす、奈良に大規模な施設があるらしい。忙しいと聞いているので、半年や一年はあっという間に過ぎてしまうのではないかと思っています」

手勺で杯を空け膳のものをつまむ。膳の皿が空くと家のものが次の料理を持って来る。

「兄者の婚儀も来月の半ばだが、次郎の出立の方が先となるのかのう」

四郎左がきび餅を口に運びながら独り言のように話す。すると、次郎が驚いて左近の方を見て、

「左近殿が来月半ばに結婚されるのですか。今初めて聞きました。それはそれは、めでたきこと。左近殿、おめでとうございます」

「いや、ありがとう」

「それで、嫁様はどちらからのお輿入れで」

「母方の安房里見家の宗家にあたる、上野里見家からの嫁入りとなる」

「そうですか西上野の里見家から娶《めと》るのですか、それは益々めでたきこと。なれば金原家の慶事を見届けた後、吉祥にあやかっての出立とします」

「それでは兄者の婚議の祝いの席をわれわれとしては、次郎の門出の祝いの席を兼ねること

としよう。われわれにとっては二重にめでたい席となる」

「それにしても、下総の原一統の金原家のご嫡男の嫁様を、西上野から迎えるとはわれらにとっても心強きこと。お父上の上野での取り組みの心意気が伝わってきます」

左近が杯を干しながら、

「確かに、西上野のいずれからかとは父上の考えであったが、安房里見家からの薦めで里見の娘をぜひにとの話があった。母上も何度か当人に会って、気に入ってまとまった次第」

「それは何よりで、左近殿の表情にも表れておりまするよ、里見の姫御を思われていることが」

「次郎殿、そんなに冷やかすものではないぞ。まあ、明るくて元気な女子《おなご》で、体は丈夫そうじゃ」

「いやいや、何かうらやましい。嫁を娶ることはうれしいことなのだというのがよく分かる」

次郎の話す横顔を茜が見つめる。

次郎は、茜が好意を持っていてくれているのは分かっている。しかしまだ自分の進む道筋が決まっていない。これから鎌倉へ行き医術を身に付け、その後上野へ戻ってどのように身が立つのか分からない。家督を継ぐ嫡男であれば、新たに生業《なりわい》を求めることはない。次郎は自分の生き方が決まる時期をこれから迎えようとしている。それゆえに、今は自分のやるべきことを考え、自分の道を決めることが先だと思っている。

次郎も茜の気持ちを受け入れたいと思っているが、男として身のふり方が定まらぬ以上、先の話を茜とするのは今ではないと思っている。

茜には、その次郎の男としての考え方が十分には理解できない、もどかしく思う。

――素直にお互いの気持ちを確かめ合いたい。それが今、大事なことなのではないか――

ただ、思いを確かめ合えた後は茜自身、次郎殿にのめり込む予感が強くする。

確かめ合ったとしても、三年もの間離れることが茜の気持ちを重たくしている。

――ただ次郎殿から打ち明けられたい、はっきりと、待っていてくれと――

間もなく長い間会えなくなる。もっと絆を深めておかなければ、長い間持ちこたえられないと思う。


夜に入って長めの夕餉が終わり、次郎は館の離れに泊まることになった。

寝静まった夜半、茜は静かに渡り廊下を進んで離れの部屋に入って行った。

後ろ手に障子を閉める月明かりに浮かんだ茜の姿を、次郎は布団の中から見て上半身を起こした。

茜は部屋の暗さに目を慣らした後、次郎のもとに進み、布団を少しめくって横に入り座った。

「次郎殿の気持ちをはっきりと受け止めたい。はっきりと受け止めておけば、待っていられます。ですから、待つことの証しを下さい」

茜は、ゆっくりと体を次郎に預けて倒れ込んだ。

次郎は無言であった。が、倒れ込んだ茜の体を抱いて受け止めてくれたことで、茜には次郎も同じ気持ちでいることが分かり、言葉はいらなかった。

茜は、次郎の胸に顔をうずめていった……。


翌朝、朝食後に次郎を送り出した茜は、身も心も満たされていた。

次郎を見送った後、茜はぼんやりと、

――姑《しゅうとめ》に気に入られて嫁になる人は、どんな人かしら――

と考えていたが、「嫁」という言葉がいずれはわが身にも、と意識していることに気付いた。

その時茜は思い立った。

――お嫁さんに会ってみたい――

その日午後、箕輪に帰る途中里見に寄ることにした。爺と供の者を伴って里見城の西にある里見家の館を訪ねた。館とはいえ城と同じような小高い所に構えており、出丸のようである。

里見家では何代か前に嫡流の一族が結城を経て安房に移り、城を構えて安房里見家を興した。

その後一族の者が仁田山城（桐生）に入り上野に戻った。そして里見宗義が雉郷城を与えられた折に、里見に残った傍系の一族と共に里見城を再興し、里見郷を守っている。

中門で家中の者に、金原からの季節の届け物を携えたことを告げると、門侍はかしこまって爺と茜を部屋に通した。

時を経ずに廊下から声がかかる。

「ご無礼仕る」

恰幅の良い初老の御仁が、縁側で両手をついてゆっくりと頭を下げ部屋に入る。

「玉村よりお越し下されて、恐縮致し居ります。当家の家宰を務めます里見兵庫輔と申します。主《あるじ》が留守をしておりますゆえ身共が罷《まか》り出でました。先ほどは丁重なる品を頂戴いたしまして、御礼申し上げます」

「わたくしは金原左近の妹茜でございます。この度は兄とこちらの姫君との婚儀が決まり、おめでとうございます。姉様となられるお方に早くお会い致したく、突然ではありますが箕輪に戻る道すがら寄らせていただきました。姫君がおいでであれば、ぜひお会い致しとうございますが」

茜は、母親に見初められた姫君がどのようなお方なのか、どのようなところが姑に好かれたのか、会って直接知りたかった。それは次郎殿への思いを遂げるために、きっと何か役立つはずだと考えた。行動的な茜は爺を引き合いに出して、早速里見家を訪れたのだ。未婚の娘が一人で初めての他家を訪れることは避けるべきことで、爺に添え人役を頼んだ。

「それは早速にご足労いただき御礼申し上げます。早ようお会いしたいという妹君のお気持ちよう分かります。これから姉妹として、末永ごうよろしくお願い致します。ぜひともお会いして下され。ただ今伝えて参りますので、しばらくお待ち下され」

茜と爺は小高い館の部屋から、谷戸田を見下ろしながら、

「爺、ここから箕輪はどれほどかかるのだろうか」

「谷戸の田の、中央に流れているあの川が烏川で、あれを渡り真っ直ぐに山に入りしばらく行くと白岩観音がある。その先に行ったところに大きな流れがある。それが榛名白川で川沿いに箕輪城がある。ここからは一里半ほどもあろうか」

「ならば、半刻《とき》（一時間）もかからずに着ける。里見と箕輪はそれほどに近いのか」

新たに里見に親戚ができることに、親近感を覚える。

「とすると箕輪の菩提寺の長年寺も、この辺りであろうか」

「長年寺は確か鷹留城の麓というから、あの烏川を少し上った辺りとなろう。それほど遠くではない」

「長年寺も眺めがいいらしい。この次に里見に来ることがあればその折に行ってみたい」

眼下の先に、田の草取りであろうか、作業をしている農夫の姿が見える。川で投網を打つ者もいる。街道を行き交う人やゆっくりとした荷車の動きが遠望できる。

その時廊下に人の気配がして、眺めていた景色の中に若き女性が現れた。背が高くすらっとしているが逆光で目が慣れないせいか、顔の表情など細かなところが分からない。

廊下にひざまずいて一礼をした後部屋に入って来る姿を、横から見て驚いた。

――なんと小袖に脚絆を、野山から戻ったばかりという姿。私でも普段は裾丈の着物に帯締めをしているのに、快活というか質素というか……しかし小袖でも生地は良い物で仕立てている、部屋着としているのか――

ゆっくりと部屋に入って来て正座で二人に対座する。

「千尋と申します。左近様のもとに嫁ぐことが決まり、こちらから妹君に挨拶に伺うべきところ、茜様に先にお越しいただいてとてもありがたく思っております。これから末永くよろしくお願い致します」

目鼻立ちの整った顔の表情は清々《すがすが》しく、物静かではあるがはっきりとした言葉遣いに、理性的であることが十分にうかがえる。

――清楚である――

一言でいえばそのようにいえる。しかし膝小僧が見えて女の目にも肉感的で眩《まぶ》しく、乙女の香《かぐわ》しさが漂うようでもある。

「茜でございます。兄左近との婚儀、おめでとうございます。姉様となるお方に早うお会いしたく突然お伺いいたしました。お出掛けでございましたか、お会いできてうれしゅうございます」

「出掛けていた、というわけではございません。動きやすいこの支度は、一族の者が戦に出ている間は危急の折あらば即座に行動ができて、人の手間を取らせぬよう里見では未婚の女子の支度となっております。

こたびは、嫡男宗親以下六騎二十人が安房の里見勢に寄力し、ひと月ぶりに明日帰城するとの先走りの知らせが今朝入りました。軽傷三人で全員の着城となります。一安心しておりますところで、明日にはこの支度も普段のものに戻ります。これも未婚の最後の支度であろうと思います。あとひと月で金原家に嫁として入りますが、やっと実感が出てきたといいますか、気ぜわしくなってまいりました。ところで茜様は、箕輪で騎馬武者隊の教練をしていると聞きましたが、男衆のなかでご苦労はありませぬのか」

「姉様、これから妹となりますので、茜と呼んでくだされ。知らずにお伺いいたしましたが、ご嫡男以下ご一族の皆様のご帰還おめでとうございます。金原では特に母が姉様のことを気に入っていて、あれやこれやと迎える準備をしております。わたしはしばらく前から箕輪で、新設の騎馬武者隊の教練に加わり馬捌きの教練助手をしておりますが、戦陣の教練には逆に指導を受ける兵として、頼み込んで加えさせてもらっております」

「茜様……いゃ、では茜と呼ぶことに致しますが、女騎馬武者を志望しておられるのですか。源平の古来より話によれば女騎馬武者が活躍したことがあったそうな、木曾義仲に従った巴御前は有名な女武者ぶりだったとか。志があればかなわぬことではないでしょう。がしかし、普通の女子《おなご》ではなかなか考えの及ばぬこと」

間もなく妹となる女性が進もうとしている道と、そしてどのような考えでいるのか、千尋は知りたいと思った。

「馬の教錬は村牧で慣れておりますが、人馬一体となる騎馬武者が隊を組み行軍する様は、小幡の赤騎馬隊を見て憧れておりました。そして、西上野を守るために私も何らかの働きをするべきだとも思っております。人を殺める戦は、どんな大儀があろうとも避けるべきだとする寺の和尚の考えも分かりますが、北条のように力を頼み容赦なく侵略して残虐を繰り返す軍兵から、この地を守るには強くなってはね返すしかないのかと。殺しにかかる相手を止める力を持たねば、多くの者が殺される。逃げることは敵に利すると同じこと。私も騎馬武者隊の一員となり侵略者からこの地を守りたいと、女とはいえ教練に加えてもらっています」

「それは殊勝な心構えにて、よくぞ思い至ったもの。聞くところによると茜は上泉の剣術場で剣術の指南を受けていたとか。体つきも良く馬上で兜や胴巻きを着ければ女とは見えぬであろう。きついこともあろうが、すでに己が道を選んで進んでいる。人それぞれとはいえ悔いなきよう精進してくだされ。私は金原の嫁となり家を守る道を進んでいくことになります。これからはお互いに助け合うて参りましょう」

「わたくしは馬に乗ったり刀や槍を持って、戦向きのことをしていますが女でもあります。世が穏やかとなれば姉様のように、いずれは夫を迎え家族をもって、女の道の幸せを得たいとも思うております。姉様を見習いたいと思っていますので、こちらこそよろしくお願い致します」

「私を見習うなどと言われると、気恥ずかしい思いがします。ところで、世情が物騒になってきているようですが。茜も知っておろうか、しばらく鳴りを潜めていた北条方が上野に向けて動き出す気配とか。この先、穏やかには過ごせぬことになりそうですが、箕輪で何か聞いておりますか」

「箕輪では、北条が動き出すのが一年先であろうというのがもっぱらの話です。この一年の間に迎え撃つ準備をするのだそうで、城の周辺は物々しい雰囲気でございます。城下の人々や百姓も、大軍が押し寄せる前に村ごと抜け出すための、行き先への段取りが始まったと聞いています。南玉村も城下の西町七十戸の村空け先になっており、毎年田植え時期と稲刈りの時期に、移動訓練を兼ねて手伝いに来る恒例行事がありますが、今年は秋の稲刈りには西町全戸で移動訓練をやるそうです」

「私の嫁ぎ先に西町の人たちが身を寄せるのですか。西町には親類の家があります。その家族ともこの秋には南玉村の城で会うことになるのですね。南玉村と箕輪が地縁先とはなにか身近に感じます。先日、従兄の久右衛門から四郎左衛門殿のことを聞きました。四郎左衛門殿は、足利学校で水利の学問を修められて箕輪の作事普請に携わっておられるとか。従兄も四郎左衛門殿のことを頼りにしている様子で、縁者となることを大層喜んでおりました。もともと南玉村は箕輪と深い関わりがあったようですが、金原家としても四郎左衛門殿も茜も箕輪城に関わっていて、私もうれしく心強く思います。

ただ北条の軍勢が西上野に入った時に、箕輪勢が押し返すとしても近在の衆はいかが立ちゆくのか。南玉村は離れておりますがこの里見が、どのようになるのか心配をしております。茜の考えのごとく誰もが何らかの働きをせねばならず、何もせねば北条の軍勢につぶされてこの西上野を守ることは難しい。私はこの乱世に女子《おなご》として西上野のつわものの血を絶やさぬために、体の丈夫な子を生み心の太い子に育てて、理《ことわり》を学ばせ世に役立つ若者を送り出したいと思うておりますが、左近殿も同じお考え。それと私は心の鍛錬に茶の湯なるものをたしなんでおります。茶の湯は心を磨き心を静める良き手立てとなりますので。茜は茶の湯を存じておられるか」

「いえ、存じませぬ。話には聞いておりますが」

「差し支えなければ、茶を点《た》ててさしあげたいが受けてくださるか」

「初めてで、何も分かりませぬが」

「構いませぬ。気遣いされることは不要です。そこの庭を渡った所に草庵があります。お二人でそちらに移って点前《てまえ》を受けてくだされ」

千尋が部屋を出ると、入れ替わりに家の者が茜と爺を茶室に案内をする。

まだこの頃、屋敷内に離れ家として茶室を構えるのは珍しく、上野でも書院や会所の広間で茶を出すのが茶の湯である。書院では次の間の脇に茶立ての小室を設けて、客座敷へ〃点て出し〃を行う。都で行われている殿中茶を模したもので、限られた階層のたしなみであった。

茜らが案内されたのは、庭の木立の中に建つ質素な六畳ほどの小部屋であった。

押板（床の間の祖形）があり小炉が切られている。

千尋が衣を改めた姿で入って来る。薄緑の着物ですらりとした姿に茜も色香を感じる。

茜らの前でゆっくりとした所作で茶を点てる。そして二人の前に茶を出す。

「自由に召して下さい」

千尋の言葉に、茶を頂く何らかの作法があっての言葉であることがうかがわれたが、気遣いはいらないと言われての、初めての茶の湯。心してゆっくりと茶碗を取り、味を測りながら飲み干して茶碗を戻す。田に沸く水藻のような鮮やかな緑色をしていた茶は、のど越しが良く苦みがあるがおいしく感じた。

「いかがでしたか」

「少し苦みがありましたが、おいしく頂きました」

「それは何よりでした。茶の湯は入れ方にもより飲む方の具合にもより、日々味わいの異なるものです。また器や部屋のあしらいなども季節により異なり、一期一会のもてなしの場となります」

「姉様は茶の湯を、いつ頃からされておられるのですか」

「三年ほど前から箕輪城の茶道ご指南森山道義師と父に習っておりましたが、昨年平井の管領家が京から茶道の大家武野紹鷗のご門下をお招きになり、平井城の二の丸と、緑埜《みどの》寺とさるお屋敷の離れの茶室の三カ所で、五日間にわたり茶会を催され大勢の方が茶会に出ました。私も父と共に離れの茶室とお寺で茶を頂きました。その後、ご一門の中で武野紹鴎の名代を務められた、先代が上野里見家の出の千宗易（後の千利休）という二十四、五歳の方が、里見家の菩提寺の光明寺まで来られて先祖供養の奉納茶会をされました。そこで私も茶を頂きました折に、千様から父に屋敷内に離れの茶室を造るようにとの勧めがあり、今年この茶室ができたばかりなのです」

「この部屋では、人数も限られましょう」

「この茶室は方丈の広さで、せいぜい三、四人の客のもてなしをする部屋です。狭く限られた部屋では上下の序列や、権威などが表せず、主客同座、一座建立の考えがおのずと生まれる広さといわれております。客の前で心をこめて茶を点てその場で勧める。品を現す〝点〟を、客の〝前〟で立てることを点前といい、茶の湯のあり方だとしております。

香を焚《た》き茶の湯を供して招く主が心を示し、招かれる客が主を知る、もてなしの形であると千宗易様が申されておりました。そこの香炉は宗易様から、当家に賜ったものでございます。茶の湯の形は格式から真・行・草に分けられるそうで、真となる殿中茶に対して、この茶室は中立ちの庭を含めて草になるものだそうで、草庵とも呼ばれております。茶だけでなく料理もお出しするので、私は今京料理を習っているところです。金原の家に嫁いだ後も、茶の湯は続けたいと思うております」

狭い部屋ながら別の世界があることを知らされて、茜の心は複雑な広がり方をした。

千尋は先ほどの小袖姿の快活な様子とは打って変わって、静謐《せいひつ》な品を漂わせている。静寂な茶室の中で舞の手のように、滑らかに妖《あや》しさをも含んで事後の作法の所作が続く。茜は義姉の姿の中に品格と心の強さを感じた。

――これなのかもしれない、これが母が見初めた嫁なのか。直接姉様に会いに来て良かった――と感じた。

里見の家を辞して爺と別れ、供の者を従えて箕輪に向かい馬を進める。

茜は義姉を知ってうれしく思いながらも、自分にはない女としての優雅な人柄をうらやましく感じ、幾度も馬上でため息を漏らした。

赤軍団

その日の夕刻。

茜は広馬場にある騎馬武者隊頓所に戻る。詰め所で帰着の報告をした後、夕食を済ませて割り当ての根小屋に入る。明朝の訓練に備えて早めに床に就く。訓練兵のほとんどは一泊の帰宅を終えてすでに戻っている。

翌朝、寅の刻（午前四時）、緊急呼称の太鼓の音で目を覚ます。

床から跳ね起き、走りながら胴巻きを付け金鉢巻を巻く。槍掛けから自分の槍を取り、厩に飛び込む。馬を厩舎の外に引いて飛び乗り、馬出し郭に乗り込む。六十人の訓練兵の中で、圧倒的な早さで茜が一番乗り込みとなる。

少ししてから二番手以下が続々と到着して、茜の馬の横に整列していく。

茜は鞍を付けない。当然その分誰よりも早く乗り込める。茜にとって鞍は不要でいかなる時も付けない。無い方が馬に指示を伝えやすいので水勒《すいろく》（頭部にはめる馬具で手綱と連結）のみの着装である。鞍無しでも馬上の身の振りでは決して引けを取らない。村牧で鍛えた捌きである。

ようやく朝日が昇り始める。

曙の陽光のもとに、関東の大平原の一番奥から東にどこまでも広がる平野が、この広馬場から眺められる。陽光に反射して、東に伸びる新利根の川筋のところどころが、きらりと光る。朝まずめの無風の景色の中に、家々の釜戸から薄っすらと上る煙が陽光に映える。

騎馬武者隊新設に際して、大目付配下に新たに編成された〝騎馬遼〟の助役が、隊列が整ったのを見届けて、

「本日、これより第二段の訓練に入る。先の一カ月の間、主に馬上での槍、太刀、弓捌きの第一段の訓練であった。本日より実戦に向けた戦術訓練となる。兵法指南はここにおられる上泉新陰流の山上主水佐《もんどのすけ》殿でござる。初めに申し渡した通り、この隊の存在自体実戦まで敵方に知られてはならないものである。しかるに、この新しい戦力は味方にも敢えて知らしめる必要がない。これから始める戦術訓練は、騎馬武者隊新設にかかわる要衝なるところなれば、何事

も外部に漏らさざること肝要である、しかと心得られい。それでは山上殿、お願い致します」

十五騎が横に並び四列で六十騎の訓練兵が、馬上で耳を傾ける。

助役の馬は、まだら模様のある灰色の葦毛である。山上主水佐の馬は、毛艶の良い体高のある見事な黒毛の馬である。風格がある。先頭の茜が何気なく隊列を振り返って見て、すぐに正面に体向を戻す。戻して山上殿の黒毛の馬を目にした瞬間、茜は驚いた。

整列している全ての馬が、鹿毛か赤栗毛である。

残像に残る各馬の毛色が、特異であった。茜の残像に赤馬以外の色がなかったことが、また振り返りたくなるほど見慣れない光景であった。

「新陰流師範代の山上主水佐と申す。これより騎馬武者隊の実戦の戦術訓練に入るが、初めにこの場で立講を行う。この騎馬隊は、箕輪のご城主のご意向でつくられた新たな戦力である。箕輪勢五千五百の軍兵がこの先一万、二万の軍勢を相手にする大戦において、騎馬武者隊がいかに戦い、いかに役割を果たすことができるか。騎馬武者隊のありようを数カ月かけて共に築き上げて参りたい。騎馬武者隊は、城兵本隊から独立した城主直轄の戦隊であるが、本隊と連携した戦術を取ることも訓練のうちである。訓練に入る前に、ご城主より賜った本隊の心得を申し述べておく。

『この先、西上野はかつてない大軍と対抗することとなる。この地を守るために、箕輪の城兵は敵を真っ向に受けて攻め返す。騎馬武者隊は内に外に、時には離れた砦より出撃し、時には根笹流と組み、敵を攻め自らの戦力を損なうことなく、最後まで西上野を守るための戦力として、残れ』とのことでござる。殿よりの言葉は重く、また深い。

城兵が籠城するも、時には外より敵を攻め最後まで戦い残る戦力となることが、騎馬武者隊の本懐である。大軍といえども恐れるにはあたわず。それぞれの接戦の場は味方百に対し敵方二百と心得られよ。例えば一人が二人の敵と対峙するのと似たり。おのおの方が二人の敵の動きを止め、退けるほどの技量を持てば、恐れるにはあたわず。ただ二百が入れ替わり、止めどもなく出てくるのが大軍である。退けるに、踏み込んでことさら倒す必要はない。大軍を相手にする時、首級を挙げることを狙ってはならない。手傷を負わせ、槍・刀を持てなくすれば敵ではなくなる。倒すことの四半分の早さで大勢に踏み込める。さらに馬の速さを加えて敵兵の槍を捌き割り込む。そして速さをもって敵勢の中を突き進む。簡略に述べたが、これがわが流の〝騎戦・多敵の位〟である。

鍛錬を重ねて早捌きの技を体得致せば、踏み込むに憶することはない。

体現するに年月を要するがおのおの方を少しでも近づけたい、それが訓練である。そして味方の負傷損耗を少なくし、長期戦に耐えることが負けない戦法の第一義である。ご城主も、『最後まで戦力として残せ』とのお考えである。人馬共に防具を厚くして敵方の動きに応じ変転し、機敏なる動きで敵を制する。素早く襲い、素早く退き、凌ぎ合いの接戦を短くすることが、負傷損耗を減らすことになる。良いかおのおの方、〝素早く襲い、凌ぎ合いの接戦を短くする。持久戦では歩兵に劣る〟、これが騎馬隊の基本である。進退の速さと機動力は、騎馬隊がもとよりよろしく発揮できるところである。

次に戦術について。第一義は敵軍の分断である。平地戦において味方正面軍の攻撃中に、騎馬武者隊が側面や後方から敵軍に乗り込み敵軍を分断し、打撃を与え陣形の崩れを狙い、味方正面軍の進撃の端緒を開くことを戦術の一と致す。第二義は後方遊撃である。これは平地戦および籠城時に、地の利を生かし敵の後方より攻めまたは遊撃して、乗り込んで敵陣を崩して打撃を与えるもので、移動しながら臨機応変に戦う。作戦により遊撃武闘隊の根笹衆と連携した攻撃を行う。第三義は遠征攻撃である。これは出張《でば》って急襲攻撃を行う。小荷駄隊を同行させ、根笹衆の情報を基に遠方の限定目標を襲うものである。例えば敵行軍中の大将を急襲する、あるいは敵の後方補給路を断つ、といった目標がある。第四義は救援・援護である。敵軍を挟撃し、抱囲された友軍の活路を開くこと。友軍退却時に機動力をもって殿を援護し、敵を退けること。以上それぞれに個別訓練と連携部隊の組攻撃の訓練があり、一カ月半から二カ月要し、四義全体で七、八カ月の期間を予定する。

次に隊の構成について。騎馬武者隊を赤軍団と黒軍団と騎馬隊の三隊に分けることと致す。

全体で四百八十騎を予定する。赤軍団は百二十騎で二備を成す。黒軍団も百二十騎で二備を成し、騎馬隊は二百四十騎で四備とする。

赤軍団は国峰の小幡赤武者隊に倣《なら》い、総赤の拵《こしら》えとするが小幡と異なるところは供廻りを付けずに、騎馬武者のみとする。黒軍団も同じ供廻りの無い騎馬武者のみの隊形である。黒軍団は、黒馬のみを使い総黒の軍団となる。両軍団は、戦術によって使い分けることとなる。供廻りを付けずに騎馬武者のみとするのは、城下周辺に攻撃範囲を限定して機動的な集団戦術を展開するためである。ここに居る六十騎は赤軍団の一備となる。ゆえに全ての馬は上野の古来種である赤馬で揃っている。厩に残る十二頭の赤馬はこの一備の換え馬である。各備ごとに戦術指南が付くが指南役は全て上泉新陰流の者が受け持つ。指南役は実戦においてもそのまま戦術顧問として同行する。

これが城主の命によりつくられた騎馬武者隊の形である。それがしはこれより赤軍団の一備の指南を受け持つこととなる。本日は朝飯の後、第一義の側面攻撃の訓練に入る。側面攻撃は敵軍の意表を突くもので、目立つ赤軍団が主に受け持つ攻撃となる。以上が、それがしからの今朝の立講である」

茜が見た赤馬だけの異様な光景は〝赤軍団の馬〟ということであった。

騎馬遼の助役が馬上で背を高めて、

「それではここで一時解散とし、朝飯の後、半刻後に広馬場の東に集合せよ」

こうして、赤軍団の第二段戦術訓練の第一日目が始まろうとしていた。

兵馬が一斉に頓所に向かって去った後、指南と助役の二騎が詰め所の方にゆっくりと駒を進めながら、

「助役殿、今、それがしは上野の古来種である赤馬という言い方を致した。これは助役殿から聞いたことの受け流しであるが、古来種の赤馬とはいかなるいわれがあるのであろうか」

「今でこそ、この上野はいろいろな毛並みの馬を産しておりますが、わしの母方の生家が利《と》刈《かり》姓を名乗る代々官牧の牧監を務めた家で、伯父御からよく聞かされた話では、上野は古くより野生馬の多く生息する地域であったそうな。玄馬《くるま》（本州馬）の音読みから群馬郡が名付けられたとのこと。平安の往時には上野国に朝廷の勅旨牧が九牧あって、毎年貢馬の行列を京に向けて仕立てたそうな。京の紫宸殿での貢馬御閲覧の折、赤毛の毛艶が優れて上野国《こうずけのくに》の騂馬《あかま》（赤馬）といわれるほどに、騂馬が上野国の馬となっていたとのこと。後に飽《あき》馬と呼び、今の飽馬郷の辺り（後の秋間郷）が上野の赤馬の原産地だそうな。国峰の小幡赤武者隊も赤馬の産地に近く、古くから赤馬と総赤の拵えで威容を誇っている。こたびは小幡に倣う赤軍団ですが、上野古来の赤馬をそろえた軍団ということになります」

「そうですか、上野馬の赤軍団ということですか。上野を守る先旗となるにふさわしい話で

すな。ところで小幡赤武者隊とは、実戦で合同戦術を取ることがあると想定するのだが、朱漆の色味は全く同じにすることが、敵前への押し出しとして望ましいと考えるのだが、いかがでござろうか」

「その義についてはすでに話がついております。丹生村に産する辰砂《しんしゃ》を使った全く同色の、朱漆とすることとなっております」

「それは何より。箕輪の赤軍団は、これから鍛錬をして立ち上がる新しい戦団であるが、先達の小幡の赤武者隊に決して遅れを取らぬ軍団にきちっと仕立て上げるゆえ、同じ朱漆の赤備えとしても小幡の武威を汚すことにはならぬと存ずる。ところで助役殿、辰砂とはいかなる物でござろうか」

「辰砂とは、漆で朱赤を出す時に混ぜる薬砂で、小幡領の丹生村で採れる硫黄と水銀が混じった貴重な物。入手が難しい物ゆえ他国では赤備えはなかなか真似できぬと思われる」

「そうでありますか。小幡の赤備えにはそのような背景が。この箕輪で新たに立ち上がる赤備えも、大いに武威を高めたいもの」

「赤備え全騎の装備がそろうのに半年以上かかる模様。これも小幡の在の甲冑の名匠、明珍一族が製作を始めたところ。小幡には何やかやと世話にならねばなりませぬ。ところが、明珍一族の鉄器の鍛冶場に、箕輪の作事奉行方の者が近江の国友で見た水車の回転を使った大金槌の連続鍛錬と、一抱えもある丸砥石を回転軸に付けて、削りと磨きをする仕掛けを取り付けたところ、何倍もの速さで仕事ができるようになった、と小幡衆も驚いているそうな。それでも半年以上はかかるらしい」

「分かり申した。赤備えでも小幡衆の笑い者にならぬよう、こちらも鍛錬を重ね技の磨きをかけると致そう」

余談であるが、のちに小幡軍の一部を引き入れ西上野を制した武田信玄の騎馬団が、赤備えに変わっていった。もともと武田軍内の一部に赤備えがあった。有力直臣の飯富兵部少輔《おぶひょうぶしょうゆう》の隊のみが赤備えであったが、小幡の赤備えは古く小幡勢の一部が武田家の家臣となった後、武田軍の赤備えが始まった。その後に箕輪城代となった武田方の内藤修理亮隊が、箕輪勢を配下にして武田軍全体の本格的な赤備えとなっていく。さらに後に徳川方の井伊直政隊が、武田軍没落後旧武田勢の赤備え隊を家康から加勢され、箕輪城に入った直後に井伊全軍が赤備えに変わっていく。

それほどに、総赤の赤備えの異彩を放つ顕示力は、遠方にまで映え存在を鼓舞する強き軍の証しとして小幡・箕輪・武田、そして井伊へと移っていく。いずれも上野丹生村産の辰砂が関わっていく。

女騎馬武者

榛名の山々が萌《も》え木色に染まる三カ月後。

榛名山塊の裾野、城から一里離れた相馬ヶ原の一角で百二十騎の騎馬隊が朝もやの中、敵の気配を探るようにゆっくりと進み始めた。百二十騎は二手に分かれ、二町ほど離れて疎林の間に見え隠れしながら進んでは止まり、辺りをうかがいまた進む。

一手が敵に遭遇した時に、別の一手が敵の側面か、背面から急襲する作戦である。そのために二手は同時には進まない。一手が進む時、別の一手は林などを拠り所として気配を消して潜む。進んだ一手が止まり辺りをうかがう態勢に入ると、潜んでいた一手が進み始める。訓練を経てその連携は見事である。

一備六十騎の隊が二備、まるで獲物を狙って暫進する背を低めた狼のごとく、一体となって音をたてずに気配を潜ませて交互に進む。

〝二備双狼の序《にびそうろうのじょ》〟と名付けられた騎馬戦術陣形で、斥候隊として敵を探ることと、遭遇時の敵に味方の兵力の半数を潜ませる序盤戦の索敵行動であるが、遭遇した時点で即刻急襲攻撃に移る陣形であり、機動力を発揮することが師範からの指導である。

遭遇した隊は敵を正面攻撃することになるが、潜んでいた一備は同時に攻撃するか、敵の隙を突いて急襲するか、側面攻撃か迂回して背面からの攻撃か、各備の頭目《かしらめ》の判断によって攻撃の形を変える。ただ敵が多勢《たぜい》の場合は側面急襲をかけ、味方の規模と同程度に敵軍を分断することを初盤戦とする。

敵勢の規模により四備双狼があり、勝敗を決する時に潜んでいた最後の一備が要所を狙う。箕輪周辺の起伏に富んだ地形と雑木林が点在する背景から生まれた、城下での集団騎馬戦法である。

今回は演習であり、騎馬隊の相手は赤軍団、黒軍団の計百二十騎である。

赤軍団側では、敵の騎馬隊が姿を現さないため〝待ち伏せをしているか、二手に分かれて双狼の序の陣形で来るか〟いずれかであろうと読んでいた。

赤軍団の頭領は山上主水佐である。訓練では師範代が頭領となって指揮を執るが、実戦では各備の頭目が指揮を執り師範代は補佐役の軍顧問として随行する。演習では途中から指揮を移行する。

「伝令兵」

頭領が叫ぶと、二引き（白旗の上部二線引き）の伝令旗を背に差した一騎が寄ってくる。

「よいか、黒軍団の頭領阿久沢殿に伝えよ。敵は待ち伏せか双狼と見る。よって残芯挟撃戦法を取る。進軍中に敵を確認したら黒軍団が残り、赤軍団が中央を突破する。赤軍団の反転に合わせ、赤・黒両軍が前後から挟撃を開始。よってこれより合流して芯となれ……と伝令のこと」

「はっ、復唱します。敵の陣形は待ち伏せか双狼と見る。敵と遭遇後黒軍団が残芯、赤軍団が中央突破を図った後反転する。反転に合わせ残芯の黒軍団と挟撃を開始する。よって直ちに赤軍団に合流して黒芯となれ。……以上」

頭領が首を縦に振るのを見届けて、伝令兵が馬を駆けて林の陰に消えて行く。時を置かずに、伝令兵が戻って来る。

「黒軍団頭領阿久沢殿より、『諾なりと』のこと」

伝令兵の報告が終わるや否や、早くも黒軍団の先頭が林の陰から音もなく現れる。すかさず山上主水佐が、赤軍団に号令する。

「抱芯の隊形を取れ。こたびの先頭は金原組とする。殿《しんがり》高久組」

頭領の号令で即隊列を整える。軍団の各組はいずれの部署でも働けるように、日々の訓練を受けている。残芯とは、赤軍団の進軍隊列の内側の中央列に入った芯列となる黒軍団が、進軍途中で林やくぼ地に潜み残る隊形で、赤・黒軍団のみを対象としている隊形である。

残芯の隊形全体は槍状の隊形で、柄にあたる部分の赤軍団の列の中央列に三列の黒軍団を抱え込む。

槍の穂先にあたる赤軍団の先頭組は敵を切り開いて進む。柄にあたる五列の隊列の両外の列が赤軍団となる、殿組は敵の追撃をかわす困難な働きを受け持つ。

今先頭に金原組が指示された。この時から全ての判断、指揮が頭領から頭目の金原茜に移る。

切っ先八騎のすぐ後ろに茜が入り、全体の指揮をする。

最先端は武術と併せて躁馬術が要求される。殺気立つ戦陣を割って進むには、敵の槍の繰り出しを捌き突き掛かる軍勢をかき分けて進むのだが、馬も興奮し喚声にたじろぎ、殺気に圧倒されて異変をきたすことがあるが、先端の馬が維持できれば他の馬はついて来る。切っ先の馬が異変をきたした時は、茜が入れ代わるための位置でもある。

黒軍団が物音を立てずに芯形に入る。抱芯の隊形が整ったのを茜が確認して、槍を真っ直ぐ上に高々と上げる。武者たちが先端に上がった槍の動きを見る。

中間に先端の槍を復唱する者がいて、同じしぐさをして後列全員に指示を伝える。

朝もやが少しかかっている疎林の横。茜の槍が真上からゆっくりと前に倒れて、四十五度前方で止まる。

――漸進――

である。ゆっくりと無音の進軍が始まる。

馬の足には草鞋《わらじ》を履かせてある。馬具や装備の金物がぶつかるところは布をまいて、音を出さないようにしてある。馬がいななきをしないように、馬の口に太めのハミをくわえさせてある。朝もやの中、影絵のような無音の進軍である。疎林が終わり開けたところに出ようとしたところで、茜の槍が真っ直ぐ上に上った。

全軍が停止をする。

静寂が続いている。

赤軍団の先頭が先に敵の気配を察知した。馬が群れるざわめきを感じる。人の蠢きが左前方の林の中に見取れる。茜の左側を固める武士が低い声で、茜と左右の武士に聞こえるように、

「頭目っ、左手の林の中に双狼の一備が。当方に気付いてはいない様子。動かないところを見ると他の一備が索敵進軍中か。他の一備は右手か、あるいはさらに左手の奥か」

その時、右側を固める武士が右手の一町ほど離れた疎林から山鶏が四、五羽追われるように走り出て来るのを見付けた直後、騎馬隊の先頭が林の陰から現れた。

「頭目、右手に敵進軍中」

「うむ、左右に双狼の敵確認」

茜が落ち着いた声で発すると後方へ復唱役が繰り返して、最後尾まで〝左右に敵軍在り〟が伝達される。

騎馬の武器は槍と小弓と打ち根（投げ矢・矢じりの重い手投げ矢）であるが、演習では槍の代わりに樫の棒剣を使い、先端は綿布を巻いて負傷しないようにしてある。矢も打根も先端は

綿布を巻いてある。ただ先端の綿布にはたっぷりと墨汁が浸み込ませてあり、棒剣で突かれたり矢で射抜かれたところは、墨が付いて痕が残ることになる。しかも墨すりの水は、里芋の葉に溜まる朝露を使っているので、肌に当たると染み込んで一カ月位は落ちない不名誉な印となる。

新陰流では鹿革袋に割竹を入れた袋竹刀なる物を考案して以来、木刀では寸止め稽古をしていたが袋竹刀では打ち抜く太刀捌きが実戦同様にできるために、入門者の剣術の進歩が目覚ましかった。騎馬の訓練では指南役の新陰流の師範たちが、槍の代用として棒剣の穂先を墨付け布で巻き、突いた時と払った時の負傷が墨痕として残るようにし、存分に打ち込める演習用得物としている。

演習戦は互いに訓練で手の内をよく知っているために、さらに知略を要する高度な応用戦となる。騎馬隊も双狼の陣形を取っている。が、その上でこの演習戦で赤軍団の指南役・頭領の山上は、残芯の効果を敢えて確認することとした。

山上は隊列の中段で成り行きを見守る。赤・黒軍団の指揮は先頭組の金原茜に移っている。金原組の数人が疎林から頭をのぞかせた位置で、全隊は静止している。

このまま赤軍団が進軍し、黒軍団が疎林の中に残芯するには絶好の位置である。茜は、左右の敵が気付いていないと読み、棒剣を真っ直ぐ頭上に立てて前方四十五度までゆっくりと傾けた。

〝前方へ漸進〟の指示である。

続けて棒剣を頭上左右方向に水平にかざして、〝残芯〟とした。黒軍団への伝達である。中段の赤軍団の復唱者が指示を繰り返す。続けて黒軍団の復唱者が棒剣を水平にかざす。黒軍団はその場で静止したまま動かない。両側の赤軍団のみが、音もなく進軍を始めた。疎林に朝もやがかかっているが、木立を背景に真っ赤な軍団が進んでいくのとは対照的に、墨絵のように樹陰と同化して静止する黒軍団。

六十騎の赤軍団は黒軍団を残して草原に出ていく。

この時、草原に差し込む朝日を浴びてまばゆいほどの赤軍団を騎馬隊の双狼の二備共が捉えた。

が、左手の林の中の騎馬隊は、赤軍団が進軍を始めた直後から横をすり抜けるように移動して行く赤軍団に、突撃する機会を見計らっていた。訓練上は赤・黒軍団の残芯という隊形を騎馬隊も知っているが、威圧感のある総赤の兵馬の圧倒する姿に意識を奪われ、林間に残っている黒軍団を捉えてはいなかった。赤軍団の最後尾が疎林から出て、進軍速度を速めた赤軍団の全容を確認すると、左手の騎馬隊は進軍を開始した。

双狼の二備とも、通り抜ける赤軍団に引き出されるように左右から草原に出て来た。潜む黒軍団に背を向けるように、赤軍団の後を追い始める。

赤軍団の中段を進む頭領の山上は、進軍しながらしきりに辺りの気配をうかがう。

——敵の別動隊がいるやもしれぬ、赤軍団が逆に挟み撃ちされぬようせねばならぬ——

しかし、黒軍団の頭領の阿久沢には余裕があった。訓練で互いの手の内を知り残芯を知り得ている敵が、残芯した黒軍団の位置を捉えている様子はない。捉えていれば二備とも追尾することはない。作戦の第一目標は達成されている。

しかし、先頭組の茜は警戒を強めていた。

——敵が黒軍団を捉えているにもかかわらず、二備共追尾しているとする場合、先行する赤軍団を挟撃する兵力をどこかに残している可能性がある——

「反転攻撃を開始する前に、敵の別動隊が居るのか探らねばならない、……左右二騎ずつ物見に走れっ」

茜の号令で、左右の林に向かってそれぞれ二騎が走る。

物見が左の林に近づいたその時、騎馬隊の別動隊十騎ほどが先の林から躍り出てきた。

——やはりいたか、しかしここで出てくるとは伏兵ではない——

十騎は物見を無視し、赤軍団の二列縦隊を分断するように直進してきた。

——斥候隊か、斥候隊が遭遇した赤軍団に横槍を入れてきたのか——

茜の指示で赤軍団の中段の十六騎が隊列を離れる。その踏み出しは早かった。機動力を重視する騎戦の訓練ができている。

騎馬隊十騎を取り囲むように迎え撃つ。双方棒剣で激しく渡り合う。突かれて落馬する者、棒剣を払い落とされる者、打根の墨痕を付けられる者など、瞬く間に騎馬隊十騎が半数となり退散した。

赤軍団でも一騎が胸に打根の墨痕を付けられて、演習の定めにより不名誉な離脱者となった。

赤軍団の十五騎は何事もなかったかのように、進軍を続けている隊列に戻った。

これを追尾しながら遠望していた騎馬隊は、十騎が消えたのを見て緊張のどよめきを上げた。

先頭の金原組では、赤軍団の周辺にはさらなる別動隊は居ないと見て、茜は棒剣を掲げてひと回しさせ反転を指示した。

追尾して来る騎馬隊を突破するために鋒矢《ほうし》（↑形）の陣形をとり戻り始める。

「大鐘を鳴らせっ」

茜が、遥か後方に潜む黒軍団に挟撃開始の合図を指示する。

徐々に進撃の速さを増していく。

騎馬隊の頭領高山兵庫は、鐘の音が黒軍団への合図であることを察したが、黒軍団が迂回をして横から出て来るのか、後方から挟み撃ちに出るのか、判断が付かなかった。高山兵庫は陣形を二手に分ける戦術をとった。一手は戻って来る赤軍団の隊列を車懸かりでつぶし、もう一手は黒軍団の急襲に備えて、方円で待機の陣形をとった。

三打一打の、大鐘の音を聞いた黒軍団は疎林を抜け、全速で騎馬隊との距離を縮めた。走りながら、敵を突く魚鱗《ぎょりん》の隊形を整える。

騎馬隊はこの時、黒軍団が後方に残芯して挟み撃ちを狙っていたことを知る。

騎馬隊百二十騎に対して赤黒軍団併せて百二十騎、互角である。

兵数が同じ場合、優位な戦術を取ることが兵を損なわず敵を倒す鉄則である。高山は挟み撃ちを受ける不利な状況から、回生へと転換を図った。

「中を開いて誘い込め。開央挟撃」

前から攻めて来る赤軍団が馬足を速めて接近した途端、車懸かりの回転陣形が崩れたように中央に隙間が空いた。

鋒矢の隊形の赤軍団が、勢いよく隙間を埋めるように打ち合うことなく割り込んで直進する。後ろから急襲する黒軍団も、魚隣の隊形の先頭が突っ込む直前で、方円の騎馬隊が引くようにして左右に割れて中央に広幅の空間ができる。勢いのついた赤、黒軍団は、敵の退いた中央で合流する格好となった。この時、逆に両側の騎馬隊に赤・黒軍団が挟まれる形となった。

鋒矢と魚隣は真横からの攻撃に弱い。騎馬隊の逆転挟撃である。訓練されている集団騎馬術である。互いに手の内を知り抜いている同士の、隙のない〝応変戦〟となる。

両側に分かれた騎馬隊が隊形を整える前に、挟まれた赤・黒軍団が逆に先手を取ろうとして、鋒矢と魚隣の先端が両側の騎馬隊にそれぞれ向きを変えて、踏み出したのである。

新陰流の基礎的教義である、〝変転〟の捌きが集団騎馬術に現れている。

赤軍団は右手の騎馬軍に向かった。押し出しながら茜は、背後の林との距離を読んでいる。林の中に押し込めば、追う方が圧倒的に有利である。障害物の中で前を向いて戦えるからである。

「陣形を広げて突撃を掛ける。両鋒に一組ずつ出ろ」

茜の号令で八騎ずつ両翼に広がる。赤軍団の陣幅が一挙に二倍になり、騎馬隊の動きがせわしくなる。

林との距離が半町になった時、茜の棒剣が垂直に高く上り前方四十五度まで素早く振り込まれた。

〝速歩突撃〟である。

武具はまだ全騎そろいきってはいないが、朱赤のそろいの陣羽織だけでも威圧感を与える。

騎馬隊の半円状に隊形を構えた右側に、そろっていないところを目掛けて、先頭の茜が突っ込んで行く。茜の突出に敵の二騎が応戦の構えを取り、踏み込んでくる。

二騎の間に馬を乗り込ませながら、茜が棒剣の両端で瞬時に相手の棒剣を払い上げながら、馬の肩で右の敵の馬に当たりをくわせた。当てられた馬が右にずれたのに合わせて、武者の重心が左に反動した瞬間の隙に、先に左側の武者の棒剣をたたいて封じ手を打ち出し、棒剣の逆端で馬当てをした武者の胴下の重心を正確に払いのけて、見事に落馬させた。瞬時の技である。

上泉道場での棒術では同時に三人以上を相手に、次から次へと技を繰り出す教練を受けていた。騎乗に自信のある茜にとって馬を当てながらも、二騎相手の渡り合いでは相手の動きがよく読める。落馬させた後、棒剣の逆端で再度左の武者の棒剣を払い、胴突きでみぞおちに墨痕を付け、連続技でコテを打ち手元をたたいて棒剣をたたき落とした。力ではなく技である。

先頭の頭目が早業で二騎を制した。

突撃する赤軍団は進軍の速さを変えていない。

騎馬隊は赤軍団の踏み出しに動揺しながらも、十二、三騎が赤軍団の先頭組に立ちはだかった。他の騎馬隊は、林を背に隊形を維持する余地を失い、じりじりと後退をしている。茜は騎馬隊が二手に割れたのを見取ると、

「一番組、二番組、鶴翼。他は追撃」

と号令した。機動力と作戦行動の速さで鋒矢の先端を崩そうとした騎馬隊十二、三騎は、鶴

翼の陣形の十六騎に逆に囲まれた。先鋒同士の対戦となった。

他の赤軍団は、林の中に騎馬隊を追っていく。

十三対十六で、赤軍団が鶴翼の隊形で囲いを狭めていく。茜は囲い込みから二丈ほど後ろに出て、左右を注視する。林に入った騎馬隊が回り込んで戻り、十三騎を救うために左右から鶴翼をつぶしにかかるのではないか、と考えている。

鶴翼も横からの攻撃に弱い。

囲いが狭められ騎馬隊が反撃に出始めて、一気に接戦が始まった。棒剣が激しく打ち合わされ、至近距離で打根を投げようとした手が払われる。激しい渡り合いをしながらも、赤軍団はじりじりと囲みを狭めていく。遂に騎馬隊は味方同士がぶつかるまでに詰められて、体に墨痕を二カ所も付けられて、

「討ち取ったり」

と叫ばれる武者が出始めた。

演習では、体幹に墨痕が付けられるか、棒剣を払い落とされ、落馬させられたら、即座に武器を収めて、下馬し退避しなければならないこととなっている。不名誉な演習離脱者が騎馬隊から一人、二人と出始めた。

茜は後ろを振り返る。

後ろの林の前で黒軍団が騎馬隊の半数と戦っていたが、今は黒軍団のみが三手に分かれて林を取り囲んでいる。騎馬隊を林の中に追い詰めて、黒軍団はまだ林の中に入ってはいない。

――今のところ、後ろの騎馬隊の別動隊が赤軍団を狙うことはない――

と判断して茜が振り戻った時、右手の林が切れた辺りから飛び出すように、騎馬隊の二十騎ほどが現れた。辺りの状況を見渡して、すぐに列を成してこちらに向かってきた。鶴翼の右翼、金原組の一番組が横から攻撃を受けることになる。

茜が一番組を退《さ》がらせようとしたその時、騎馬隊の二十騎を追っていた赤軍団が、手前の林から転がり出るようにして二十騎の前に立ちふさがった。

――あれは五、六番組か、山上頭領が同行しておられるか――

急停止した騎馬隊に、赤軍団の五、六番組の十六騎がそのまま突っ込んでいく。

そこで、ほぼ全騎の打ち合いが始まった。激しいせめぎ合いで、押し込む方が少しずつ優勢となる。騎乗戦で押し込まれる時、通常正対したまま後ろ足で退がれる馬はそうはいない。馬体を返す時の、横向きの体形は打たれる隙を与えることを意味し、接戦ではそのまま死を意味する。

が、騎馬隊の馬も後退訓練がよくできていて、押し込まれても簡単には乱れをみせない。騎馬武者は、片手でなく両手で槍を持つ。馬上で鐙立ちし内腿で馬の胴を挟み、踵と腿で動きを伝えて人馬一体となって進退をする。接戦ではいかに馬を使いこなせるかが、相手を倒す勝因となる。剣術の腕前も重要であるが、敵も味方も同様に全員が新陰流の指南を受けている。騎戦の鍛錬と武術の鍛錬を受けた者同士の、質の高い演習となる。

両軍とも打根や小弓を引く間はなく、槍や薙刀に見立てた棒剣の技の勝負である。接戦での渡り合いが続き、両軍に墨痕を受ける者が出てくる。赤軍団が優勢のように見える。しかし、山上頭領は退き時だと感じている。

〝騎馬兵法は機動力を旨とする。急襲し戦果を挙げて、手早く退くことを良しとする。持久戦では歩兵に劣る〟と常々説いている。

赤軍団の他の組も集まり始めている。騎馬隊も徐々に数が増えてきた。茜は撤退の時機を探っている。赤軍団の全組が戻ったのを見届けて、

「高久組っ、前へ」

茜の号令を復唱者が復唱する。殿組を呼んだことで全員が撤退態勢に入ることを知る。接戦の最中での撤収では、いかに味方の損耗を最小にするかが試される。赤軍団の中央で茜の棒剣が頭上高く上り、大きく左旋回で回った。

「左っ、大回転」

復唱者が、大声で叫ぶ。左向き発進を知らせる、三打二打の鉦が鳴らされる。

「カン、カン、カン……カン、カン……。〱」

その途端、茜を中心に赤軍団全体が同時に回転を始める。敵と接戦している外周は、棒剣を打ち出しながら徐々に回転の速さを増す。騎馬隊は、次々と駆け過ぎながら棒剣を繰り出す赤軍団の手の内に入り込めない。棒剣を打ち込むと、一瞬に通り過ぎ次の騎馬に棒剣を打ち払われる。

全体が一周半し大回転の速さが頂点に達した時、騎馬隊のいない元の方角に回転の先端が直進をして離脱を始める。最後尾の組が騎馬隊の鼻先を通り抜けて直進に入った時に、押さえられていた騎馬隊が一気に追撃に移り駆け出すが、大回転で加速を付けた赤軍団は、半町ほども先を駆け抜けて行き、殿組の八騎が騎馬隊の追撃の様子をうかがいながら、駆け離れていく。

黒軍団も、林の中から出た騎馬隊を追尾中、逆に待ち伏せに遭い挟撃を受けていたが、騎馬隊と異なる音色の赤軍団の撤収の鉦の音を聞き、合わせて撤退の号令を出して引き揚げ始めた。

こうして、半刻《とき》（一時間）の戦闘演習は一区切りをつけた。

赤軍団の金原組は、訓練通りの先鋒指揮役を果たした。

茜は男騎馬武者に遜色なく、騎馬隊に対して立派に頭目としての采配と技量を発揮した。赤軍団の者達は物語でしか知らない女騎馬武者を、今日の演習で実感することができたし、茜が頭目の一人として十分な力量を持っていることを知らされた。

演習後、各頭領、頭目による戦況確認が行われ問題点、改良点の討議を経て翌日全二百四十人を集めての演習考察講評が行われた。この全員講評は、合理性を尊ぶ新陰流師範たちの意向で、全員の意識の底上げを図るためにことある毎に開かれている。

今回の演習で、規定による落伍者は赤軍団三、黒軍団四、騎馬隊八の十五人であった。

城主の要望に応えて〝大軍を相手に最後まで戦力として残る遊撃騎馬隊〟として敵に打撃を与え、味方の損耗を最小にする実戦に即した訓練が繰り返されてきたが、〝落伍者の数を減らすための戦技改案を要する〟との評価が頭領たちから下され、さらに技量を高め戦術の向上が図られていく。

三国同盟

天文十四年十一月七日、厳重に警備された箕輪城。

本丸館では諜者の闖入《ちんにゅう》を防ぐために、前日から床下と天井上の小屋裏を改め、館の周囲には見張りを立てて警備の手を巡らす。

本丸館の一の間と二の間を合わせた広間に、城主以下箕輪衆の重臣が勢ぞろいしている。

一之執権の大老、浜川城主藤井豊後守友忠。

城詰四家老の下田大膳太夫正勝、内田因幡守頼信、大熊備中守高忠、八木原下総守信忠。

箕輪衆高家十二家の鷹留城主長野業道、八重巻城代高橋隼人正勝則、本郷砦鷺坂常陸守長信、保渡田城清水玄馬頭長政、新井砦北爪周防守正勝、三ツ子沢砦青柳金王丸忠家、引間砦木暮丹後守直政、和田山砦小沢治郎兵衛亮信縄、上泉城上泉伊勢守秀綱、豊岡砦吉田伊豆守文頼、並榎砦飯塚左衛門丞忠則、板鼻砦岸監物頭忠清。

これらの十七将に、長野業政が対座する。

「こたびは危急の呼び出しに応じ、ご足労いただいた。かねてより関東に覇を求め七年前に河越城を奪い取り、その後さらに膨張する北条に対し、管領家では先手を打って踏み出すとの考えを決めるに至ったことはすでに知らせている。そして、その後新たな動きがあった。その経過を下田大膳より話してもらうが、今日集まってもらったのは、これから始まる戦乱に際してわれら箕輪勢が取るべき道を議したい。皆の忌憚《きたん》なき意見を聞きたい」

最前列の右端にいる下田大膳太夫が向きを少し左向きに直して、皆を一見した後に話し始める。

「一昨日平井城にて、管領臨席の家老評定が執り行われた。御屋形様は長年寺での年次供養で不在であったために、名代として豊後守殿が出向きそれがしが随行致した。松山城主扇谷上

杉朝定殿と、金山城主横瀬成繁殿が見えておられた。評定における管領家老中の話の内容を要約すると、

……四年前に氏綱から家督を継いだ三十歳となる北条氏康が、いよいよ関東に覇を広げる準備に入った。北条は一万を超す軍勢で動く。わが管領方は永年、各地の諸将と力を合わせ北条に対抗してきた。新興北条ごときを相手に、無益な血を流すことは耐えられないが、申し合わせの通りまずは河越城を取り戻し、北条の足懸かりを奪い取ることが何よりも必要。そこで、駿河の太守今川殿と申し合わせて、北条を駿河と上野で挟撃する策を取るべく、管領方から今川方にかねてより打診をしていたが概ね合意に至った。ここまでは既に各位に報告致してあるところ。が、その後進展があり、甲斐の武田晴信殿が介添え役となって加わり、上野、駿河、甲斐の三国で協議を改めることとなった。今から八日前に甲斐の躑躅《つつじ》ヶ崎の武田晴信公の館の主殿にて、初めての協議が持たれた。今川方からは太原崇孚殿、武田方は駒井高白斎殿と板垣信方殿、管領方は家老の大石上野介殿と菅野老中が出向いた。協議の大筋は〝東と西から交互に攻めて、北条勢を走り回らせ勢力を分散させ消耗させせ、最後は小田原へ追い詰める〟ことでありその策の具体化として、

まず初めは、北条軍は今下総・武蔵に出張っておる。よって初撃は上杉勢が、小田原と下総・武蔵の間の相模の江の島か茅ヶ崎辺りを急襲して関東に広がりつつある北条勢の背後に割って

入る。そうすれば相模へ北条が軍勢を戻して排除しようとする。

相模に大軍を集めたところで、次は、今川勢が東駿河の奪還を開始する。大軍を出して次々と奪還する。氏康は、先代氏綱が獲った東駿河を失わないために、相模どころか今川軍に見合う大軍を、関東各地から東駿河に集めざるを得なくなる。もし大軍が出てこなければ武田軍までもが動いて、相模の国境に迫る勢いで北条の大軍を東駿河に引き出す。

その後に、東駿河の大戦で武蔵、下総の北条勢が手薄となった時に、上杉勢が河越城を攻め落とす。東駿河は今川軍が取り戻す。万が一、今川軍が難儀することがあれば武田軍が出て攻め上がる。

以上が、躑躅ヶ崎で協議された大筋であるが、これは管領家と今川方で二者協議した時の内容に基づいている。まず相模の初撃については大石殿からの案で、安房の里見水軍に要請して海から攻め上がるのがよろしかろうとなった。相模の初撃戦は浜近くで留まり、数千の北条軍兵が動いてきたら船に引き揚げて隙を見て攻撃を仕掛け、北条軍を相模に留めるのが初撃の目的。次に今川軍が東駿河に攻め入り、北条勢を相模、駿河と走らせる。武田方は北条勢が甲斐の足元の東駿河からいなくなることを望み、今川方は東駿河を、上杉方は河越城を取り戻す好機を得る。ゆくゆくは北条勢を相模の小田原に閉じ込める……と、これが武田館で第一回目に諮られた三国同盟の大筋であると、管領家菅野老中からの報告であった」

下田大膳が一呼吸を置いておのおのを見渡した。ここまでで意見があればお伺い致す、との意を含んだ間の取り方である。しばらく沈黙が続き、下田大膳が再び話を続けようとした時に、新井砦の北爪周防が思案しながらゆっくりと口を開いた。

「管領家と今川との間での重大なはかりごとを進める中、なにゆえに武田方が出てくることとなったのか。北条攻めに武田方が加わることに管領方として異存はないのだろうが、事は重大なはかりごと。いくら武田と今川が同盟を結んでいるとはいえ、上杉と今川二国間の計略が、三国に知れるとはいかなることか」

武田信虎の頃、甲斐と駿河の今川氏親は幾度も戦火を交えていた。

先々代の今川氏輝の時、氏輝の陽動作戦の隙に、今川と同盟を結んでいた北条氏綱が、篭坂峠を越えて甲斐に攻め入り武田軍を大敗させた。今川家の家督争いでは、北条が援軍を出してまで義元を後継者にした。今川と北条の盟約があった。

がその後、今川は武田と同盟を結び、武田の娘を正室に迎えた。義元の大恩を顧みない行為に激怒した北条氏綱は、東駿河に攻め入り支配下に置いた。

武田と今川と北条は、時により敵対と同盟を繰り返してきている。三国間が安定していないことを上野国衆は知っている。

管領家と今川との秘かなやりとりの中での、唐突とも思える武田の出方。管領家の後ろ盾である箕輪衆に、事前に話がなかったのは良しとしても、筋道を正しく知らされなければ一丸となって戦うことができない。

北爪周防の問いに、下田大膳が膝を改めて、

「そのことについて藤井大老のみでなく、金山の横瀬城主からも急なる武田方の出方をただす意見がなされました。菅野老中の話では先月、管領のもとに京の管領細川殿から密書が届いたとのこと。

〝武田晴信公より願い出があり、公方ならびに関東管領に従わずに膨張する北条氏康を、懲らしめ力を削がなければ隣国の甲斐として国境が安定しない。関東管領と力を合わせて北条をただしたいが、それがしから関東管領に具申致すは立場上礼を欠く行為であり、京の管領家より関東管領との間を取り持ってほしい〟との要請が、甲斐の国主としてあったとのこと。関東管領の執政権が及ぶ十カ国のうち甲斐もその一カ国。甲斐の国主が上位の管領に直接具申することを避けて細川管領家に願い出た。幕府としても晴信公へ、関東管領に力を貸すように申し渡しを行いたいが、上杉公の存念はいかがか……、との書面であったと。

もし上杉・今川の動きを知っていてのことであれば、武田の狙いは何か、管領方から今川方

をただしたところ、武田の単独行動であることが分かった。細川管領を介して話を進め、武田方は東駿河から北条勢がいなくなることのみを理由として、上杉・今川・武田三国の盟約が成立したために、武田館での一回目の協議が開かれた次第。しかし、これによりわが管領方は、武田の真の狙いとさらに今川と武田の裏の動きを警戒していかなければなくなった、とのことであった」

下田大膳の顔を諸将が凝視する。……大膳がさらに話を進める。

「東の管領方が先に仕掛けることとなったが、具体的に戦術を詰め、今川方も東駿河攻めを詰めた上で、二回目の協議では開戦時期を申し合わせることとなった、とのこと。今回のはかりごとが進めば、箕輪衆としては管領を支えて河越城攻めの前面に立つこととなろうが、今日お集まりいただいたのは、今後の進め方について各位の考えをお聞かせいただきたい。まず、家老大石殿が勧める水軍による攻撃、小田原城と玉縄城（鎌倉）の中間あたりの海岸からの攻めは、小田原はもとより各地から軍勢が集まること間違いなしと思われる。水軍攻めは、今川との二国間協議の段階で出した案で里見殿には内諾を得ている。あらためて管領家から里見殿に、水軍出動の要請をすることとなるが……」

下田大膳が続けようとした話の間に鷹留城主の長野業道が入った。

「水軍で小田原の膝元を攻め上がることは考えられないではないが、上陸する攻撃勢が少規模では、北条の大軍を動かすという意を果たせぬであろう。兵法に〝守勢は二倍〟という。里見軍が千五百程度で攻め上がっても迎える北条の軍勢が三千では、先手戦の仕掛けとしては少々不足か。そこで相模半島の三浦殿に加勢を頼んではどうか。里見・三浦両水軍合わせて、二千五百か三千ほどで攻め込めば、里見・三浦の連合軍の意図を測りかねて五、六千の北条軍が出てこよう。さすればとうてい小田原勢だけというわけにはいかず、他からも兵を出すこととなろう。そこへ東駿河で事を起こせば、北条は関東と駿河が申し合わせたはかりごとを知ることになるが、動かざるを得ず二手に分けて戦うこととなる。

ゆえに、反北条勢の動きを意識させるには、単独より水軍を持つ三浦軍との連携が良いと考える。長きにわたり北条に単独で敵対している三浦殿であれば、必ず管領方の呼びかけに応じ、寄力されるものと思われるが……」

鷹留城主の意向に、何人かの武将がうなずく。下田大膳が一呼吸おいて、

「管領家から里見殿への出動要請に加え、三浦軍の連合参戦があれば、攻撃の意味合いの重さが増すこととなろう。鷹留殿の意向に沿って、管領家の菅野老中に三浦殿の件を具申してみてはと思いますが、殿、いかがでしょうか」

上座に座っている智将長野信濃守業政。管領家を支える中心勢力で先々代の白旗一揆の旗頭の頃より、山之内上杉一族を支持し上野の安定に力を注いできている。

思慮深い風貌の猛将でもある長野業政が、目を細めながらゆっくりと口を開いた。

「河越城を取り戻すことが目的の管領家が、北条に立ち向かう上で今川殿をも動かしてことを運ぼうとする、その先手戦を思惑通り進めることがまずは大事である。もくろみが通れば小田原の北条が、これからも脅威に晒される前例となる。この先手戦を確実に運ぶ上で三浦軍を加える件、具申致すがよいと思う」

管領家の軍師としての信濃守の立場は重い。その信濃守の発言は、この場で戦略が実質上追加されることを意味する。下田大膳が話を進める。

「では次に、本日の主題でありますが、武田館の協議の中で今川方が事を起こし、北条の軍勢が東駿河に集結した最中に、管領勢が河越城を攻める手はずとなっていることに関して。四年前、北条氏綱が没し氏康が二十七歳で継いだ直後、河越城を奪還せんと、扇谷上杉朝興殿が猛攻を仕掛けたが、守将福島綱成に翻弄されて城内に一歩も踏み込めずに退いている。こたびは、北条が河越城を足がかりに侵略を広げる前に、管領勢が中心となり攻め込む戦となる。管領家が前面に出る以上、威信にかけても退くわけにはいかない戦となる。管領家第一の軍勢を任じているわれらが箕輪衆なれば、あらためて高家の方々のご判断をお伺い致したい」

一つの城を奪還するだけに留まらず、北条勢との熾烈《しれつ》な戦いによって膨張する北条の力を削ぐための戦であり、有力な箕輪勢の働きが求められる。

誰も異を唱える者はいない。

「どなたも意見が無いようであれば、あらためて確認致したい。この箕輪は創成以来、他国に出陣し戦をすることを非としてきた。上野を守る力であり続け、他を侵略しないことがこの箕輪の根本であった。が、この箕輪の動静は管領軍全体を左右する。こたびは武蔵に出向き河越城奪還の戦に、この箕輪衆が出陣することに異議ござらんか……」

「異議は、ござらん」

との声を、全員が発した。

「それでは後ほど血判書に、連名を記していただく」

ここで箕輪衆の、河越戦出陣が決まった。

その河越戦では三千が籠もる城攻めと、想定される小田原からの援軍の双方に勝利しなければならない戦となる。戦略と戦術をどう取るか、誰もが思いを巡らす。

藤井大老がゆっくりとした口調で話し始める。

「いままでの分析では、北条が動き出すのは下総・下野から軍兵を引けるようになる、一年先と読んでいた。だがその先手をとって、管領方と今川方、武田方との協議が整うのが早くて三カ月後、里見水軍の先手戦が四カ月後、その直後に今川軍の東駿河攻めが始まるとして、管領方の河越攻めは早くて八月末か九月。戦略を練るに十分な刻《とき》がある。今後も管領家の戦略は、この箕輪が支えていかねばならない。管領家の家老、老中とも戦の采配は得手とはいえず、よって管領家筆頭の軍師たるわれらが御屋形様が、河越攻めの戦評定に戦略を上程致すこととなる。既に先日の平井での席で、戦略上程の了解を得ている。陣容、布陣、戦術、戦法のそれぞれに万全な策をもって臨みたい」

八重巻城代高橋隼人正が、

「河越城周辺は、三方が湿地、沼、池となっていて南が丘陵地となっている。先の上杉朝定殿の河越攻めにそれがしが参陣した折に、城周りの地形をくまなく探査したゆえ、こたびの布陣についての建策にそれがしも参画致したい」

藤井大老が、

「出陣の陣容規模については、敵方規模により決まる。敵城兵三千に対し味方の城包囲勢一万、敵援軍最大一万に対し、味方の迎撃勢二万とし、上杉勢全軍で三万がまずは基となろう。その上での布陣と戦略・戦術となる。建策に当たって既に作事奉行配下の者三人、絵師二人を、秘かに河越城下に送ってある。それらの者が作る周辺地形の絵図を基に建策致す。まずは原案作りを致し次回の当評定に諮った後に、御屋形様から管領家の河越攻め戦評定に上程していただく。そこで建策の原案作りにはそれがしと四家老に加え、高橋隼人正殿、上泉伊勢守殿、木暮丹後守殿に加わっていただきたい。管領家の次の評定が半月後に行われるので、十日後には原案をこの評定に諮り、御屋形様のご了解を得たい。これからの原案作りに先立って、ここでおのおの方から意見があれば伺っておきたいが」

藤井大老の問いに、本郷砦の鷺坂常陸守が、

「北条の援軍最大二万について、その見通しの裏付けを再度検証されたい。隼人正殿によると、城の三方は湿地で大軍が入れないとなると一カ所での対戦となる。よそでの戦が考えにくいとなると、布陣そのものが戦の陣形ともなろう。その時敵の援軍が一万か五千かでは陣形が異なる。北条援軍の裏付けが重要となる」

北爪周防守が、

「城兵三千の城を取るのも簡単ではないが、敵の主力は援軍である。小田原勢のみでなく、各所の北条軍勢の動向が左右する。東駿河へ向けて各所の北条の諸軍が出た後、河越に援軍を出す時期になったら各地の上杉勢が北条勢をくぎ付けにすることで、援軍の規模を抑えることが肝要である」

豊岡砦の吉田伊豆守から、

「城攻めは長戦《ながいくさ》になることが避けられぬ。兵站（武具や食糧など）の補給も、長期になることを考えておくべきかと。それと北条には風魔という乱波の一団がいる。忍びや裏働きをしていたが、人数を増やして、最近では戦表にも現れる侮れぬ相手、風魔が先導する夜襲へ備えが

肝要かと考える」

「……」

「ほかにはござらぬか……。今の意見を踏まえて建策作りに入る。本日のところはこれまでと致そう。案作成後、十日後の同時刻に次の評定で建策を諮るので、再び皆々の臨席を求める」

そして十日後の天文十四年二月十一日、前夜からの大雪の朝、積もった雪道を分けて集まった諸将が箕輪城本丸広間にそろい、河越城攻撃の建策評定を行った。
城主長野信濃守と大老藤井豊後守が、広間の皆に向かって座る。広間に十六将が控える。中央に河越城周辺の大きな絵図が広げてある。
家老の下田大膳太夫が原案を披露する。
「河越城攻略に出陣する陣容についてその見通しを述べる。これが見通しの書付けである」
と言いながら絵図の上に広げた内容は、
〝河越出陣の陣容
管領山内上杉御旗本勢　一六〇〇
箕輪勢　三五〇〇
松井田、安中、和田、沼田、白井勢　二七〇〇

小幡、倉賀野、惣社勢　二一〇〇
金山勢　二八〇〇
館林勢　二五〇〇
鉢形勢　二三〇〇
忍勢　二六〇〇
扇谷上杉勢　一四〇〇〇
那波、足利、他寄力衆　五〇〇〟
書付けを指しながら、
「御味方の総勢は三万四千六百。敵方城兵三千、援軍を一万とする。
こたびは管領家の北条攻略の初戦にて、いずれは北条を小田原まで追い戻し、関東の秩序を正す戦いの端緒なれば、古河の上様に加勢の要請を強くし、下野、常陸勢の参陣を勧めて、広く関東の結束が得られればさらに二、三万の増勢となろう。出陣は八月末とする。表向きは常陸鹿島神宮への参詣行軍と称し、一旦松山城に集結する。先発隊が夜間三方面より河越城下に入り深夜、城周辺を鎮圧する。各勢本隊は、日の出とともに松山を出立し、夕刻までに各隊の先発隊が所定の地に陣営を張る」
中央の絵図を、指し棒で示しながら下田家老が続ける。

「次に布陣であるが、河越城の南は多摩に連なる台地で、田畑と疎林と集落が点在し、箕輪城下に似た地勢であるが、城の西と北、東の三方はヨシ原の湿地と沼と数本の川があり、点在する田と部落を結ぶ細道があるのみで、小部隊しか展開できない天然の要塞となっている。西側は半里離れると入間側の対岸が小高くなっている。よって、主戦場は城の南となる。布陣の骨子は、城から南一里までの位置に山内上杉方二万六百を配置し、管領本陣を置き北条援軍一万を迎え撃つ。扇谷上杉勢一万四百は、城の西一里半の入間川対岸に布陣し、攻城戦を受け持つ。他勢の参陣があれば、城の北東一里の荒川の対岸に遠巻きに城を囲むように陣取ることとする。

次に戦略は、各陣より囲城部隊を城際に出し城を封鎖する。城を孤立させてわが上杉陣の外側に北条援軍を引き寄せる。敵援軍到着後援軍の陣営が立ったら、速やかに援軍の後方に五千の迂回軍勢を出し、前後から援軍を同時に挟撃する。その挟撃開始後、敵援軍が前後二手に分かれて戦う態勢に入った時、横手から箕輪騎馬隊を出して援軍中央へ突撃を仕掛ける。騎馬隊は敵軍中央を混乱させて、挟撃軍が戦端を開く隙をつくれば退く。前面攻撃勢は、正面と両翼の三方から囲み込んで攻める。後面攻撃勢は雁行または魚鱗の陣形にて、敵中央に攻め進む。戦況を見、敵軍の混乱に乗じて敵本陣を騎馬隊が再直撃し氏康を狙う。たとえ敵援軍本陣を落とせずとも援軍を敗退させれば良く、一の狙いは城を取ることである。挟撃が始まると必ず城兵が援軍と合流すべく動き出す。山内上杉勢が北条援軍と城兵に挟まれることを確実に阻止するために、城の封鎖に当たっては西大手と南大手の馬出し郭の前を、二重三重の丸太柵木で閉鎖し続ける。堀に架かる橋があれば破壊しておく。主力の北条援軍をつぶすか退けた後、城の開城を迫る。主力援軍なきあと長期に及ぶとも兵糧攻めの封鎖を続け、城を傷つけることなく取り戻す。囲城戦が長期に及ぶ場合、各地の北条勢が連携して第二陣の援軍を出さぬように、各地の上杉勢はそれぞれ出張って各地に北条軍勢をくぎ付けにし、河越への派兵を阻止する。以上が城奪還戦の骨子となる。

次に戦術について、それぞれの戦では各軍勢は連携して攻め込むことを基本とし、単独での突撃敢行を避けることで勝機を得る。攻め入る時は先に両翼が深く進攻し、三方から同時に攻め込むことを基本とする。先に敵の攻めを受けた時、持ちこたえている間に周辺の味方軍勢は、両翼深く突進し三方から同時に反撃を開始する。味方両翼の態勢がそろうまで一時退いて敵を誘い込むを良策とする。大部隊ゆえ連絡を緊密と致すために、各部隊の伝令兵を本陣に常駐させ戦略指示の速達を図る。箕輪軍の騎馬隊六備が、機動力をもって要所へ臨機応変の打撃を与える。

次に、北条は夜戦を仕掛けてくることがある。よって夜戦の備えを致す。伊勢早雲が大森氏の小田原城を取った時も夜戦が始まりであった。ところが、管領勢には夜戦を経験した軍勢がいない。夜戦の巧者は少数で多勢を落とす。北条は多勢に無勢となれば、夜戦を仕掛けてくることがあろう。箕輪で遊撃隊として訓練を始めた根笹衆の戦術に夜攻めがある。よって夜戦について、根笹流の湛光法嗣に意見を求めた。

暗闇の中で奇襲を受けると大音声や鉦鼓で、敵が何倍にも聞こえ混乱に陥るという。灯りがあって敵が見えれば臆することなく防ぎ、打ち出すことができる。ただ奇襲時に篝火をつけ、灯かりを守ることが難儀であるゆえ、箕輪勢と管領旗本勢の陣中の篝火は、常時から根笹の者が夜の灯守りをすることとした。奇襲時は篝火を吊り上げるとのこと。夜襲の戦いを知る根笹流の頭領の湛光法嗣に、こたび殿の計らいで箕輪の忍びを預け夜戦に備えることとした。忍びと遊撃隊を合わせ、新兵力の根笹衆を養成中である。裏働きと戦働きをし、夜戦のみでなく側面攻撃や後方かく乱を受け持つ。以上が、建策の骨子である」

下田家老から原案の披露があって、一同が内容をそれぞれ反芻する。

信濃守が、

「こたびは、北条から河越城を取り戻すことのみが目的ではなく、北条の関東侵略をくい止める第一歩であり、上野を守るためにも箕輪が初めて外に攻め出る戦となる。関東の安定は、すなわち管領のおわす上野の安定の上に成り立つと言ってよい。上野勢が懸命に立ち向かう戦いとなるが、関東の総意を持って北条を押し戻すためにも、古河の上様と下野・常陸の各勢に、反北条の旗上げを望みたい。氏康の妹の芳春院を正室に迎えた古河の上様に、反北条の旗幟を求めるのは考えにくいことではあるが、公方足利家の大義は、世を乱す北条と与《くみ》することではなく、関東管領の補佐を受け関東を治めることである。ここで反北条に立ち上がる関東管領勢三万五千もの勢いを古河の上様に重く受け止めていただき、上様には新興北条とのしがらみを断ち切る英断を仰ぎたい。この点、管領家から上様に強く働きかけるよう、説得するつもりである」

信濃守の話を聞くその場の諸将は、戦に至る切迫した心証にもかかわらず、一方で河越城奪還の当事者ではない東関東の諸将の参陣を求めようとする、霧に霞むような広遠な思惑に大河の流れを傍見するような感覚を覚えた。

そして天文十四年二月二十日、上野平井城において管領臨席の河越城奪還の戦評定が行われた。

管領家軍師箕輪城主長野信濃守が建策した攻城戦の戦略・戦術が承認され、総勢三万四千六百を動員する河越出兵が決定された。各勢力には、〝鹿島神宮祈願行軍〟と称した出兵準備の内示が届けられ、八月行軍出発とされた。

この頃、北条勢による上総侵攻が続いている。真里谷武田氏の内紛に乗じた攻撃で、前年の九月には鎌倉玉縄城の北条勢を海路安房に侵攻させているが、里見氏や真里谷武田氏に阻まれて膠着《こうちゃく》状態が続いており、兵を引き揚げるどころか増援部隊を送り続けている。ようやく上総峰上城（富津）を手に入れたとはいえ、当分戦力を削ぐことができない状況にあり、管領側の見通し通りの状況になっていく。

三月中旬になり、信濃守の三女の婚姻先である武蔵忍城の成田氏が、計略を避けきれず北条の援護を受けることとなり、管領方から離反した。下総、上総以外に思うように軍勢を出せない北条側のしたたかな謀略工作であり、近在の上杉勢にさらなる緊迫感を与えた。

四月には二回目の三国協議が駿府で行われた。

城内ではなく、正門の四ツ足門の門前の本町にある重臣植田喜三郎の屋敷で行われ、今川方で進める侵攻の手順、時期をずらして行う上杉方の攻略戦のすり合わせが行われた。双方とも互いの戦陣に軍監を派遣して、戦況の進展を確認することとなった。そして、武田軍の出馬時期と規模が確認された。三者がそれぞれ最終の詰めを行った後、六月初旬に三回目の協議を上野平井城二の丸にて行い、そこで決行の時期を最終決定することとなった。

茅ヶ崎海岸

八月七日、千葉氏と真里谷武田氏の連合軍が上総の北条勢と戦闘を開始したその裏で、安房里見水軍の百八十艘が、三浦半島に向けて出港した。

その日の夕刻、三崎油壺沖に集結して旧三浦水軍の残党と合流する。

八日昼前、総勢三千の軍勢を乗せた、里見・旧三浦水軍計二百十艘が、茅ヶ崎沖の烏帽子《えぼし》岩周辺に投錨《とうびょう》した。

小早舟で中海岸に上陸すると、松林の中に陣営を築く。

同時に旧三浦軍残党を道案内に立てて、七百の軍勢が内陸に向かい侵攻し、本村、円蔵を経て、夕刻に一の宮村（寒川一の宮）に達する。

一の宮には寒川神社があり、前代の北条氏綱が相模の所領を巡って上杉氏と対峙していた頃、統治の証しとして本殿をひと回り大きく造営した上で宝殿を建納しており、相模の国一の宮は北条氏の統治の象徴的な場所となっていた。その一の宮村に迫れば、北条を刺激することになるというのが三浦軍の見解であった。

日没に合わせて、村内の広大な旧梶原（景時）一族の館に火をつけたのを皮切りに、三手に分かれて部落ごとに火をつけ、海岸まで戻りながら暴れ回る。

「北条軍を引き寄せるには夜の焼き働きが良い。夜の火事の焼け空は遠方からでも大きく見える」との申し合わせで、大量の火つけ油を乗せた荷車を用意していた。

一手は、一の宮から田端、萩園、南胡、西海岸へと、集落のことごとくに火つけをする。別の一手は、寺尾、小出、甘沼、小和田、東海岸へと、一帯に火をつけて回る。特に小高い小出の火事は、遠く秦野や須賀、片瀬、鎌倉から、夜空に燃え立つ炎が遠望された。

茅ヶ崎一帯の夜空は赤く焦げて、小田原からも小机城からも、天を焦がす真っ赤な夜空が見え、江戸城からも南西の地平線沿いに、えんじ色の夜空が確認された。

相模の各城は遅れて届く伝令から、安房水軍と旧三浦軍に襲撃されて茅ヶ崎一帯が火の海となっていることを知らされ、騒然となる。

鎌倉玉縄城から茅ヶ崎に斥候を出すと同時に小机城、滝山城、津久井城に出兵要請の第一報を出し、小田原に撃退軍の指揮を玉縄城主が執ることの了解を求めている。

翌早朝には、侵攻水軍勢の目的が規模と上陸地点から反北条勢の勢力誇示と、焼き働きによる領内荒らしであると断定し各城主に第二報を出し、茅ヶ崎海岸に陣取る里見・三浦軍約三千を攻めつぶすために、包囲軍合計六千の招集を決行した。

相模の中央部に大胆にも攻め来た里見・三浦軍を、完全に葬るための招集である。そして、火つけから二日後の夕刻、東海岸の外周に北条軍が対陣した。しかしその夜、夜海を移動した里見軍による火つけで、相模川河口の須賀から大磯にかけて大火事となり、深夜に北条軍が西へ走らされた。北条の対陣が手薄になったその深夜に、里見軍四百五十が夜襲を仕掛けて北条陣営を混乱させた。その夜陰の混乱にまみれて松林の中の陣営を退き払い、三日目の夜明けには全軍が海上の船に戻った。北条軍を引き寄せた上での、巧みな進退である。

午後には安房水軍きっての巨船、あたけ船二艘が合流し烏帽子岩の岩礁で囲まれた入江に、潮流を避けて並んで停泊した。二百十艘の船団は烏帽子岩の手前に海岸線を威圧するように、船列をつくって停船している。巨船の合流は兵站の補給か、長期戦をうかがわせる様相を呈した。結局それから十日間、船団は茅ヶ崎沖に滞留した。

その間も夜の鵠沼の焼き働きなどがあり、北条軍を茅ヶ崎の海岸部にくぎ付けにした。

茅ヶ崎で陸の北条軍と海上で対峙した三日目の八月十一日、予定通り今川軍が富士川を越えて東駿河へ進軍を開始した。

十一日の夜半に、今川軍の侵攻を知らされた小田原の氏康は、相模の各支城からは既に茅ヶ崎に兵を出しているので、伊豆の韮山城と東駿河の長窪城、興国寺城に援軍の出兵を指示した。しかし地の利を知り尽くしている今川軍の侵攻は早く激しかったために、興国寺城は援軍出動する前に今川軍に迫られていた。この二十一日までの初動の十日間で、今川勢は東駿河のほぼ半分を奪還し侵攻を続けた。本格的な北条の援軍のない状況下で、大勢が決したかに見えた。

その後二十七日、茅ヶ崎沖の安房里見水軍が、滞陣十九日目に撤収した。

今川方の旧領奪還の勢いは激しく、九月十六日には孤立した吉原城を放棄させ、興国寺城を落とし戦線を東に押していった。その後、北条の援軍が徐々に増えて、一進一退の攻防となった。

この情勢を打破すべく甲斐の武田軍が後詰めとして、東駿河へ向け進軍を開始した。この武田軍発向の知らせを得た時点の小田原城内の老中評定の席で、

——北条に刃向かう上杉方の里見水軍と旧三浦水軍の、茅ヶ崎攻めの陽動戦をきっかけに、今川軍の駿東攻めの開始。駿東攻めの正念場での武田勢の加勢。上杉、今川、武田の三者が連携して北条を包囲した——

との判断を下した。

——今川は東駿河の奪還を目指した。では武田の目的は何か、上杉はどこを攻めて来るのか——

情勢判断がつき兼ねる中で氏康は、上総に出している軍勢の一部を東駿河に回さざるを得ず、第二次援軍の発向を指示した。

武田軍が富士宮の大石に達した時に、今川軍は相模の国境に近い長窪城を包囲する態勢にまで、なんとか押し込んでいた。しかし国境に近い長窪の守りは厚く、包囲した今川軍の背後にまで迂回軍を出して、攻め返すほどに長窪勢の反攻は強かった。武田方は、北条勢が勢力を吹き返し本格的な反攻に移る前に加勢して、相模の国内に押し戻したかった。

吉原の善得寺城で、今川と武田の協議が行われた。善得寺は駿河の官寺で広大な伽藍を持っていたが、天文六年の北条の東駿河侵攻の折、十一宇全てが焼き尽くされて跡地は荒野と化していた。協議は少し離れた善得寺城で行われた。

三度の打ち合わせが持たれたが三度とも今川方は雪斎が臨み、武田方は重臣駒井高白斎が赴いた。

高僧雪斎、名は太原崇孚雪斎。人物である。

京の建仁寺で学門を修め、今川家に請われて幼少義元の養育を見ながら、優れた外交力を持ち軍師として兵法に長け、後に義元を支えて執権をふるい、黒衣の宰相と呼ばれた今川家の中心的で多才なる希有な人物。僧形ゆえに自由に敵国への往来が果たせたため、行動力と折衝手腕によりこの乱世の駿河で縦横無尽の大活躍を遂げていた。

「こたびは軍勢を遣わしていただき、かたじけのうござる。わが殿より高白斎殿にはくれぐれもよろしくとのことでござった」

「なんの、上杉を入れた三者協議で決めたこと。その取り決め通りにまずは富士宮まで参ったところ。それより今川勢の攻め上がりはいかがか。長窪まで押し上げたと聞いておるが」

「長窪を囲い、東駿河の北条勢を閉じ込めたところでござる。わが勢は意気高くそれぞれが勝手知ったる旧居城なれば、落とし所を突き早攻めにて奪い返したるは、まさに快進撃であった。敵の援軍も徐々に増えてきているものの、今川の者の意地に懸けても、あとひと押しを致せば駿河旧領から北条を追い出せるに至った次第。これよりの詰戦《つめいくさ》は今川の者の働きどころなれば、高白斎殿には一時の猶予あって、われらが働きをご覧《ろう》じておいていただきたい」

「なんと、なんと言われる。われらに見ておれと。諜報筋の知らせによると、上総の北条勢を引き揚げて長窪に向かわせているとか。長窪でしくじることあらば、われらが出張ったること後世の笑い草にしかならぬ。われらとて増える敵勢を、ただただ眺めに参ったのではござらん」

あとひと押しのところで武田方の参戦を得ると、事後処理が難しくなるために何としても武田の力に依らずに、今川だけで終わらせることが今川義元の強い考えであった。手を借りれば東駿河の割譲を武田が要求してくることが、目に見えている。

高白斎も察していないわけではなかった。

――今川方にしてみれば、北条を退けても東駿河に武田が入り込むことになれば、奪還とはならない。しかし、武田晴信の名代として来ている立場で、援軍を得て間もなく反攻に転じる北条を目の当たりにして、言われるままにただ眺めているわけにはいかない。順調というよりは、むしろ早い進撃で長窪まで追い上げた今川勢は、ここにきて敵の反攻に攻めあぐね始めている。何らかの手を打たねば、勢いを吹き返すであろう北条を東駿河から追い出すことがかなわなくなる――

高白斎は瞬時に思いを巡らす。

三者の協議で武田側としては、東駿河から北条がいなくなることが目的であるとしていた。事後処理よりまずは北条撃退が最優先である。武田勢の出馬が申し合われていた以上、今川勢のみで片付けることにこだわるべきではない。

――しかし雪斎殿の意向ではなく、義元公が頑《かたく》なに固守しているとすれば……わが武田軍の動きを雪斎殿は拒んでこよう。では戦わず武田の力を見せつけて目的を達するには――

「雪斎殿、今まではもくろみ通りに進めてこられたが、北条を甘く見ないがよろしかろう。この先、わずかでも退くことあらば、一機に情勢が変わることが懸念される。これから軍勢を増す北条を早く片付けなければならない。今は一刻の猶予なくわれらが加勢で一気に長窪を落とし、北条を伊豆へ追い返すのが最善の策でござろう」

雪斎としても義元公の考えと同じで、あとひと押しをするまでに囲み上げたところで、加勢を求めることは到底考えられぬことであった。

「高白斎殿のお考えごもっとも。一気呵成《かせい》に押し出して伊豆に追い払うが最善。わが方は軍勢を増して長窪を落とすべく、すでに発向させたところ。各所の奪い返したる城に入れた兵が集まり次第、最後のひと働きにて決する所存」

高白斎は苦渋なる思いに駆られた。

――必要があって各城に入れた兵を駆り集めねばならぬほど、今川方はひっ迫しておるのか、容易ならざる事態である――

今は明確な手立てが不可欠であった。

「雪斎殿、千や千五百の加勢をしても長窪を落とすに手間取れば、元も子もなし。ここは何としてもわれらが手勢を入れて、一気に落とすべきところであるが……。しかし雪斎殿、この後は戦わずに遂げる、次善の策を講じてはいかがか」

雪斎の眼光が鋭くなる。

――戦わずとは、武田勢も戦わずにということになる。和議か、持久戦はありえぬのだから。武田勢の参戦なくば、義元公にも異存はないはず――

雪斎の顔色を凝視しながら、

「雪斎殿、今長窪を今川勢が囲い込んでいる。次の手として、武田も北条に真っ向から立ち向かう姿勢をはっきりと表すために、富士宮から軍勢を長窪まで進め、今川の陣営に武田菱の旗を高々と掲げる。今川・武田軍がそろって長窪城を威圧した時に、管領上杉殿が河越に向けて出陣する。ここが三者協議の札の切りどころと考える。北条にとって東駿河はもはや長窪のみとなった今、長窪をとるか河越をとるかとなれば、今川・武田の連合軍に迫られた長窪での苦戦を捨て、武蔵の主要城河越に向かうは明白。そこで小田原に使者をたて和議を申し立てる。〝長窪を捨て伊豆に下がり、この後東駿河は今川に戻す。双方矢納めを致すこと。さもなくば今川、武田で伊豆と相模に攻め入ると〟これが、これ以上戦をせずに目的を達する次善の策となろう」

高白斎は、雪斎の眼光に得心の兆しを見た。雪斎は高白斎の策に思いをかぶせてみる。

――武田との連合の強みを戦わずに発揮し、事後に難題を残さない。管領殿の河越攻めの切り札を、北条の援軍を長窪に寄せた後効果的に使える絶好の機会。和議不成立の折は、長窪を即座に力攻め致す。しかし、その後の伊豆との境に火種を抱えることになる。和議が成ればひとまず東駿河が今川領となり、駿河と伊豆の国境が安定する。武田の参戦なしに――

「高白斎殿、それがしに異論はござらぬ。殿に諮った後に上野平井へ早馬にて、申し合わせの伝令を遣わしたい」

こうして、上杉管領勢の河越出陣の時期が迫った。

出陣

九月二十日の午後、上野平井に東駿河からの伝令が届いた。

伝令は二の丸館の中庭に通され、老中の大石が接見した。事前の面通しで見知った顔である。縁段で伝令から、

「東駿河の北条勢を長窪城に追い上げ、今川軍と武田軍が囲む終局面に至った。下総からの北条援軍が間もなく長窪に到着」

との、雪斎からの知らせを口頭で得た上で、書状を受け取った。

その場で開封すると、

〝富士の原　越え来て伊豆を　臨むらく　今謀《はか》りし時は至れり〟

とあった。

〝東駿河の進攻をへて伊豆に迫るまでとなった。申し合わせ通り河越出陣の時は来たり〟

との意と受けた。

文書が万が一奪われて見られても、直接内容が分からぬように表現を作っていることが分かる。老中は、家老の了解を取り返書を用意するまでの間、一息入れ腹ごしらえをするように伝令に伝えた。

老中の返書は、

「諾」

の一字であるが、伝令に口頭で、

「申し合わせ通り、今川方の進攻と北条援軍の長窪集結を受けて、早々に武蔵河越に出る」

と伝えた。

その日の夕刻前には、管領より各方面に出陣の伝令が出された。

〝常陸国鹿島神宮へ向け、願書奉奠《ほうてん》の為松山城に集結後、発向〟

として、北条方に動向が知られるのを極力遅らせた。

そして、かねてからの予告に従って管領方総勢三万五千の動員が開始された。

二日後には管領旗本軍と箕輪勢千五百が先行して松山城に入り、夜を待って根笹衆の先導で秘かに行軍し、深夜河越に入り城の各城門の周辺を封鎖して城を孤立させた。この深夜の城封鎖作戦の準備に根笹流法嗣の倅無堂が、三十六人の精鋭を従えて何日も前から動いていた。松山城から河越城まで兵が二列縦隊で通る道を選び、夜間に行軍と同じ歩速で行程確認を行っていた。決行の日取りが未定であったので、月明かりのある夜と新月の暗闇の中での通過路の確認をしている。途中二カ所の小休止の場所を決め、時間調節を計る。河越城の北一里弱で入間川を渡るが、装具を濡らさぬように渡川用の舟橋を用意した。現地での船の調達は怪しまれるので、松山領内で六艘入手し当日都幾川から越辺川を下って入間川に入り、夕刻に渡川地点に着くようにした。この舟橋は後続本隊も使うこととなる。決行当日の夕刻には手分けをして通過路近隣の集落に、騒ぎを起こさぬよう直前に触れて回ることにした。

〝今夜管領軍が、常陸に向けて通過する。危害を及ぼさぬゆえ、夜間の外出を禁ずる〟

という触れ込みであるが、河越城の一里手前からは触れ込みを避け一気に駆け込むことになる。

そして九月二十二日戌の刻（夜八時）、千五百の先遣隊の軍兵を無堂が先導して、静かに松山城を出発した。上弦の半月の薄明かりのもと、松明をつけずに土踏み音のみがする行列は、異様でもある。

一回目の小休止を終えて比企郷の鎌倉街道にさしかかった時、無堂たちの前に微かな月明かりを背に四、五人の人影が立ちはだかった。

無堂は行軍を止めた。

すると一人が二、三歩無堂に近づいて来て、やっと顔が分かるほどになった時、

「それがしは、近くの善能寺の僧明慶と申す。このような夜更けに松明もつけずに行軍とは、どちらの軍勢がどこに向かわれておるのか」

「われらは関東管領方の軍勢である。これより常陸の国の鹿島神宮に参る。先に出立致した

者を追って急ぎ夜軍を進めている。無用の騒ぎを起こさぬよう、所々に先触れて回ったはずであるが」

「触れは聞いてはおらぬが、この地を通過するのみでござるか。この先、入間川を越えれば河越領となる。何か事が起これば北条様との戦にもなりかねるが」

「通過するのみで戦は望まぬが、用心は致すところ。この地の住人に危害を加えぬゆえ、道をあけられい」

僧と名乗っているが、落ち着いた様子と〝北条との争い〟を口にしたところをみると、無堂はこの者たちは、北条の忍びの風魔の者かもしれぬと思った。

無堂は、部下二人に目配せをした後、

「深夜ゆえその方らの寺まで警護を付ける、気を付けて戻られい」

と直後の動きを押さえ監視し、素性を確かめる必要があると考えた。僧とおぼしき一行が脇道へ下がっていく頃には、根笹の潜行別動の三人が一行の背後を追って行った。

丑の刻（午前二時）、街道から東にはずれた入間川角泉の河原で小休止を取り、渡し板をつなげた船橋を渡り全軍が対岸に入った。河越城の北一里弱の地点である。

ここからは湿地の中の道が細いために三手に分かれて城下に入り、一気呵成《かせい》に突進して四カ所の城門周辺に取りつくことになる。何回も夜間踏破を重ねた根笹の者が、湿地の間道を先導して行く。芦原の中に点在する田圃を結ぶ農道は曲がりくねって、大軍の入れる余地はない。城北は、広大な湿地帯が天然の要害となっているが、管領勢の先行部隊は敢えて人の背丈程の芦原を進み、城下に入る直前まで発見されづらい難関を選んだ。

時折、水鳥が驚いて飛び立つ音のほか、進む軍勢の音を打ち消す芦の葉音以外に何もない。道順の闇の中に根笹の者が忍んでおり、合言葉を交わしながら三手とも半刻ほどで湿地を抜け、城下の家並みに近づいた。三手はそれぞれが、城下を内偵していた根笹の者から城方に気付かれていないことを確認すると、四カ所の城門を目指して人影のない街中に向かって一気に駆け出した。

街角で、夜警の城士らしき三人組が軍兵の駆け込みを見て、驚いて物陰に身を隠した。先行部隊は構わずにまっしぐらに城門を目指す。

最初の一手が城の北側にある郭門まであと一町に達した時、急を知らせる火の見櫓《やぐら》の鐘音が響いた。それに連呼して城内でも鐘の連打が始まった。

一手約三百五十の軍勢は脇目も振らずに、根笹衆の先導で駆け続けた。郭門に達した時、片扉が開いていて、門詰めの衛士四、五人が槍を持って寄せる軍勢を見極めるようにうかがっていた。が、箕輪軍の徒頭の、

「弓隊、前へ」

の号令を聞いて急ぎ門の中に戻り、閉め切る直前に門の中に吸い込まれた幾筋かの矢音を残して、夜明け前の静寂な門構えに変わった。西大手門、南大手門と東の清水門でも急襲がほぼ予定通りで、城詰めの軍勢が出撃することなく深夜の門が閉じられた。そして城内の各所で篝火が焚かれ始め、闇の中に城の外形が浮かび上がった。

城兵の出撃を防ぐために門外の矢ごろ外（射程外）の距離に矢止め板を立て並べ、弓隊の列の後ろに槍隊を配して城門封鎖の形を取り終えた。

鐘は止んでいるが、家々ののぞき窓や連子窓から、何事が起きたかと町人が外の様子をうかがっている。

その頃、丸太杭を満載した八台の荷馬車が、深夜に狭山の山内上杉方の旧臣斎藤家を出て城近くの連雀町に待機していたが、根笹衆に守られて各城門へと移動し始めた。

寅の刻（午前四時）、日が昇り始める頃、各城門から少し離れた位置に、城兵の出撃を防ぐ丸太の柵が組み上がった。深い外堀と水堀に囲まれた河越城は、四カ所の門を閉じると侵入できないが、城内からの兵の打ち出しを押さえるには、その四カ所に柵止めをすれば封じ込めができる。

四年前、前の城主扇谷上杉朝定が河越城を奪還すべく、九千五百の兵で城兵二千五百を攻めたが、守将福島左衛門太夫綱成の巧みな戦で上杉軍は散り散りとなり、退かざるを得なかった。その時、城代福島綱成は上杉方が城を取り戻すべく、出陣の準備をしている段階から察知していた。しかし予想を上回る軍勢に城に籠もる作戦をとった。

城下に押し寄せた上杉軍に対して、六百の軍勢を南大手から繰り出して、二手、三手と接戦をした後さっと西大手から引き下がる、という戦いぶりを初日に二度繰り返した。

二日目の朝も、同じく南大手から繰り出す城方の軍勢に、上杉軍が襲いかかっている隙に、北側の外堀に中吊り橋を押し出して渡し、千三百の兵が秘かに城外に出て迂回して上杉軍の後ろに回った。

その日の二度目の、南大手からの繰り出しを合図に迂回軍のうち五百が、東明寺近くの上杉本陣に向かってまっしぐらに攻め込んだ。本陣を守る旗本軍との激しい攻防の最中、頃合いを計って残りの迂回軍八百が、二手に分かれて城際の上杉軍を襲った。城際の上杉軍は後ろから来た迂回軍の攻撃に浮足立った。本陣が襲われて統率が取れなくなり始めたところに、西大手からも大音声とともに城兵が繰り出し、ついに全軍総崩れとなり敗走が始まった。

守将福島（のちの北条綱成）の前に大軍を擁しても、河越城に踏み込むことはできなかった。四年前の戦のあと城域が拡張して新郭ができて、北に郭門と東に清水門ができ城門は四カ所となった。

こたびは関東菅領軍の出陣であり、威信に懸けて敗退することは許されなかった。太田道灌の縄張りで堅城として改修して以来、連綿として上杉方の拠点であり続けた河越城。その城を取り戻す戦であるだけでなく、鎌倉府以来の管領の治政を脅かす北条打倒の第一歩である。

管領軍は、はるか駿河の今川と組んで、北条の軍勢を駿河に張り付けて援軍の余地をつぶした上で、急襲して城を封鎖し補給路を断ち、猛将の手足を押さえて長期戦に持ち込む戦略をとった。

翌朝から、管領軍本隊が続々と到着し三日後に三万五千が着陣した。

城の南一里、武蔵野の雑木林が点在する砂久保に管領軍本陣がおかれた。

城直近の町並みは奪還後のために、焼き払うことを避けた。

扇谷上杉朝定の陣営は城の西一里弱の、入間川を越えた段丘の霞が関から的場にかけて本陣を敷いた。河越城が三万を超える敵勢に包囲されるのは初めてである。

一方城内では、夜明け前に城が封鎖されたために敵の規模は不明であったが、封鎖直前に駆け入った風魔一派の忍びの者から、城周辺を封鎖した敵軍は箕輪勢を主とした管領軍で、総勢千五百ほどであることが分かっているのみであった。

封鎖は堅固で、城門の前だけでなく堀周辺の道路も封鎖されているのが城の物見櫓から見取れた。外堀には歩哨が立ち堀を渡る忍びや橋架け等を見張っていて、城外の情報は完全に断たれていたが、二日後に城外に取り残された非番の城兵から、遠矢打ちで外堀を越えて矢文が打ち込まれて包囲軍の概容が知らされた。

敵勢関東管領軍並諸侯軍也、本陣砂久保稲荷以在、軍勢二万乃至三万也。
上杉朝定勢、本陣霞が関南以在、軍勢一万乃至一万五千也。
囲城軍勢千五百也、陣所東明寺。
右件小田原城山角四郎左衛門殿並、江戸城遠山丹波守殿迄御知為早馬仕候。
城下非番士並び町衆皆屋敷留居り。
向後夜戌刻矢文射請其屋敷宛、半刻後返矢致候也
御馬廻一番組　山城源左衛門

上杉軍が砂久保と入間川対岸の霞が関に、陣を敷いたとある。そして小田原と江戸城に知らせを出したとある。上杉勢は総勢三、四万という大軍であることが知らされた。重要な情報は、本陣が砂久保と霞が関であることが、親衛隊上士からの知らせで分かった。通常本陣の位置は、

味方の攻撃隊形と城が見渡せる位置がふさわしい。

城内の本丸曲輪の南西の角にある富士見櫓から敵軍の本陣を探したが、見つけられなかったはずである。

また今後、夜の八時に外堀に面した源左衛門の屋敷に矢文を打てば、一時間後に返矢を致すとある。他の士の屋敷は少し離れている。今後源左衛門を通じて外部連絡ができることとなる。

守将福島は矢文を見て、居並ぶ家臣に告げた。

「城攻めの陣にしては遠巻であり、町方の屋敷払いをしておらぬ。大軍勢を頼んでの、力攻めをする気配がない。城の周りを塞いで時をかけ、城も町も荒らさずに兵糧攻めにでもする魂胆とみる」

山城ではないので、敵陣を見下ろすことはできない。

狭山丘陵が湿地帯に突き出て、半島のようになっているその先端部に城があるが、丘陵の上は秩父山系に向かってなだらかな勾配となっているために、城と城下はほぼ平坦で、深い堀が城郭を構成している。城下の家並みが途切れるあたりからところどころにある疎林に隠れて、物見櫓から見ても広範囲に展開している陣営は見えない。

ただ、城兵二千五百にとって三、四万の敵勢は規模が違いすぎる。

「攻め寄せて戦端が開かれれば幾らでも戦いようはあろうが、この先、攻め寄せずに塞ぐのみでは物見を出すこともできぬゆえ、次の矢文を待ち、しばらくは敵の出方を見ると致そう。賄方、兵糧の蓄えはいかほどか」

「平時の備えとして、米、味噌ともに五カ月分でございます。昼間の攻め寄せであれば、戦っている間に五十俵でも百俵でも運び込めたところ、深夜では何もできぬままに……」

「それが敵勢の狙いじゃ、城を干し上げるには運び込む時を与えずに、閉じ込めたというところ。食いぶちを減らすために女子供を城から出すこともできなんだ。ここしばらく敵軍の動きを探れば、兵糧攻めで来ることがはっきりと分かろう。仮に長戦となっても駿河での今川攻めはすぐに片付く相手ではないので、味方の援軍は望めぬ。当方も、五百の兵を駿河に差し出したばかりだが、今川と上杉が申し合わせたはかりごとであったとしても驚くには及ばぬ、五カ月の間に勝機は幾度か必ずある。矢文にて敵情を知り見張りを絶やさずして、戦機を逃さぬことじゃ」

戦略に長けた城代福島綱成も、当面は座して機を待つ以外になかろうと腹をくくり、従臣たちに戦機を逃さぬよう指示した。


一方、管領家家老大石上野介は九月二十一日、管領軍先遣隊が松山城を出立する前日、下総と下野の境に位置する古河城で、古河公方足利晴氏に拝謁していた。

「こたびは関東管領の名代として、上様に直々にご拝謁賜りたく参上仕りました。上様へ、関東管領よりの奏文を読み上げまする。

——長年にわたり関東を劫する者、平宗瑞（北条早雲）より既に三世、悪を以って関東を乱し、邪を将として治政を枉《ま》げる北条の、八州併呑の気性ますます止まず、鎌倉府以来の秩序をないがしろに致す。先の管領継承家扇谷上杉朝定から河越城を奪い、さらにその先をも取らんとす。今、公序を戻さねば、今後ますます傲大と化すこと明らかなり。上様の権威を守り八州の執政を正すべく、翼衡《よくしょう》（広い天）を仰ぎ不退の決意をもって、奸佞《かんねい》の退治に立ち上がることと致したい——」

この時、公方は驚愕のあまり、座布団から落ちんばかりに摺《ず》り下がり、

「今っ、なっ、何と申した、北条を攻めると申したか」

「御意にござりまする。事がことゆえお人払いをしていただきました。芳春院様と簗田殿には、あらためてお詫り致さねばなりませぬが、事前に上様の御内意を頂きとうございます」

六年前、北条氏綱の娘芳春院を、重臣関宿城主簗田高助の強引な手引きで公方の正室に迎え、翌年梅千代丸（後の足利義氏）を設けている。

容姿端麗な氏綱の娘ではあるが、劣らぬ美人の側室簗田の娘との間に、既に藤氏、藤政、輝氏がいた。

その子息が居て後継者の外祖父となるべき簗田自身が、芳春院を迎える仲介側に立たざるを得ないほど強大な氏綱の力に従うことが、一族の安全を裏付けるまでに至っていた。

公方が鎌倉から古河に移座するはるか以前から、この地の豪族として権力を持ち交通の要衝の地関宿に城を構え、公方家筆頭重役を何代も務めてきた簗田氏が、公方家の中で北条方の立場を果たしていた。

足利公方は京都足利将軍に代わる関東の統治者であり、足利一族創始の地関東で、鎌倉府以来連綿と続いていて、実務をつかさどる関東管領の補佐の上に成り立っている。自らの戦力を持たない公方は、管領軍ならびに関東の武将の結束を基盤としている。

ところが、北条の三代が管領の差配を脅かすまでに、勢力を拡大してきている。

侮れぬ勢力となった北条方とも関係を保つことは、この先の不明な事態に備え、京都足利家に対して関東足利家が、公方の座を維持し続けるために必要な措置であると考えた。

そうした公方の立場で、上杉が北条に刃向かう事態が起きることに驚きを伴うにしても、認識の上で現象を受け止めることはできた。

「上様に事前にご内意を得た上で、本隊が松山を発向し河越城へ向かうこととなっております」

「なんと、松山とな。二十三日に管領が供回りを帯同して、松山経由で鹿島神宮へ参詣すると聞いておるが、それは表向きのことであったのか。松山から河越へ向かい、福島綱成を攻めるというのか」

「河越城兵三千五百に対して、管領の馬回り衆をはじめ総勢三万五千の軍勢で、奸佞をまずは出先の河越から締め出します。管領自ら出馬するには策があってのこと。実は管領家と駿河の今川殿、甲斐の武田殿と半年に及ぶ協議をへて、三者で北条を攻め上げる連携戦の中での河越出陣でござりまする」

「駿河と甲斐が……、今川と武田が、一体……どのように動くというのじゃ」

「武田殿も今川殿も、北条の膨張に危機感を募らせているところ。特に今川殿は東駿河を北条に奪われて以来、奪還の機会を狙っていましたが三者の協議で具体的なめどが立ったところ。武田方は先代信虎のころ、北条に攻め込まれ大敗している経緯があります。今、北条の勢いを削がねばいずれ大禍を招くと。上杉と今川が協議を進めていたところに、京の細川管領の仲立ちで武田が後から加わって三国同盟と相なったもの。よって幕府足利将軍もご承知の事柄」

公方の顔から一瞬に血の気が引いた。

――幕府将軍の承認があっての、三国の攻略――

ということは、

――室町殿が認めた驚愕すべき関東の大事変に、芳春院を迎えた自分が外されている――

公方は脇息で上体を支えてなんとか座っている。

――上杉、今川、武田はともかく、京の将軍までもが、余が北条とよしみを結んでいると思っている――

「協議には管領方としてそれがしが自ら、甲斐の府中と駿府に赴いて交渉を致したもの……。戦略の内容は、北条水軍が狩野川河口の勢力の反攻を押さえるために沼津沖から離れられないこの時期に、まず管領勢の里見水軍が相模の茅ヶ崎で一暴れして、北条勢を出動させている間に、今川軍が援軍の乏しい東駿河に攻め入る。去る八月の相模の夜の大火は、里見と三浦の連合軍の火事働きで起きたこと。里見・三浦水軍が引いた後、援軍が増える東駿河に武田軍が後詰めとして参戦し、北条勢を東駿河から追い出す。北条の出方次第で伊豆や足柄を切り取る見通し」

大石は、公方の心を読みきれない。

公方の表情は、いずれの兆しも現さない無表情となった。

「北条の軍勢が東駿河に出払っている時に、三者申し合わせに従って河越城へ上杉軍が奪還の攻撃に出る。以上が、ここで上様のご了解を得てこれから果たすべき攻略。上様を支える管領上杉憲政以下三万五千に及ぶ将士が、上様のお言葉を待っております……」

大石からこれ以上申し述べることはない、これ以上は繰り返すこととなる。

秋の午後の日差しが障子に降り注ぎ、人払いをした謁見の間の上段に座る公方の顔半分を明るくしている。鼻筋の通った顔立ちが浮き上がる。

鳴き続けているセミの声が、大石の耳に再び感じられるようになった、その時、

「名代としての、そなたの言い条は聞いた。明日、管領軍が松山を出立《しゅったつ》致すと……。本日のところは、これまでと致そう」

明日の未明には、河越城が先行部隊で封鎖される。簗田筋から北条側に知れても今からでは既に間に合わない。

正室を北条から迎えている公方には、二つ返事で応ずる事柄では決してない。

「は、なん時でも御前に参じまするゆえ、上様のお言葉、お待ち申し上げます」

公方が北条攻めに反意を示したところで、管領軍の動静が変わるものではないことは、双方十分に認識していることである。直属の軍勢を持たない公方は、権威を保ちながら関わり得る情勢を取り込んで判断し、自らの立場を維持してゆかねばならない。

上杉方の北条攻めという関東の重大局面に、公方の立場をいかに表明するのか、公方が一存で決めることではない。大石は、公方が重臣に諮る上で判断できるだけの情報を与えた。

——重臣に諮りはするが、上様は立場を鮮明にせずに勝敗が決するまで、推移を見守る立場を取るのか。それとも北条側に付くのか。しかし北条の軍勢をはるかに上回る三万五千の管領

軍の圧倒的な規模は今や無視できるものではない――

結論を出すには、しばらく時間がかかるものと思われた。管領軍が決行するにしても事前に伺いを立てた、という事実がここでは重要であり、公方の体面を繕う瀬戸際の機会である。

こうして大石家老は、古河城観音寺曲輪にある管領家用宅となっている豊前山城守の屋敷に戻る。その夕刻、上杉朝定の重臣難波田善銀と小野因幡守が古河に着いて合流し、大石家老は古河城に長逗留することとなる。

翌日から古河城本丸の公方のもとには、北条派の簗田をはじめ、反北条派の結城家老や多くの人の出入りが知らされる。

難波田善銀と小野因幡は手分けをして東関東の諸豪を訪ね、河越出陣を説いて回る。


古河城は渡良瀬川沿いに在り、広い水堀が巡らされて、各曲輪は水上の浮島のように橋で結ばれている。入城には橋詰めの衛士の検問を何度も経るために、人の出入りは明らかとなる。

二十五日になって、河越城が三万五千の軍勢に囲まれて籠城しているとの知らせが古河城本丸に届く。その後、再三小田原からの使者が遣わされて来たが、重臣たちは小田原の出方を見極めている、という話があった。

その間、二度河越城で小競り合いがあった。

城が包囲されて三日目の朝、南大手門と西大手門で同時に城門を開けて城兵が押し出してきた。

大手門では、車付きの大矢盾（車盾）を前面にして、射ながら一隊が柵際まで押し出してきて攻める。双方とも激しい矢攻めの応酬の中、城門から伸びた太綱の先端を柵丸太に縛り付け、四頭立ての馬で門内から引かせて柵丸太を倒しにかかった。

が、両側の支持丸太が効いていてぐらりともしなかった。

その後大矢盾の陰から長槍で、柵木の縛り縄をしごき切って支持丸太をずらし、城内から力引きをして何とか二重の柵の内側の幅二間だけを倒したが、城兵が矢射られて深傷を負って車盾を引き揚げた。

西大手門の前でも、柵の突破を試みたが突破できなかった。その後柵は三重になった。

五日目の夕刻、管領勢が城門を焼き払った。東の清水門前の柵の閂《かんぬき》を外して、油をかけた薪を満載した荷車三台を押し出した。荷車の後ろから射矢の援護射撃を受け、歩盾をかざしながら荷車を押して何とか門に横付けして火を掛ける。荷車の押し手は、素早くさがり矢盾板に身を隠す。

門内では上から水を掛けようとするが、雨除けの軒屋根の出幅があり、身を乗り出さないと水が扉の外側に回らない。矢攻めで体を出せず、外側の燃え盛る火に水が届かない。山盛の薪の火の勢いは強く、バチバチと音を出し扉の表面を焦がし始める。そして、遂に厚木の扉の中央と吊り元の柱に火が付いた。扉に付いた火に水を掛けるため内から屋根を壊し始めるが、炎にあおられて壊す前に屋根が燃え始める。火炎の勢いが増して門全体が火に包まれて半刻後、清水門が焼け落ちた。

夕闇が迫った頃、両側の土居止めの石垣を残して、幅四間ほどの門跡がぽっかりと口を開けた。路面には崩れ落ちた燃え残りがくすぶっていて、熱くてすぐには近づけない。

囲城軍は柵を新たに門跡直近に立てて、いつでも城内に踏み込める位置まで封鎖柵を前進させた。

門内の通路はすぐに右側に曲がっていて先が見通せないが、曲がった辺りに城兵が、門に代わる柵を作り始めた気配がうかがえた。その後再び両軍のにらみ合いが続いた。

古河では十日後になって大石家老は上様に謁見をし、いったん河越の陣屋に戻ることを告げて古河を後にした。

ところが、一行が館林の茂林寺を過ぎ邑楽村に入る手前で、古河城からの使いが追い付き、「明日の評定に臨席されたい」との知らせを得て、取って返した。

翌日の巳の刻（午前十時）に開かれた御前評定に簗田家老の姿はなく、小山氏、宇都宮氏、結城氏を含め有力重臣七将の前で、大石家老から河越城包囲に至る経緯として、里見・三浦水軍の茅ヶ崎上陸から仔細に報告された。報告を聞いている諸将の眼光は鋭く、表情は硬い。上段の上様も身じろぎせずに、黙している。

対座する右列の上座に大石家老が座り、左列の上座には小山城主が座る。

その小山氏が、

「河越城を上杉勢三万五千が囲んで十日以上がたつ。小田原が今加勢を出せても一万を上回ることはないであろう。城攻めの軍勢としては十分といえる。上野衆が北条攻めに立ち上がったこの時期に、東関東の諸勢が合わせて立ち上がれば、関東の反北条の勢いは決定的となろう。河越を落とし江戸を落とせば、下総と武蔵へ伸びた北条の併呑の手を断ち切ることができる。そうなれば東関東から北条寄りの輩を、たたき出すことがかなう。今ここでわれらが反北条の旗を掲げ、上様と管領が軍旅を共にすることは、重大な意味を持ち先々の情勢が変わる。われらの加勢は大きな役割を果たし、攻撃の手を振り上げた上杉勢に劣らぬ意味を持つことになるが、いかがでござろうか」

家臣の一人が北条の援助を受け始め、現実的に北条からの謀略の脅威にさらされている小山城主の意見に反論は出ない。

小山氏だけでなく〝関東八屋形〟と呼ばれている東関東の名族は、鎌倉の世より公方を関東の主として地域の結合を求めてきた。一方〝一揆〟をよりどころに上野、武蔵、相模の西関東は古くから管領と京都幕府に権威を求める傾向にあった。よって西関東の上杉管領軍に積極的に寄力するというよりは、新興北条に反攻する意を強く持っている。

常陸の佐竹氏が、

「戦場《いくさば》での手柄は既に出陣している上杉方が取ればよい、遠巻後詰めの陣取りでも参陣するわれわれの役目は、十分に果たせるものがある」

大石家老が、

「河越城周辺は西、北、東にぐるりと入間川と荒川が巡っている。城と川の間一里が、田沼の低地で大軍が踏み込めず、南側が丘陵続きの台地となっており、管領勢二万が既に入っている。上杉朝定殿の軍勢は少し離れた西の丘陵に陣を敷いております。よってこれからの布陣の場所は、北と東の川を越え一里以上離れた丘の上になろうかと」

「なれば離れて陣を構え、そこから敵城周辺に兵を繰り出せば良い」

評定の席の話筋が布陣に傾いてきた時、宇都宮氏が、

「小田原北条は苦境を打開するために必死の様子、簗田殿のもとに頻繁に使者が来ており、当方への働きかけは激しい。簗田殿にはくれぐれも別の動きをされぬようにせねばならぬ。公

方勢が割れるようなことがあれば、我らが後ろ矢を浴びることとなる。上様ご出陣の折は嫡男を古河城にてお預かりし、簗田殿には出陣後、一時も上様から離れぬよう堅く警護せねばならぬと思うが、いかがか」

この時、上段の公方の表情がわずかに変わって視線が宇都宮氏に向いた。

北条寄りの重臣をいかに処遇するか、宇都宮氏の意見は出陣を前提とすれば至極当然である。

重い座の空気の中、上様の顔色をうかがい皆がしばし沈黙した。

宇都宮氏に視線を落としたまま、公方は思考した。

――勝敗は時の運、多勢といえども決するまでは分からぬもの。万が一の折、逆に簗田は再起の綱となる。簗田もそのことはよくよく心得ていよう――

嫡男を人質に取られるということは、それだけ重要で切迫した立場になっているということでもある。

有力家臣らをまとめ求心力を維持することは、公方最大の存在事由である。

「明日、簗田に会うことと致す。今日はこれまでとする」

この時の「簗田に会う」という深い意図を含んだ言葉に、公方の腹は決まってきたようである。

家臣団を割ることは、求心力を削ぐことになる。公方にとって難しい関門を通らねばならない。この数日の間、簗田を通じた北条氏康の執拗な催促にも、返答を用意せねばならない。公方の視線が大石家老に移る。

「その後の、今川と武田の動きをその都度知らせてもらいたい。大石殿から、他に何か伝えることはないか」

「はっ、先ほどの話が全てでござります。それがしは、いったん河越の陣屋に戻り、出直します」

その後再度、大石家老は古河と河越を往復することとなる。管領家の外交渉外役である大石家老は、公方の反北条の決定を得るために奔走する。

そして天文十四年十月十二日、古河公方足利晴氏はついに、〝反北条の旗を掲げ、河越を目指して自ら出陣する〟ことを宣告した。北条から正室を迎え姻戚となった北条家に、敵対することを決したのである。

〝公方自ら出陣する〟ことは、さらに強い意味を表す。意志の表明を宣するに留まる段階を越えて、自ら赴いて戦陣を立てる強く明確な姿勢が、東関東勢の流れを加速させた。

公方と共に出陣を決めたのは、下総の名族結城氏、下野の小山氏、宇都宮氏、佐野氏、那須氏、長沼氏、常陸の佐竹氏、小田氏、大掾《だいじょう》氏で、各地の有力者が北条攻撃の旗を揚げて河越に向かいそれぞれの城を出発した。

東関東の有力武将がこぞって従うのは、公方の権威が曲がりなりにもまだ失墜していないことの現れであるが、各地で積年にわたり新興北条に反攻してきた対抗勢力の結集でもある。

十月十六日、総勢四万三千となる東関東軍が、河越城から一里離れた北部と東部の入間川、荒川対岸に着陣した。

公方は八日後に馬回り勢に守られて、設営された陣屋（陣城）に到着する。

こうして、管領軍と合わせて総勢七万八千を上回る大軍が、河越城を囲むこととなった。

この河越合戦は後に、厳島合戦、川中島合戦とともに、戦国三大合戦といわれる規模の合戦となる。


二重の丸太柵と堀と土居で、周囲を巡らした管領軍本陣に十七日早朝、甲斐より武田晴信の使者が着いた。

接見した大石家老に面識のある使者は、

「わが殿のもとに、北条方から和議の申し出がござった。和議の内容は、『伊豆の境の今川軍を撤退させれば、長窪城を明け渡し東駿河から兵を引く。河越城は明け渡す、ただし城の将兵にはとがめなし』というもの。わが殿から、『東駿河と河越が戻れば、三者協議のもくろみが成るゆえ、矢収めを致し和議締結に向け進めたいが、関東管領上杉殿はいかがか』とのことでござった」

「高白斎殿と雪斎殿との間で長窪を落とす前に、和議の道を探るとの知らせを受けてはいたが、北条から申し入れがあったということか」

「北条から先に申し入れがあったとのこと。実は、古河の公方様が小田原からの働きかけに応じずに、上杉殿に味方して河越に出陣するとの知らせを受けた小田原の北条重臣から、今後の再興のためこれ以上兵を損なう前に、今川・上杉共に和議に持ち込むべしとの建議があり、わが殿に仲介の申し入れがあった次第」

「相分かった、公方殿と東関東軍の参陣が三者協議に功を奏したか。早速管領に諮り評定を開いて返答いたすので、一両日ゆるりといたされよ」

使者へ言葉をかけた後、大石家老は管領に報告して管領軍重臣と公方軍重臣へ、陣中軍議招集の伝令を出すことの了解を得る。

その折管領から、

「まず河越を取ることが先決である。が、東関東の諸勢は北条を下総や武蔵から追い落とし、相模へ閉じ込めるのが目的。公方はその先の小机、玉縄を落とし鎌倉への帰座を望んでいる。

明日の評定は、先々のことが話題に上ろう」

との言葉があった。

翌日の軍議は、本陣とは別区画に建てられた板敷きの大広間で開かれた。

大広間は、公方以下東関東諸勢の出陣が決まってから、評定会所として造られた。両陣営二十九人の重臣が着座し、上段に管領上杉憲政が座る。

管領に並んで空席の座があるが、足利公方の席でこの日はまだ河越に入っていない。広間の外庭には各重臣の従者が床几にかけて、三重、四重の列をなして中を見つめる。周囲の柵との間には、陣幕が張られて外部からは見えない。柵木の外周に立つ歩哨には、中の声は届かない。

東関東の諸侯は、着陣二日目の初軍議である。冒頭に進行役の管領家大目付が、参席者の紹介を兼ねて着席順に名と城名を披露する。そして関東管領からの〝お言葉〟を賜る。上段の管領が一呼吸おいてゆっくりとした口調で、

「こたびは、河越の陣に公方様ご出陣のご決断と共に、関東の有力諸侯が参陣されたこと誠に祝着至極にて、関東の公義はわれらの働きによって、再び取り戻されようとしている。これより、侵略を旨とする新興奸悪《かんあく》を破逐し、関東の秩序を正さんと立ち上がる者総軍兵七万八千余に至ることとなった。この先は兵数に安んじることなく、目的を果たすまで、諸侯のご尽力をお願い致したい」

憲政公はこの時二十六歳ではあるが、代々継いできた管領職の風格がにじみ出て、初対面の武将には威厳をも感じさせる。

ちなみに、今川義元二十七歳、武田晴信二十五歳、扇谷上杉朝定三十歳、公方足利晴氏三十八歳、それに北条氏康三十一歳と血気盛んな年代である。

大目付から、昨日甲斐の武田晴信公より使者があったこと、その背景としての東駿河での今川・武田軍の長窪城攻めで、大詰めに至った経緯が報告された。

それを受けて大石家老から、

「使者の内容は、『東駿河から北条が駆逐されたも同然となり、三者協議の目的に近づいた。河越も、敵城を封鎖して二十日以上たつ。ここで小田原から武田に和議の申し出があった。三者協議のもくろみ通りに進んだがゆえに、東駿河を今川に、河越城を上杉に渡す和議締結を進めたい。ついては和議遵守の誓句を、甲斐の武田まで届けられたい』とのことであった。

西と東の北条挟撃に加えて、公方様の河越出陣と諸侯の軍勢合わせて総勢七万八千もの将兵の出陣が、北条に決定的な打撃を与えたことは間違いのないところ。河越城を取るにあたり、城を攻め滅ぼすか和睦を取るか、いかが致すか。攻め落とすとなれば、和睦をする東駿河とは別に関東の戦の始まりとなる。和睦となれば矢収めをしていったん陣を引かねばなるまい。いかがか」

誰もが、八万に及ぶ圧倒的な軍勢を擁して〝軍兵を退く〟ということが、心証的にそぐわない感覚を持っている。

公方方の結城氏が、

「河越城を取り戻すは、管領方の一の目的、兵を損なわず和睦するは良策。これもわれら総勢の力の示すところ、管領方が和睦を選ぶならばわれらも従おう。しかし、河越城を取るための和睦で兵を引くことはあっても、河越に出て陣立てをした関東の諸勢が北条と和睦する陣払いではない。そこのところをどうするか、どのようにするのか議しておかねばなるまい。和睦の後の、北条攻めの計略を」

箕輪城の長野業政が、

「まずは和睦にて城受けを致すことにご異議がなければ、誓詞を出したがよかろうと存ず。次の北条攻めには、基城となるこの河越城を大兵を抱える大城にした後、諸侯の軍と合わせて数万の軍勢で江戸・小机・玉縄と攻め上がり鎌倉を取る。小田原北条を攻めつぶすには今回以上に、さらに万全の体制を積み上げねばならないと考える。しかるに第一段階は、相模川の東を関東管領支配の地と改め、鎌倉府を再興することが目標となろう。公方様に百年の空座を改め、鎌倉に還座いただく。その目標達成の戦術は、河越城を取った後作戦を練ると致しても、まずは足掛かりとなる河越城を強固に致すことが北条攻めの要と考えるが、いかがか」

諸将は長野氏の考えに、黙思する。

軍師長野は、大勢の評定では強く押し出す意見が場を誘導することを熟知している。そしてはるか先の〝相模川の東〟の目標を掲げて、東関東の諸将の意を反映しながら、河越城奪還を優先させることを一気にまくしたてた。

誰もが相模川以東で、いったん関東府を再興する旨の管領側の考えが、脳裏に刷り込まれたことになる。

――和睦の後、河越を大兵の城にまで築き上げるには、年数がかかる。その間、ほとんど無傷の北条の反撃は続く。下総、常陸、下野への北条攻略が一層激しくなる――

東関東勢は、北条の攻撃にまたさらされる恐れを強く感じる。

――しかし、河越を取れば上野への圧迫は弱まる。上野は安堵する――

誰もがそう感じている。

常陸国守護佐竹氏が、

「河越城を取るために、北条と和睦をするは一時の便法。続けて相模に攻め入るか、または数年後に再び戦を起こすかのいずれかで、北条の手足を削ぐことこそがわれらが本懐。しからば、時をあけていたずらに北条が暴れる機会を与えるよりは、兵を退き和睦の形を示しながら草加辺りに再集結致し、そのまま江戸を攻めて河越城と江戸城を落とし、下総・下野・武蔵の北条勢を分断し、北条の侵攻の勢いを押さえる。そこまでは時をあけずに続けて攻め上げるのが上策かと存ずる。今川と武田が動いているこの期は千載一遇の好機にて、ためらうことなく関東の総力を思い知らせて、河越と江戸を一気に取るべきである」

話は河越の事後対応に移っている。

各将は北条から受けた犠牲、奪われた損失と、積年の恨みが嵩《かさ》み、巨大化する北条の脅威と危機感から、河越一城のみでは決して収まらない心証に達している。それであるがゆえに、七万八千もの大軍になり得たのである。伝承にも古老の話にもないこのような大軍勢は、関東では初めてのことであろうか。

――この関東の結束力で、北条を攻め追い詰める――

上段の管領は細目を開け、大方予想された話の展開のその先を思考している。

大石家老から、

「河越の後については、今後の軍議にて策を議することになるが、このところはまず今川方に合わせて、和議を結び城受けすることにご異議なければ、早速武田殿に和議受け入れの誓詞を差し出すことと致す。締結条件の申し合わせから城明け渡しまで一、二カ月はかかると考える。それまでは各位滞陣されて、今後の軍議に参席いただきたい。次回の軍議は公方様が着陣される二十四日以降に開くこととする。あらためて伝令を遣わすので、その折はご足労いただきたい」

大石家老の、城受け以降について次回の軍議の議題として切り離す仕切りに、東関東の諸将は釈然としない心境である。

下野の大豪宇都宮氏が、

「城受けと、北条の脅威を削ぐことは別のこと。佐竹殿の言われるように、本懐を遂げるための戦略を議すことがこれからは肝要、そのための軍議としたい」

「こたびの軍議は和議受け入れという重要事項を決するもので、三者協議を経た結末の締め。その後の関東の仕置きについては、公方様ご臨席のもと議すべきが筋かと思われる。よって、次の軍議は公方様御着陣の後に予定しているところ」

大石家老のこの発言に、渋々、はやる気持ちを収めざるを得ない東関東の諸将。

こうしてこの日、武田の使者に和議受諾の誓句を渡した。

和議成立

十月二十日、今川義元、上杉憲政、北条氏康の三方の和睦の誓句が晴信のもとにそろったことで、武田方の仲立ちで和睦の具現化が進められる。

和議成立までの両軍の矢収め、成立後の軍勢の撤収の順序、撤収後の統治軍勢の規模など、脅威を与えない安定した近隣関係を保証することが和睦の旨となる。

そして、三十日に甲府の武田館にて三方の和議が成立した。

東駿河から北条勢が撤退して駿河一国を今川支配とする、そして河越城を上杉に明け渡すという内容で、武力を伴わない平穏な移行を行い、仲介者が立ち合って移行を確認する。

駿河と伊豆の国境では、両軍が矢収めをした後同時に退く。河越では、七万八千の軍勢のうち四、五千の受け取り軍を残した後に、城の受け渡しが行われることとなる。十一月下旬、駿河と伊豆は約定通りに進行して両軍の撤収が始まった。一方、十月三十日の和議成立後河越城では攻撃態勢を解かねばならない。城の四門の封鎖線を解かなければならない。しかし、公方着陣後東関東の諸侯の意向はますます強固となる。

その後、勝機が見えてからの近在武将の参陣もあって総勢八万に達し、矢収めとは逆に勢いを増す。二千五百の城兵の河越城を踏みつぶすほどの大軍勢である。

管領方主導で城明け渡しの和議に至ったものの、たった二千五百の兵を相手に平穏に和議を進めるには、八万の規模は違いすぎる。

本陣で行われる陣中軍議は、回を重ねるごとに北条本体の戦力を削ぐ戦略へと向いていく。

十一月五日、四回目の軍議が稲荷本陣の評定会所で行われた。

砂久保稲荷社の境内に管領の本陣を構えたので、他軍の本陣と区別して〝稲荷本陣〟と呼ぶようになった。評定会所は仮の建て屋とはいえ、板張り床の広間である。

三十余将は左右に二列ずつ向かい合って、鎧を付け床几に座っている。

公方と管領は、上段に御座する。

大目付から、東駿河の和睦へ向けての進捗状況の報告があり、北条勢が伊豆の国境から兵を引くには、まだ当分日数がかかる旨を知らされる。

その後、前回の議題の続きで佐野氏から、

「今川は戦いの末、東駿河を取り戻したがゆえ、和睦で収まりを付けるは無理からぬ終《しま》い方。和議は双方の潮時にて成すもの。河越の城を得たところで北条を追い込んだことにならず、河越城を捨てたところで、小田原は痛手も受けず、侵略の勢いは変わらない。この度の戦で北条を痛めつけるには、援軍となる小田原からの本隊、せいぜい一万を河越に引きつけて八万で囲んでつぶし小田原の力を削る。その上で江戸、小机へと進める。そのあたりで相模川を境とする和議も考えられよう。今は北条と和睦する潮時にあらず。河越の二千五百を倒し城を取りながら、小田原の本隊を引きつけて倒す好機である」

八万という大軍の勢いは恐れるものもない力となって、各将の戦意を高揚させ積極的な意見が増していく。

各将から、

「城明け渡しの和議を結び、今はわれわれの軍勢の撤退を待っている北条が、小田原の本隊を河越に向けて兵を出すには、よほどの理由が必要である。しかも七倍八倍の軍勢を相手に」

「長期戦をもくろんで始まったこたびの戦、戦わずとも時をかけて兵糧攻めにて落とすことができよう。だが城内が限度に達した時、必ず小田原から後詰めが出て来る。姉と姉婿である福島綱成を北条氏康は何もせずに見捨てることはない、必ず出てくる。万が一臆して出てこずとも、その時は戦わずして城が落ちることとなる」

「和議での収めは三万五千の時のこと、今や八万に至り和睦がそぐわない。我慢比べで時を稼ぎ、戦う気の無い鵜合の衆の八万と見せかけて、小田原から敵を引き寄せる。その時は存分に働き功を上げる。それまではたっぷりと英気を養っておくも一策。ところで城内の兵糧米はどのくらいの備蓄があるか調べは付いておるのか」

大目付が、

「城の封鎖は深夜から早朝に果たしたため緊急の持ち込みは一切なく、城内の常備米は五カ月分だとの調べが付いている。二月までとなるが、封鎖時女子供も抜け出ていないので、どんなに持たせても四月上旬が限度かと思われる」

上段の公方と管領は各将のやり取りを聞いている。

公方は、

――四月までと、五十子《いかっこ》の陣よりは短いがそれまで戦わずに士気が持ちこたえられるのか――

管領は、

――和睦城受けの話はもはやあり得ぬこととなった、福島綱成でなく北条本隊が相手となるか――

こうして大軍を擁した囲城軍は矛先を変えて、いずれ来る援軍のみが対戦相手となっていく。

城門の外周を堅く封鎖したまま小競り合いもなく十日、二十日と過ぎていく。

十一月下旬に武田の使者が来て、

「城受けに向けた撤兵の進捗を、武田晴信公に報告したい」

と和議の履行を求めてきた。

大石家老からは、城受け渡しの時期を遅らせる見通しであり東駿河の次第とは別になると、理由は述べずに河越の件は切り離して進める意を含んだ返答をした。

こうして、和睦を反故《ほご》にする考えが主流となっていく。

今川方は予定通りに東駿河の統治を進めて、伊豆の国境からの北条軍の暫時撤退が始まった。

武田も今川も、河越城を関東勢八万の大軍が囲むに至り、三者協議時をはるかに上回る軍勢の展開となったことで、関東が独自の動きを取り始めたことに敢えて反意を示すことはなかった。

こうして暮れから正月にかけて、河越城周辺では膠着状態が続いた。

一月二十一日に、清水門で小競り合いがあった。

前の日に降った雪がうっすらと積もる中、囲城軍が焼き落とした門のすぐ近くに移した封鎖柵の中央を開けて、一気に城内に踏み込んで行った。門は焼き落とされて大きな口を開けているが、その奥に作られた防柵を突破して、さらに城内に踏み込み城内を探ろうとした。門の奥に進むと、正面は高さ二間の高土居があり頂部に土塀が巡っている。通路は右に大きく曲がっていて、高土居も曲部を取り囲むように続いており、頂部の土塀の矢狭間が通路をにらんでいる。曲がった通路の奥に侵入を阻む丸太の組柵がある。五台の大車盾を前面に押し出して囲城軍が進む。矢が飛び交う中、通路の曲がりに出て丸太の柵が見える所まで来ると、城の守備兵が土塀の陰に上がりきったのか、矢狭間からの射下ろしの矢が激しくなる。盾の隙間から応戦する。

その間、土塀まで二間半の長梯子《ながばしご》を掛けて、一人がするすると登る。矢狭間からはすぐ横の梯子を射ることができない。曲面の土塀で梯子を射る矢狭間はかなり離れた所になり当てづらい。梯子を登り土塀の屋根の上に顔を出して、中を偵察する。

高土居の中は屋敷があり、社《やしろ》があり、武者溜まりのような空き地を弓隊の兵士が慌ただしく移動している。外曲輪のようで、その先は堀とまた高土居になっている。偵察兵は難なく梯子を下りた。射矢に混じって土塀の中から投石が始まった。丸太の組柵までは行きつけず、大車盾はじりじりとさがり始めた。その間囲城軍は、門の内側に封鎖柵を組み上げて封鎖線を城内まで押し上げた。じりじりと籠城の内部へ進攻してゆく。

この頃になると、城内は和睦が反故になったことを確認する。動きのない膠着状態で和議の履行が不明であったが、この清水門の内側への封鎖線の突出で、和睦でなく攻撃継続であることが明確となった。清水門の囲城軍は今回の偵察で、攻撃時は投石攻撃を受ける前に長梯子を五、六本、同時に高土居にかけて一気に土塀を乗り越えれば城内へ侵攻が可能であることが分かった。

数日前、箕輪城主長野信濃守の建策で北条援軍を迎え撃つ演習を行うことが決まった。小田原から戻った間諜《かんちょう》の調べでは、北条が軍勢を出す気配は全く無かった。

一回目の演習は、一月三十日の寒気の早朝に行われた。想定の北条援軍は、夜間幾手にも分かれて秘かに進軍して、入間の入曽あたりに軍勢一万が集結し早朝管領軍を急襲する、という設定で始まった。北条軍に見立てた第一波三千の突進に、やや遅れて管領軍四千が立ち上がる、と同時に本陣から全陣営に担当の伝令馬が走る。

堀兼辺りで激突して一進一退を繰り返した後、赤坂地区に設けた馬防柵の内側まで後退して防戦する。半刻後に、荒川岸から迂回した公方勢一万二千が東から、西から扇谷上杉軍五千が、両横から挟撃する。

北条軍の第二波に対して、後続の公方軍一万と扇谷軍四千が挟撃する。

混戦となった戦場を、新手の管領軍五千が騎馬隊の先導で中央突破して、北条本陣を襲って敵陣をつぶすという、壮大な演習を行った。

膠着状態で、士気の衰えが否めない各陣営には、ほど良い試練となる。

二度目の演習は、着陣まもない北条陣営を、先制攻撃するというもの。

千人規模の伏兵を夜明け前に、随所に点在する雑木林に潜ませる。下草や笹が背の丈くらいに生えている武蔵野特有の雑木林は、潜むに格好の物陰となる。急襲軍は、敵陣に三方から二千ずつで攻め込み、一戦した後敵を引き出しながら後退して陽動策を取り、横手の林から伏兵が襲い敵勢を分断して、正面から新手の味方が取り囲むというもの。地の利を得ない着陣間もない相手に加える一戦で、味方各軍の連携が決め手となる。

三度目の演習は夜襲で、二月二十日の深夜に行われた。

夜襲の演習は大軍ではできないので管領軍の箕輪衆千二百が演習を行い、実戦の場合も前線部隊となる。いずれの演習も、北条の間者に見取られて小田原に演習内容が筒抜けになることは分かっていても、大軍が戦略に沿って連携することで、各陣営が実体として得るものの方が大きいと判断してのことである。実際に偵察に入っていた風魔小太郎と二曲輪猪助一派が、小田原に演習内容を知らせている。

三月に入って氏康は相模一ノ宮寒川神社に戦勝祈願をし、合戦の意志を固めた。

その頃には河越城内の食糧も少なくなってきた。箕輪の間者からの知らせで、小田原に出陣の気配が出てきて、小荷駄隊が食糧と武具の準備に入ったとのことである。他方、北条氏康は河越を取り囲む、反北条軍の分断作戦を始めていた。陣中で半ば軟禁されている重臣簗田高助に何とか通じようと、密使を送り込んだが二度とも捕えられている。だが氏康は謀略を精力的に進めた。

そして常陸の太守小田政治の城代菅谷政貞が遂に籠絡《ろうらく》された。氏康からの甘言を受けて、東関東諸豪に〝開戦時に北条へ弓を引かぬよう〟見返りを示しながら打診する行動を取り始めた。さらに公方側近に三者協議の和睦の道に戻るように勧めている。

氏康も必死になっている。北条が河越に軍を進めるということは、八万という関東の有力豪族の多くを反北条勢力として認め、敵と位置付けることともなる。何とか分断し、障害を少なくしておかなければ、三代続いてきた関東覇権の道程に大きな障害を残すことになる。さらに一カ月半にわたって、氏康の分断作戦は熾烈を極める。

それは間者、密使、小田原風魔一族と、それを阻止する箕輪の間者、根笹衆の死闘の展開となった。管領側も、広範囲に及ぶ陣営に忍び寄る諜略の手を完全に封じることは難しい。管領方の重臣も頻繁に諸将に見《まみ》え、北条への二心を持たぬよう接触に努めた。四月中旬になって城内から矢文を通じて、城方の窮状が限界に達していると、小田原に知らされた。

小田原の重臣に、もはや他の策を探る刻《とき》は残されていなかった。

四月十六日朝、河越城に向かう軍勢が小田原城を発向した。

翌日夕刻、途中の八王子滝山城から河越の管領本陣に、使者三人を先行させている。使者には御馬回り役奏者藤田大蔵丞綱高が正使として赴く。

十八日、使者に稲荷本陣で管領家菅野憲頼が接見する。

藤田大蔵丞の口上は、

「去る十月三十日、武田晴信公仲介による和議成立以後、和睦の兆し一向にうかがえず、城内切迫に鑑み早期に和睦あらしめて、城将ならびに城兵を受け取りに手勢を従えて、小田原より河越に赴く途中である。この地に到着後再び使者を出すので、和睦方、進捗の実行を求める」

という、手続き上は消滅していない和睦に固守する姿勢を前面に出して、到着後に城明けの進め方の折衝を含んだ口上である。

菅野家老は、直ちに重臣を集めて協議を開く。

大石家老から、

「小田原発向時は五千との知らせが上がっていた。滝山城に至りて七千五百にまでとなった。城中の人数受け取りであれば、千や二千で十分なはず。こちらの戦意を分かっていて今更和睦をいうは、難なく接近するための口実である」

箕輪城主軍師長野信濃守が、

「いよいよ正念場となった。われら上野衆はまず河越城をもらい受けるが第一、東関東の諸公は北条の侵略を止めるために北条の力を削ぐことが第一。それぞれはそれで良し。しからばわれわれが北条の口上通りに、城明け渡しの段取りに乗るように見せかけて、その隙に東関東勢全軍をもって北条援軍を攻めるということが、それぞれの理にかなう道。東関東勢は北条の謀略をはねのけてはいるが万が一、北条攻撃を果たさなかった時はわれわれはそのまま城明け渡しへ臨めば良い。東関東勢の所定の攻撃が開始されたならば、和睦の折衝を打ち捨て、われわれも北条の正面攻撃を開始する。

管領勢は、城受け・攻戦両策の構えとすることが取るべき戦略。ぎりぎりまで小田原発向を遅らせた裏には、謀略での分断の見通しが立ったか、さらにその上で何らかの策があるに違いない。さもなくば七、八千は中途半端である。七、八千のうち実質の攻撃隊三、四千で挑む戦法は、城兵と共に管領本陣を急襲するか、または夜襲か。いずれも時間をかけてわれらの陣形、位置、地形を調べ上げてのこと。着陣と同時に、陣営を張らずにそのまま突撃する急襲があり得る。または二千、三千での夜襲もあり得る。全軍にしばらくは夜も武具着用を指示する」

軍師長野を中心に戦略の検討が行われて、北条援軍を迎え撃つ方策を決定した。

北条援軍が到着後、和睦のための退去と見せかけ、〝陣払いの移動指示を、攻撃開始の指示とする〟。東関東勢と扇谷上杉勢合計二万を第一陣として、北条軍を東西から挟撃する。

第二陣として、二万五千が挟撃する。

管領勢は城兵の突出を押さえた上で、騎馬隊を投入して将兵五千五百で敵本陣をつぶす、というもの。

挟撃する一陣・二陣とも、北条側に直前に戦略が漏れることを避けるために、北条援軍着陣後に、確実に北条からの謀略を受けていない陣営のみに伝令し、不明な陣営には開戦後に、後詰め部隊としての伝令を出すこととした。こうして、翌日の北条軍の出現を待つこととなった。

十九日の夕刻、入間に入った北条軍はそのまま三ツ木にまで進軍した。

東西に伸びた囲城軍全体に対して、陣形を張るとなれば堀兼や入曽となるところ。三ツ木（現新狭山駅付近）は西翼で、しかも近すぎる。稲荷本陣では北条軍が堀兼と入曽を通過した時点で、直撃に対抗する迎撃隊形を敷いていた。

稲荷本陣では、

「なに、三ツ木に陣を構えたと、そこは稲荷本陣と霞が関の双方を狙う位置となる。霞が関の上杉朝定殿に、昼夜共に臨戦態勢を敷かれるように伝令を出せ。和睦交渉を表向きに、敵は急襲位置まで近接したことになる。だが着陣が夜にかかったためか、直撃急襲の兆しはない」

稲荷本陣と三ツ木は、ほんの一里である。

城を遠回しに囲む東関東諸勢は、稲荷本陣から城を挟んで、三里から四里の広範囲に布陣している。

扇谷上杉陣からも、三ツ木までわずか一里余りである。三ツ木の位置は、和睦を掲げなければ触発してもおかしくないほどの近接位置であり、攻撃に転じる場合は、管領軍と扇谷軍を狙うこととなる。城を挟んで反対側に布陣している公方方の諸軍には、攻撃が直接及ばないことをも意味しているが、霞が関以外の全軍にも伝令を出した。

「敵勢八千、本陣三ツ木に在り、夜襲、急襲に備えあるべし」

この時点では夜に入るために、攻撃の指示は出していない。

管領軍は箕輪衆をはじめ、夜襲に備え一晩中篝火を焚いた。

三ツ木の陣営から見ると、狐火のようにポツポツと遠くまで連なる灯かりが、闇夜に全面に広がっている。三万を超える管領軍の規模を誇張するかのように、闇が灯かりを際立たせる。

翌二十日朝、北条方から使者が立った。

四人が担う輿に乗った僧形の人物と、その後ろに騎上の将士三騎、中央が近従の笠原藤左衛門康明である。先の使者が和睦を口上した上での、追使である。僧侶を随伴して戦意の無いことを示し、管領陣内の兵士たちの厳しい視線を受けながら行進する。

一行は誰に聞くこともなく、橋を二つ渡り稲荷本陣の前に出る。輿持ちは地形をよく知る風魔の者たちである。

本陣別棟の評定会所に四人が通される。管領方は大石、菅野家老と長野信濃守が対座する。

笠原藤左衛門の口上。

「北条家家臣笠原藤左衛門にござる。こたび、和睦に沿って和議の履行を進めたく、関東管領上杉殿のご高配をお願い致したい。去年の十月三十日の和議成立以来何ら動き無きため、こたび小田原より参じたるゆえ、城明け渡しの後城将・城兵を引き取りて戻る所存、よってお取り計らいのほど確認致したく、参上仕りました」

菅野家老が、

「和議以来、何の動きも無いとは手前どもから言う言葉。城内より弓矢の応酬あるうちは、矢収め致すとの沙汰を聞く前に、囲いたる兵を一方的に引くことはできぬ。まずは城内より矢収めを宣じるが先、いつわれらが城内に入りて矢収めを確認できるかを、知らされよ」

和睦という相互関係に入る前に実戦が無く、八万という圧倒的な背景と八千の北条軍との、大差のみが明確な両者の間で、いきなり和睦に至ることに釈然としない管領軍にとって、五カ月以上もの間、和議を反故にしてきた理由を知り抜いている北条勢が、高々八千の中途半端な軍勢で、いきなり深く三ツ木まで入り込んで来たのは魂胆があってのこと。

信濃守が笠原とやらを、凝視する。

――真に和睦を求めるならば時を要する撤兵を踏まえ、小田原発向前に当方へ表意があってしかるべき。行軍途中で取り繕う先使を出し、和議履行と見せかけて急襲と出るのか。管領軍三万を相手に、八千のうち四、五千の攻撃部隊で、あるいは夜襲か。三ツ木の近接着陣は……急襲の準備をしてきたならば、既に戦が始まっているはず。しからば夜襲までの時間稼ぎ……当方を油断させる夜襲前の偽装の使者――

長野信濃守が、笠原某に焦点を取り直す。

「笠原殿、その方が望む和議なれば、このままそなたらが先導してわれらが兵三千を城内に入れ、取って返して全城兵を連れ出す。城兵の入れ替えが終わる本日夕刻まで、三ツ木に着陣した北条方は城兵を受け取るまで、一歩たりとも動く必要はない。よって今から直ちにわが軍兵を出し、三ツ木陣営を囲んで貴陣軍兵の警護に当たることと致す」

四人の視線が一様に、凍りついたかのように動かない。

笠原藤左衛門は、動転した気を悟られないよう深呼吸をした。

今夜の襲撃までの間、和睦の方向で管領軍を油断させるための使者であり、今の刻から夕刻までに不可能ではない城兵の入れ替えは、夜襲が難しくなるどころか状況が逆転し、城内という管領軍の最も安全な逃げ場をつくることになる。

笠原は、懸命に冷静さを維持しようとしている。

——とにかく、話を保留にしたまま三ツ木に戻らねばならない——

「早速の和議の履行の由、恐悦に存ずる。城明け渡しを行う前に、囲城軍の大半を退いていただかねばならず、さもなくば城兵と受け取りのわが軍兵の安全の確保が見通せない。いったん陣所に戻り、貴軍兵の撤収が始まりましたれば、城明け渡しの段取りに再び役任をそろえて、こちらを訪れることと致したい」

管領方三人には、北条の策略が読めた。

——八千という数は、やはり受け取りではない、三ツ木まで踏み込んでおいて、当方の三万のみならず八万の兵を退けと、一両日では果たせぬ難題を突き付けておいて。この使者は夜襲まで油断をさせ、時間稼ぎである——と。

長野信濃守が素早く返した。

「それは聞けぬこと、陣払いを致す日取りはその方らが小田原を発つ前に、取り決めねばならぬこと。既にわれらが多勢のこの地に入って来たるは覚悟があってのこと。和睦が誠ならば、もはやその方より即、実を示す以外にない。小田原からの軍勢には警護の兵を付けるゆえ、ここから直ちにその方らを先導者として、わが兵三千を城内に入れよ」

「われらは管領殿本陣への使者にて、城明け渡しの役目を帯びてはござらん。いったん戻り、上意を得てから明け渡しの役任者が再び訪うことと致したい」

「和議の履行を進める使者がそのような判断も任されておらぬとは、和議を進める意図が全くないと、受け取らざるを得ぬ」

「和睦による和議を、五カ月に及んで滞らせたるは当北条方にあらず。今、和議履行の由を初めて確認いたしたるは、われら使者の役目。城明け渡しの役職を任じたる者に代わるため、われらは陣に戻りまずは履行推進を伝えねばならぬ」

「まだ刻は十分にある。その方らの言い分を聞くとしても、戻って伝えるのは僧侶のみで十分である。貴殿ら三人は先導役としてこのまま残る、と帰陣して御坊から伝えてもらおう。本日中に城の明け渡しが終わる保証に、さらに侍大将二人をこちらによこされたい。和議履行が誠であれば城明け渡しの後、五人を戻す。御坊にはわれらが将兵二百を付け、三ツ木の陣へ届けるので、その二百に侍大将二人を預けられたい」

信濃守は人質を追加しようとした。そして人質を預かって戻る部隊が襲われないように二百の人数を出すこととした。

――どうせ、三ツ木は理由を付けてなにも動かぬ。だが夜襲までの時間稼ぎを装いつくすのであれば、追加の人質を断ることはしないであろう――

二百に攻撃を加えることはないので、敵陣営の様子を見てくればそれで良いと考えた。

僧侶の輿が慌ただしく稲荷本陣を出る。その後に二百の管領軍の将兵が進む。

半刻がたち巳の刻（午前十時）を過ぎたころ、兵が二将を連れて戻ってきた。

「三ツ木の陣中入るも本陣には近づけずに、しばし待たされた後、松田奉行とやらが二将を連れ来て引き渡した」

とのこと。


しかし、僧が戻ってから、一刻（二時間）が過ぎても、三ツ木からの動きは全くなかった。

午の刻（正午）、管領家の重臣八人が集められた。

軍師長野から、

「和議履行は、偽りであることが明確となった。北条は戦うために来ている。八千で戦う戦法は小田原を発つ時には決まっていた。とすると管領の陣営と扇谷の陣営のみを狙い、しかも闇に乗じた夜襲しか考えられない。夜襲であれば二千でできよう。二カ所同時に襲って合計四千、陣の後詰めと夜戦後の始末を加えて全部で八千、これが北条の戦略であることは間違いない。和睦と偽っての騙し打ちが露呈した以上、もはや猶予はないはず。よって今夜以外には考えられない。しからば先手を打って日のあるうちに三ツ木の北条陣を攻め込むこととしたい。その前に北条陣に探りを入れる。そのため陣僧を遣わして、

〝即刻、城明け渡しの使者を出さなければ、和議の意志無しと致す〟

と言い捨てて、和議破棄を宣言した後に攻め込む。北条のような騙し打ちはしない。三ツ木攻めの伝令を出すと、攻撃までに北条側に知れる恐れがあるので、管領軍と扇谷軍とすぐ東翼に展開している足利勢のみに知らせ、申の刻（午後四時）に三ツ木を三方から攻め込んで、夜襲が果たせぬほどに切り崩すこととする。

全軍で明朝二波の攻撃を加え、残った北条軍を壊滅させる。そのために今から全軍に明朝卯の刻（午前六時）の攻撃指令を伝令致す。明日の攻撃が北条方に漏れたとしても、北条の夜襲に影響はなく、今夕は油断していよう。今夕は扇谷軍が西から二千五百で、管領軍は北から三千五百で、足利軍は東から五百で、いずれも精鋭を集めて三ツ木を急襲する」

重臣らが了解して、今夕の先手戦が決まった。

「北条の間者が各所に入り込んでいる、伝令の顔は間者に割れている恐れがあるので、今夕の件は、稲荷本陣に控えている各陣の将士に直接伝令となってもらう」

〝管領軍、扇谷軍、足利軍とも今夕自陣に残る兵は念のために北条の夜襲に備えておくことが良いと考える。北条の動きは、今日明日に限られよう、万全の態勢を構えることが肝要〟

こうして、扇谷軍と足利軍の将士が本陣を出る。少し遅れて、全陣へ翌朝の攻撃を伝える伝令兵が一斉に出発した。


四半刻後、剃髪の普化宗権大僧都である根笹衆の頭が、黒衣僧形で敵陣中に赴いた。陣門で、上杉軍の正使であることを告げる。衛兵は長身で恰幅の良い僧をまじまじと見定めた後、兵士二人が先導し本陣へ向かう。途中、静かな陣内に違和感を得て兵士に尋ねる。

「人影が少ないが、兵士はどこに行ったのか」

「夜に備えてひと寝入りしているのでな」

「ほほう、夜戦のためにか」

「そっ……、余計なことを聞くでないっ」

兵士は、自分が無防備なことをしゃべったことに気付いて、慌てた。

本陣の陣幕の前に着くと、しばし待たされた後風格のあるそれらしき武将が二人出てきた。

「それがしは、普化宗相和寺の皆済と申す、上杉軍本陣の使者として参った者。そこもとの名を明かされたい」

「手前は北条家家臣松田左馬助と申す、殿に代わって話を受ける」

皆済は〝松田左馬助憲秀〟が小田原衆筆頭の重臣であることを知ってはいるが、直接会うのはもちろん初めてである。

「使者として伝える内容は以下である、『先使により、和議履行を申し立ててはいるが、城明け渡しに応じず、北条方に履行の意志なしと見る。もはや、即刻明け渡しの使者を出さねば和議はなきものと致す』以上」

松田左馬助は、動じず余裕のある口調で、

「即刻とは無理なこと、明朝、卯の刻に遣使を遣わすと致そう」

と、僧を見下しながらふてぶてしい態度を見せた。皆済には今夕の攻撃は知らされていないが、全軍に伝令された明朝卯の刻（午前六時）の攻撃のことは知っていた。

松田家老の言動を聞いた瞬間に皆済は、卯の刻の攻撃の件が、既に漏れていると感じた。

「返事は『即刻は無理、明朝卯の刻に使者を出す』でよいか。それは当方の求めと異なり、和議破棄の意味となる」

「今の言葉はそれがしの考え。正式な返事は〝議して決めるので、明日まで待たれよ〟と致す」

「即刻ではないことと同じ、和議破棄となる。返事は承知致した。それではこれより戻りて伝えるので、陣外まで警護を付けられたい」

松田は黙しているが余裕のある態度は変わらず、二人の兵士に陣外まで送るよう言い付けて幕の内に入って行った。相変わらず静かな陣内を戻りながら皆済は、

――松田が卯の刻といったのは、明朝卯の刻の、全軍での攻撃を知っての当て付けである。使者を立てる刻には不自然である。伝令の内容が北条に筒抜けである。稲荷本陣に戻ったら、このことを伝えねばならない――と思いながら陣門を出る。

河越夜戦

申の刻（午後四時）、北条陣内は人の動きも少なく静かである。

夜に備えて仮眠を取る兵士が多い。陣門の立哨が遠くに砂煙を見る。かすかに低い地響きが聞こえ始める。と近くの林陰から二、三十騎の騎馬隊が、二隊三隊と疾走してくる。立哨は後ずさりしながら、釣り鐘の柱に倒れかかるようにつかまりながら連打する。騎馬隊は速さを落とさずに通りすがりざま兵を一突きして、連鐘を止める。

騎馬隊は二騎一組となって敵徒兵に当たる。

飛び出してくる兵士を槍や薙刀《なぎなた》で切り払って進む。

野営地内を縦横に走り回り、槍や弓を取ろうとする者、構えようとする兵士を、次々に倒していく。

騎馬隊が野営地を突き抜けると、三方向から管領方の徒兵の槍隊、弓隊が押し入ってくる。反撃する北条兵との壮絶なせめぎ合いが、辺り一面で始まる。そこへ騎馬隊が、せめぎ合う北条軍の後ろから突入する。走りながら槍や長刀で打ち払う騎馬隊に、圧倒され逃げ遅れて馬に踏み倒される者もいる。

陽は山端に近づいてきているが、まだ入ってはいない。

北条の騎馬武者も立ち上がり三、四十騎が箕輪の騎馬隊を追尾して、後ろから突き上げる。北条軍の反撃の手応えを感じる。騎馬隊は北条の騎馬武者に追われて、野営地の外の広い畑地に出る。追われるようにして北条の騎馬武者を誘い出したかのようにも見え、騎馬同士の渡り合いが始まろうとしている。

追われていた箕輪の騎馬隊の先頭が槍を上げて水平に回転させた、すると隊は左右二手に分かれた。追っていた北条の騎馬武者は、勢いのまま進みながら左右を見定めている間に、箕輪の騎馬隊が急反転して、左右から北条騎馬武者隊を挟み込んだ。

瞬時に全騎が同時に方向変換をした箕輪騎馬隊は、至近から打根を投げつけた。北条の騎乗兵や馬体に突き刺さり、落馬したり馬が暴れ遁走したり、見る見るうちに北条騎馬武者が減っていく。馬上の槍さばきや太刀打ちでは、新陰流仕込みの者たちにはっきりとした違いがあった。血しぶきを上げながら頭から落ちていく者、横腹を槍で突き込まれ槍の柄をつかんだまま刀を振り回す者。

乱戦になった場合は二騎が組んで敵一騎を倒す。その二騎を守りながら敵と渡り合う脇添え一騎の計三騎が一体となる騎対騎戦で確実に敵を倒していく。

騎戦同士の乱戦では「三祁《き》一懸の漸《ざん》」という、守りながら攻める箕輪騎馬戦法が効を奏す。一団が次々と倒されて半数近くになった北条騎馬武者は、「引けっ」の声で、一斉に横方向に駆け抜けていく。駆け出した一団の先には別の箕輪騎馬隊が入り込み、退却を完全に止める。初回の騎馬戦は、訓練を積んだ箕輪騎馬隊が圧倒した。

陣営内の歩兵戦でも、管領軍の歩兵に三方から急襲された北条軍は、態勢が整わないうちに踏み込まれて、至近から弓で射られ槍で突かれバタバタと倒れていった。本陣に迫った時陣幕が張られた一角には既に武将の姿はなかった。

日が秩父連山に沈んだ半刻後の夕闇の中で、戦いは北条軍の逃散で終わりを迎えた。千近い兵を倒し千をはるかに上回る兵を負傷させ、稲荷本陣では手応えを得ていた。

夕刻の先制攻撃は、無防備であった敵を急襲して大打撃を与えた。

北条本陣の武将たちがかろうじて逃げ伸びたにしろ、北条の夜襲は無理であると結論付けたが、復讐に狂った北条兵が勝ち戦の余韻を狙って、小規模な夜襲をかけてくることもある。扇谷軍と足利軍には引き続き夜襲の用心は怠らぬように指示した。

そして、翌朝の全軍攻撃の目標として逃げ伸びた敵の集合位置を捉えるために、忍びと根笹衆を動員して夜間の索敵行動を開始した。


夜、戌の刻が終わろうとしている頃（午後九時）、管領方の各軍の陣営では、今夕の先制攻撃に出た兵士たちが、振る舞われた戦勝の酒を飲み眠りに就いた。負傷した兵士は傷の手当てを終えて遅い夕飯を取っている。自陣に残った七割方の兵士は、指示に従って胴巻やコテを付けたまま眠りに就いたところである。

その頃、稲荷本陣へ忍びの知らせで、北条軍四、五千が入間川の少し上流の鵜の木に集結していることが分かった。稲荷本陣から二里の入間川の河原に面した平地である。本陣では翌朝の攻撃地点が分かったことで、攻略方法と全軍への伝令内容を検討し始めた。その時、〝三千五百が入間川沿いに移動し始めた〟との続報が入った。

「夜戦軍の出撃である。三ツ木の本陣とは別に攻撃軍が無傷でいたのか」

誰もがそう直感した。

長野信濃守が、

「管領軍と霞が関に〝夜明けまで灯かりを保ち、その場で持ちこたえよ〟と伝令いたせ」

と言い残して本陣から急ぎ箕輪陣へ戻った。

自陣へ戻った信濃守はそのまま根笹の本拠がある根小屋へ行った。

根笹流の頭領である湛光風車は、五、六人の伝令番に慌ただしく指示を出している。

指示を出し終えて茶碗酒に口をつけた時、信濃守が入って来たのを見て立ち上がった。

「御屋形様、やはり夜攻めでしたなっ。本陣とここはしのげるが、城兵が出てくる気配があり、東明寺の倉賀野衆とその西の霞が関が、両方から狙われる。倉賀野衆が落ちると、一気に城兵が霞が関に向かうだろう。今、配下の手配を改めたところ」

河越城の囲城軍は四カ所の城門と周辺を固めている。ひと月毎の交代で、今月に入って倉賀野城衆四百五十と小幡勢が当たっていたが、稲荷本陣からの指示で、一昨日から倉賀野城主以下七百五十全兵が城のすぐ西の東明寺境内に陣所を移している。

倉賀野勢も小幡勢も夜戦の経験がなく、夜戦の守り、攻めについて根笹衆を指南役に入れている。

「夜戦は湛光殿を頼りと致しているが、北条の夜襲はいかがなものか」

「夜戦は暗闇の中での攻め戦、明るければ昼間と同じ討ち合いの渡り合い。ただただ、灯かりを灯し続けること、灯し続ければ夜戦ではなくなる。敵を討つより前に、今取るべきは篝火を維持すること。灯かりを維持する根笹の手の者と、各部隊に入れた手の者を今確認したところ」

「根笹の者の配置はいかがか」

「はっ、稲荷本陣に八十、そのうち上様の身辺に上達者十人、本陣の柵内に四十、柵の外で闇に紛れて潜む者十、それに倅の無堂に二十を付けて、柵の内外で臨機応変に暴れさせる。霞が関へ六十、倉賀野衆へ四十、ここへ百、各陣営へ合わせて四十。さらに、急所を狙う遊撃隊が六組で三十。この三百五十で、千を上回る三浦三崎以来の怨敵を倒す」

「灯かりが続き敵が見えさえすれば恐れることはないというが、闇打ちは人数ではない」

「はっ、灯かりを保ち敵を近づけないこと、これに尽きるゆえ根笹の灯番に火を灯し続けるよう念を押したところ」

「さようか、闇が明けるまであと二刻半。夜が明ければ、騎馬隊も働かせられるものを」

と、その時、箕輪の忍者が駆け抜けながら大声で叫んでいく。

「敵が攻めて来るぞ、敵の大軍が来るぞ」

別の忍者も、

「敵だ、敵だ、夜襲だ」

と叫びながら、稲荷本陣の方へ疾走していく。

〝夜襲〟と聞いて、篝火を守っている根笹の者の動きが早かった。篭の中に薪を入るだけ入れると、止め綱を切って篝火を吊り跳ね上げた。篝火の上は鎖で竹竿につながっていて、引き綱を切ると竿が跳ね上がって、篝火が中空にぶら下がる。

夜襲の時、敵は篝火を倒して灯かりを消し回る。大音声と鉦や太鼓で大勢と見せかける。暗闇の中で恐怖心をあおりながら狙い打ちをする。闇と恐怖心とで近くで動く者を敵と思い、味方同士でも斬り合いが始まる。夜戦で急襲される側の窮況であり、少数で大軍を襲う場合の効果的な戦法である。

しかし、灯かりさえあれば敵を識別でき、防ぎ立ち向かうことができる。夜襲を戦法の一つとする根笹衆が、夜戦で篝火を灯し続けることの意味を重々知っての吊り篝火の仕掛けである。管領方の西上野勢の各陣に、青真竹の吊り竿が用意され仕組まれてはいるが、実際急襲を受けて混乱する最中に吊り下げ、乱戦の中薪を補充することは容易ではない。本陣と箕輪軍、箕輪の支城である松井田、安中、和田、沼田、白井、小幡、倉賀野、惣社の陣営には、北条軍が三ツ木に本陣を構えて夜襲が考えられるようになってから急遽、根笹の者が配置されて夜は篝火の火番をしている。根笹が守る篝火が随所にある。〝敵の急襲〟の声を聞いて根笹の者が一人四、五カ所の篝火を手際良く吊り上げながら、声を上げて寝入りたての兵士を起こして回る。

この時、稲荷本陣内に根小屋を構えている根笹衆は、無堂以下八十人。

組頭に管領家の守りを言い付けて、無堂は手下二十人を引き連れ闇の中に突進していく。


北条の夜戦軍は二手に分かれ、管領陣と扇谷上杉陣を目指して進む。

三ツ木の北条本陣は、表向き和睦を唱えて敵陣近くに設けたが、夜戦の戦闘部隊三千五百は最初から忍びの探りを避けるために、遥かに離れた瑞穂村に宿営していた。夜襲直前に鵜の木まで進出して刻を調整し、戌の刻（午後九時）過ぎに予定通り発向した。数カ月かけて小田原で練られた作戦である。

主力軍三万五千に対して挑む三千五百であるが、負けてはならない戦である。東駿河で惨敗し河越でも敗れれば、手に入れた東関東の諸城も危うくなる。三代にかけて拡大してきた北条の版図が、一期に相模一国にまで押し戻されることになりかねない。現況では、北条軍が一万を超える軍勢をそろえるのは各所に支障を来す。上総、下総、武蔵と下野にも版図を広げた各地では、上杉方の反抗勢が動きを止めなかったために、一万に及ぶ軍勢を整えることはできなかった。

小田原城で策定した戦略は〝騙し打ち〟であった。小田原での評定では反対論もあった。

〝関東に覇を求める北条が、姑息《こそく》な戦術で勝ったとしても、将来の統治に汚点を残す〟というものである。だが三万五千はおろか八万にも膨れた軍勢に、一万以下で立ち向かう時、正攻法を推す意見に説得力は乏しかった。

結局、北条家として後世に抹消されるべき〝騙し打ち〟という手段を選択することとなった。その内容は、〝時間をかけて公方勢の多くを籠絡し、主に管領勢三万五千に対して和睦を唱え折衝のためと見せかけて、敢えて近接して陣を張り戦意のない姿勢で油断させ、離れて潜んでいた別動攻撃軍が夜襲をかける。城内からも同時に繰り出して城周辺の管領軍を一掃する〟というもの。

夜襲は軍勢の数ではない、数波に及ぶ機敏な攻撃が、効果を出すことを知り抜いている北条が選択した戦略。三千五百の攻撃軍と三ツ木に四千五百の陣営、合わせて八千が小田原を発つ時のもくろみであった。

夜戦軍は管領方の陣へ二千三百、扇谷上杉陣へ千二百の、合計三千五百の夜戦歴ある精鋭である。夕刻の来襲ではまだ瑞穂村にいた夜戦軍は無傷であった。三ツ木の本陣の陣幕に敵の攻撃が及ぶ前に、逃げ移って鵜の木に集結した将兵は二千八百であった。本陣は三ツ木から追われたものの、小田原発向時に決まっていた夜襲の戦略になんら変更はなかった。むしろ夕刻の敵襲で敗れて三ツ木の本陣がつぶされて、管領軍は戦勝気分で隙があるとの見方をしていた。
鵜の木で三千五百の出撃を見送った後、本陣を近くの稲荷山に移して戦果を待った。

亥の刻（午後十時）に、松明《たいまつ》をつけて進軍する北条軍と、敵軍接近中の知らせを受けて慌ただしく構える管領方の陣営の、松明と篝火の間の闇間が徐々に狭まっていく中で、行軍周辺で北条の風魔一族と根笹衆の壮絶な戦いが始まっていた。

松明をつけて進む軍兵は、闇に潜む根笹衆にとって格好の標的であるが、軍兵の両側の闇の中を、風魔の者が護衛のため伴走してくる。闇に散らばって潜む根笹の者の前を、風魔の者が駆け過ぎるのを、後ろから飛びかかり刺し倒す。倒して次の足音に振り返ると、別の風魔が飛びかかってくる。短刀をかざして転がりながら、急所を突き込んでくる手を払いのけざま、腕を捕まえて膝で腹腔《みぞおち》を蹴り上げると悶絶して倒れる。闇の中で激しい死闘が繰り広げられる。

隊列に闇から根笹の矢が放たれ、二人、三人と落伍していく。隊列が稲荷本陣に近づくと、松明は各隊の先頭だけになったが、それでも無数の灯かりが広範囲に蠢くのが、二千を超える軍勢の勢いである。

管領勢で最初に攻撃を受けたのは、稲荷本陣のすぐ西に構えた箕輪陣であった。北条軍は根笹衆の本拠もある屈強な箕輪陣を崩すことで、勝敗を決める突破口を開こうとしていた。ところが総勢三千五百の箕輪陣は、夜戦の場にそぐわず十分過ぎるほどに明るかった。全ての灯かりが吊り篝火となっていた。

篝火は高く上がると照らす範囲が広がる。連続した篝火で辺り一面が見通せるほどに明るくなっている。

箕輪兵は物陰から矢をつがえて待つ。箕輪陣を狙う北条四百五十の精鋭は、浮いている篝火に一瞬たじろいた。遠目でも、吊り下がった火篭に火持ちの良い太い薪がぎっしり入っているのが分かる。吊り篝火は重さで微かに揺れている。

篝火を倒して闇の恐怖心をあおることができない。光の中に突入すると迎え撃ちに遭う。北条の精鋭たちは光の外の闇の中に留まった。急襲することができない。

綱先に付けた掛駒を投げ掛けて吊り篝火を引き倒そうと、十間ほど近づいたところで、射倒された。四、五カ所で同時に突撃を試みたが、ことごとく一人数本ずつ矢を受けて倒れた。篝火の下まで突進した者は、物陰から伸びた槍に喉輪を正確に一突きされて、血しぶきを上げながらのけぞって倒れた。

箕輪兵は冷静に敵の動きを捉えている。

すぐ近くの稲荷本陣では、丸太の柵の外に篝火を吊り出して近づく敵を射ている。

が、柵囲いの稲荷本陣への攻撃の仕方は異なっていた。本陣を裸にして管領を討つべく、丸太柵を引き倒して突入する手段を講じていた。間者の探りを踏まえて周到に引き馬を準備していた。矢盾をかざして接近し二カ所同時に柵に取り付き、太綱を丸太に掛けて離れた所からそれぞれ四頭の馬で引く。初めは動かなかったが、馬に鞭を入れて何度も引き込んでいくうちに、ついにミシミシと音を出しながら倒れ始めて、二カ所が同時に倒れ幅四間の突入口ができたが、その奥に二重の柵がある。

同じ手口で矢盾の一団が、二重目の柵に近づこうとした時、後ろの闇の中から突然激しい衝撃を背中に受けて、バタバタと倒れた。引き倒しにかかっていた部隊は、後続の味方部隊が敵と誤って討ちかかっているものと思った。

兵士の二、三人が口をそろえて、

「おいっ、味方だ、味方を討つなっ」

と大声で叫ぶと、攻撃がぴたっと止んだ。

安堵の空気が流れて兵士が倒れた仲間に近づこうとした時、再び闇の中から激しい攻撃が始まった。今度は大声を張り上げて迫ってくる。かなりの人数が闇の中にいるものと思い、攻撃していた北条の部隊は一転恐怖におののくこととなる。

無堂は、配下の者と闇に溶け込んでいた。無堂らから見ると、柵の篝火を背景に北条兵の動きが浮かび上がって見える。闇の中から北条兵を倒し駆け抜け、過剰な恐怖反応を起こさせると、味方同士の斬りつけが始まり攻撃兵がパニックになる。

混乱の中、八頭の馬の鼻綱を根笹の者が手際よくつないで引き出し、勝手知ったる林の中につなぐ。根笹衆の戦利収入であるのと、馬力がなければ柵を倒すことはできない。無堂らは次の攻め所へと、再び闇の中に戻る。

闇の中で敵の合言葉を探った。合言葉は二種類を使い分けている。

一つは「北」に「川」で、もう一つは「上」と「打」であった。

出合い頭に敵を見分けるのが「北条が河越へ」で、伝令や指示、役目を帯びた者の相手確認が「上杉軍打倒」であった。あとは白布の腕巻きを奪って着ければ、北条軍の中に紛れ込んで縦横な働きができる。先ほどの柵破りの北条軍を襲った時、既に白腕巻き二十人分を手に入れている。

無堂の配下の一人が白腕巻きをして闇の中、根笹本拠へ敵軍の合言葉を知らせに走る。

無堂らは敵の主力軍を探して稲荷本陣の柵の外周を一周したが、取り付いている部隊はどれも小部隊であった。攻めるのに手間がかかる柵内の本陣を、閉じ込めたまま小部隊に固めさせて、主力部隊は他を攻撃していると判断した。

案の定、根笹の本拠がある箕輪陣営の外周に分厚く敵兵が取り巻いている。無堂は白腕巻きを付けて、敵の指揮管である武将に接近して討ち倒し、周辺の何人かを倒して指揮不能にした部隊を、後ろから襲って切り開く。

腕巻きを外し突進して箕輪陣内に入り、伝令に出した仲間を連れ戻し、風車からの指示を仰ぎ稲荷本陣に戻った。

そして、戻る途中、十人を選び二人一組で武将を狙撃する策を与えた。十人は新陰流の指南を受けた中でも、上達者である。五組の狙撃班は、それぞれ別の方角に散っていくが、白腕巻きの姿は箕輪陣を取り巻く北条兵そのものである。

武将の狙撃には至近から急所目掛けて、打根を多用する。打根は短い箆《の》（矢竹）の筈《はず》を持って手首を回転させて投げるだけで、遠心力で加速されて大きく鋭い矢の根（矢尻）の重さで、手打でも手裏剣より深手を与え、正確に狙いを捉え致命傷を与える。

北条兵に紛れて武将に近づき、一間や二間の至近から首や頭部を狙って打つ。暗い中でほとんど手首しか動かないので、前方に気を取られている武将の側近にも悟られづらく、命中を確認してからゆっくりとその場を離れれば良い。

訓練を経た夜襲の狙い討ち法で、武将が異常を表す時には、人垣を越えて離れている。ただ、風魔の者が張り込んでいるので、二人一組で動けとの無堂の指示である。

結局五組で七人の武将を倒して、稲荷本陣の無堂のもとに全員が集まった。

その頃、他の陣営では激しい夜襲を受けていた。

篝火の吊り上げが十分でないところでは、次々と篝火が倒されて真っ暗闇となる。

目前の人の気配が味方ではなく、白腕巻きの者だと分かった瞬間には遅く、先に脳天から斬り下ろされ、自分の肉と骨が斬り裂かされる鈍い音を感じながら、ドサッと腰を落とす。鋭く斬り下ろされると神経は状況を越えて強い生命力を表す瞬間がある、ドサッと腰を落とす感覚を感じるが、既に体を両断されているのである。

自分の体の裂け目から飛び出る血しぶきの匂いを感じながら、体を破壊する強烈な衝撃の中で全てが遮断された。


すぐ近くで倒れた音が、敵か味方か分からない。

近くで動き迫る者を敵として、先に斬りつけないと自分が守れない。

夜戦は双方の兵を損なうが、それでも攻める側に利がある。夜襲の経験のある者は、恐怖心を抑え敵を待つ。

腰を屈《かが》めて敵が振り回す刀の下に姿勢を低め、敵の腰の下で敵を待ち、近寄った者が敵であると分かれば、足元から斬り上げながら立ち上がり、振り下ろして斬り倒す。そしてまた闇に腰を低める。夜戦の経験者である。

が、多くの兵士は恐怖のあまり刀を突き出し、動く気配に刀を水平に振り払う。闇の中でめった斬りの同士打ちがそこかしこで始まる。攻める北条兵も混乱の中で、多くの負傷者を出すのは夜討ちの避けられないところ。それでも恐怖を与える攻める側と、恐怖を受ける側との差が徐々にはっきりとしてくる。

同じ亥の刻（午後十時）、示し合わせた城兵の出撃が、西大手門からあった。城を囲む封鎖軍は四門と外周を封鎖していた。倉賀野軍が西大手門と北門を、小幡軍が南大手門と清水門の封鎖に当たっていた。

西大手門を塞ぐ倉賀野城兵に、背後の闇から突如風魔の二、三十人が一斉に襲いかかり斬り合いの最中、三重になっている丸太柵の閂戸《かんぬきど》を開け城兵百五十を外に引き出して、門周辺を押さえている倉賀野城兵二百と激しい戦いが始まった。

そこに根笹衆が駆け付けて、風魔と根笹の壮絶な死闘が繰り広げられた。その戦いを押しつぶすように、松明をかざした城兵八百が出撃して真っ直ぐに近くの東明寺に向かった。

東明寺境内を陣屋としている倉賀野軍を囲む。倉賀野兵は、寺の土塀を盾に応戦した。城兵出撃の知らせを受けた北門（後の新郭門）を固める兵と、遊撃隊である根笹衆が駆け付けて、後ろから東明寺を囲む城兵を襲う。

前後から挟まれた城兵との激しい戦いが四半刻ほど続いたが、ついに寺の庫裡に火がつき、塀を乗り越えた城兵に踏み込まれて倉賀野兵が次々と討ち倒された。

倉賀野城主倉賀野三河守三郎行政は、金井小源太ら馬回り衆と根笹の者に守られて、空堀伝いに闇の中へ逃れていく。


北条軍の夜襲は三波に及んだ。三波目の来襲を受けて、ついに雑兵の逃走が始まった。指揮官の声の届かないところでは闇の恐怖に耐えきれず、陣営に居て襲われるのを逃れるために、手持ちの武器だけを持ち着のみ着のままで人気のない闇方へ散っていく。
二、三人が声を潜めて小走りに進む。
闇で溝に足を取られて倒れ、討たれた者につまずいて倒れるたびに、闇への不安感が頂点に達する。

夜明け前には各陣で軍兵の逃げ出しが始まった。留めようとする武将の制止を聞かずに、抑えきれない流れとなっていった。

うっすらと東の空に紫雲が現れ辺りの様子が見え始めた頃には、落ちていく軍兵は皆同じ方向を向くようになった。本能的に北西の西上野へと向きを取る。

死地から一刻も早く離れるために、皆小走りで走り続ける。夜が明けると、遠くから騎乗の北条兵が追って来るのが見える。残党狩りである。

騎馬が進む前方は、クモの子を散らすように兵がいなくなる。騎馬兵は雑兵には目もくれずに武将を探して駆け回る。背をさらして逃げる者は討たれやすいが、何とか逃げ切ることのみを考えて走る。統率者から離れて逃げ走る個々になった時、身を賭して反撃をする大儀はもはやない。

川を渡る時、皆一様に足を冷やしながら立ったまま水を飲み、大きく一息をしてまた走り始める。

稲荷本陣と箕輪陣営は、夜明けまで持ちこたえた。

柵を維持できたので大勢が討たれることは避けられたが、攻守双方に同じような死傷者が出た。惣社軍は箕輪陣内に合流したが、近くの那波、足利陣が跡形もなく踏みつぶされているのが見えてきた。

夜が明けても攻撃は止まず、北条軍と城兵が稲荷本陣周辺に集まり始めた。二、三千で囲んでいるが少しずつ増えている。その時、忍びが駆け込み、

「霞が関の上杉朝定殿、討ち死に」

との知らせが稲荷本陣に入った。

管領の憲政公が、

「一万四千を擁した扇谷殿が討たれるとは……。騙し打ちという卑劣な手を使ったとはいえ、夜戦《よいくさ》は人数でない。河越城へ入還を果たせずに、朝定殿にはさぞ無念であったであろう……。このまま持ちこたえれば、卯の刻の総攻撃となる。たかだか八千の北条兵に押しつぶされるどころか、何としても氏康の首を挙げねば倒された将兵に報いることがかなわぬ。信濃守殿、夜戦では幾多の損耗を受けたが、このまま引き下がることはできない。氏康を引き出しておいて、生きて小田原に返すわけにはいかない。氏康めの居場所は……」

「はっ、氏康本陣を探っていたところ、入間の稲荷山にあることが判明致した。そこで、卯の刻の戦端に乗じて氏康を狙撃するべく根笹の者十五人を忍ばせて、既にたたせております」

とその時、伝令兵の一人が、何とか稲荷本陣内にたどり着き、倒れかかるようにせわしく息をしながら、

「申し上げます、公方軍と小山軍は、卯の刻の出撃を取りやめました。北条方から〝夜戦で管領軍は壊滅、残る者皆逃げ失せ、陣は跡形なし〟とのニセの知らせが入り、北条を勝者としてもはや勝敗は決したと、これ以上は動く必要なしと……」

「なっ、なんと、出撃せぬとっ。稲荷本陣は無事であることを知ってのことか。夜戦ごとき

でまだ勝敗は決してはおらん。勝機は総攻撃にある」

管領の激怒に、皆同感である。

伝令兵が続ける。

「夜襲が始まると同時に、東関東の各陣へ北条から文書が届いた。〝狙い通り稲荷本陣と霞関本陣に夜戦を仕掛けた。混乱させた上で管領勢をつぶしにかかっている。北条軍勝利の知らせを受けたならば、各位決して動くべからず。管領勢負けた後も攻め続けるは、明らかなる北条への敵対軍となる〟と。そしてその四半刻後、〝北条軍勝利〟の知らせが届いた次第」

一同、言葉のないまま信濃守が、

「長い時間をかけて公方と東関東勢を籠絡しようとして、管領勢と分断工作を致し、騙し打ちの夜襲を画策した氏康が、敗走兵が出るはるか前にニセ情報を流してもくろみ通りに東関東勢の動きを抑えたか。一部逃散した兵が出たわが勢を、敗者と決めつけたか。ここで公方以下が動かねば囲まれたわれらに勝機は少ない。時がたてば内外とも事情は利とならず。これより退却を致し、再起を狙うことが賢明。管領殿、以下御一同、異議ござらぬか」

三万五千とも八万とも、軍勢を擁した大軍が一夜の夜襲の末退却することに、管領憲政は悔しさを抑えきれない。

「……」

一同を見回す信濃守は、この苦境の中端然としている。

智将・勇将の発する気迫は、周囲を圧し状況を跳ね返すほどの鋭さを持っている。

この瞬間、信濃守は先を読み通し、大軍の大将として意を決した姿を強く押し出した。重大な意思決定を表明するにふさわしい毅然とした姿勢は、多数の命を預かる者の姿である。語気強く声を発する。

「御一同に異議なければ、これより速やかに撤収致す。幸いに、箕輪騎馬隊百五十騎は無傷である。騎馬隊が先鋒になり帰路を開くので、各軍は一団となって戦いながら退却する。敵は一途に管領殿のお命を狙ってくる、万が一を考えて影武者を立てるが良かろうと存ずる。管領殿に騎馬隊十二騎を付ける。多勢でない方がよい。隙を見て騎乗にて敵の囲みを突破し、松山城まで一気に駆け抜けていただく。残りの騎馬軍を三隊に分けて、一隊は帰路の確保、二隊は表に裏に敵をかき回して、撤退を助ける。くれぐれも分断されぬよう、一団となって止まらずに進み続けることが肝要。殿《しんがり》は、わが箕輪の白旗組が引き受ける」

白旗組とは箕輪衆の古来の姿を示す名称である。

二代前の長野業尚の時、上野の国人衆を束ねて上杉氏を擁し関東に勇躍した。

苦境にあっても、何度も何度も立ち上がって上野を支えてきた。

〝白旗一揆（地域同盟軍）〟の旗頭であった箕輪長野氏が、苦境を何度も立ち上がってきた象徴が、白旗組であった。

信濃守は、再起を果たす〝白旗組〟という言い方をして、退却の先に将来につなげる意を持たせた。こうして卯の刻（午前六時）前に敵中撤退が開始された。

まず防具を厚くした馬に騎乗剣術に長けた達者そろい四十騎が、敵兵が囲む中に押し出ていく。長槍を並べて騎馬の進路を塞ぐ北条兵の二、三本の槍の穂先を、馬上槍で払い落として槍持ちの足元に乗り込む。

馬に踏み倒される者、馬上から手首を切られる者、突き倒される者。弓を構える者に打根を放ち、迫る投げ槍を振り払う。騎馬隊は速さを変えずに敵を押し開いて進む。

四十騎が敵兵を払い除けた後に軍兵が進む。合計七千五百の兵が足早に進む。

幅の広い兵の群れは、盾と槍を持った外周の兵が敵と渡り合う。外周の兵は中の兵と入れ代わる。第二隊、第三隊の騎馬隊が、渡り合う敵兵との間に割って入る。

進むにつれて、つぶされた味方の陣屋と討たれた死体が横たわったままの無惨な慌景が目に付く。敗色を決定付けている。

退却軍の群れの中央に見える管領とおぼしき輿を狙って、敵軍の一団が突っ込んで来て乱戦となり双方共数人が討たれる、そこに味方の騎馬隊が駆けつけ敵の一団を崩しつぶす。その間も行軍は止まらない。

群れの長列の右翼前方に敵兵の薄い一角ができた、とその時、騎馬十三騎が群れから躍り出て疾駆する。そのすぐ後を五騎が追走する、無堂以下である。

退却軍と異なる方角に疾駆する騎馬の一団は、退却軍勢からすると見過ごすほどの数で、斥候隊のように映る。

疾駆する一隊は砂煙を残しながら遠くの林陰に消えていく。


天文十五年四月二十一日夕刻までに松山城に帰着した兵員は、総数二万三千五百。

松山城発向時の管領勢総数三万五千の出陣に対し、一万千五百人が討ち死にまたは行方知らずとなった。

扇谷上杉朝定殿を筆頭に多くの武将が討たれた。難波田弾正、倉賀野三河守、小野因幡守、赤堀上野守等三十四人の首領と二千人もの馬回り衆を含む名のある武将を失った。

北条方も二千五百の兵を失い、多くの武将が討たれた。損失割合からすると北条側の損亡は、出兵八千に対し三割以上と多大であったが、夜明け前に上杉方の多くの陣で逃亡が始まり、勝敗の流れは決定的となった。

北条氏康を直接狙った狙撃隊は、稲荷山からさらに本陣が移動していたため氏康を捉えることができなかった。

氏康を狙った根笹の者は、退却を阻む風魔の者と戦いながら箕輪軍に合流した。

公方軍以下の東関東勢は、卯の刻になっても動かず北条に矢を放つことはなかった。

こうして八万の大軍で臨んだ河越合戦は、上杉勢の敗走という結末で北条氏康に大勝をもたらした。


有力重臣を多く失った管領の権威は急激に衰退した。管領勢のみであれば、和議履行によって河越城を取ることができたかもしれないが、東関東諸豪の参陣によって目標が変質し、結果的に河越城を取り戻せず、北条本隊に大敗した。

諸豪の参陣は管領方が要請したことによるものの、〝河越城奪還〟の旗揚げに応じた東関東諸豪は、城奪還とは異なる〝北条軍をつぶして北条からの脅威をなくす〟という本音の要望に固守したあまり結果的に全てを失ったきっかけをつくったこととなる。

河越合戦の敗北は、上野、下野の首領たちに今まで以上に強い緊迫感をもたらした。

反北条の旗幟を鮮明にして参陣したにもかかわらず、いずれも行動を起こさなかった古河公方と東関東勢は、自ら立場を不明瞭にした結果となった。

河越の勝者となった北条から見れば矢を向けてこなかったとはいえ、いずれ決着をつけるべき状況が明確となった。

しかし、戦禍の比較的少なかった西上野を束ねる箕輪城主長野信濃守は、反北条の姿勢に揺らぎはなく、北条へ抗戦する意志を鮮明にしていくのである。

勇者たち（上）　戦国・上州の激闘を越えて

発行日　2018年1月11日　初版第1刷
　　　　2018年2月3日　　　第2刷

著　者　吉田弘堂

発　行　上毛新聞社事業局出版部
〒371-8666　群馬県前橋市古市町1-50-21
TEL 027-254-9966　FAX 027-254-9906

ISBN978-4-86352-195-7